浙江省哲学社会科学规划重点课题
（立项号：09CGWW002Z）

参加本课题研究的主要成员：
孟伟根、马可云、董　晖

融通中西·翻译研究论丛

浙江省哲学社会科学规划课题成果

戏剧翻译研究
A Study of Drama Translation

孟伟根 著 By Weigen Meng

ZHEJIANG UNIVERSITY PRESS
浙江大学出版社

目 录
CONTENTS

前　言

　　20 世纪 80 年代初以来，西方翻译研究得到了飞速的发展。如果说西方翻译研究在当时的突飞猛进主要得益于语言学的快速发展，那么在近三十年里，文化研究、文学研究、人类学、信息科学、认知科学、心理学和广义上的语言学等均对翻译学科的发展起了较大的推进作用。

　　随着翻译研究的不断深入，人们开始从不同的角度探讨翻译理论和翻译策略，并与多种学科相结合，如语言学、哲学、心理学、符号学、社会学、美学、信息论、文化学等。在翻译研究的所有分支中，文学翻译是一个值得深入探索的领域，并取得了丰硕的成果。然而，作为文学翻译的独特领域——戏剧翻译研究却相对滞后。在戏剧翻译研究中，人们大都是从文学角度来分析和评介戏剧的翻译的，很少有人从戏剧文本本身的特性和戏剧表演的角度来研究戏剧翻译。正如 Gunilla Anderman 所言，"至今为止，对戏剧翻译的学术关注是非常有限的"（Anderman，1998：71）。英国翻译理论家 Susan Bassnett 也说，"戏剧翻译研究是最复杂又最受翻译研究冷落的一个领域，与其他的文学体裁相比，戏剧翻译探讨得最少"（Bassnett，1998：90）。究其原因，戏剧翻译不仅涉及两种语言之间的语际转换，还需考虑译文语言的舞台性、视听性、口语性、动作性以及观众的接受性。这就是说，"戏剧翻译者所面临的问题与其他形式的翻译不同，其主要困难在于戏剧文本本身的特性。戏剧翻译除了涉及书面文本由源语向目的语转换的语间翻译，还要考虑语言之外的所有因素"（Bassnett，1985：87）。难怪有的戏剧翻译家把戏剧翻译形象地比做"将一根树枝从一棵树嫁接到另一棵树上"（Lai，1995：160），甚至有学者断言，"戏剧翻译者的任务实际上是一个不可能完成的任务"（Wellwarth，1981：145）。

　　但尽管如此，在过去的三四十年中，西方和国内的一些戏剧理论家和戏剧翻译家以戏剧符号学理论为指导，出版和发表了一系列戏剧翻译的专著或论文，提出了不少戏剧翻译理论方面的真知灼见。国外的一些戏剧翻译理论家和学者开始把戏剧翻译置于戏剧符号的动态系统中进行考察，将戏剧翻译文本置于目的语文化背景下进行研究，取得了卓有成效的成果。

本书共分八章。第一章为绪论，介绍了戏剧的定义和分类、戏剧翻译的概念和性质、戏剧翻译的主要矛盾，以及戏剧翻译研究的现状。

第二章为戏剧符号学与戏剧翻译。本章从布拉格学派的戏剧符号学理论入手，介绍布拉格学派的戏剧符号结构观、戏剧符号动态论、戏剧符号前景化等理论以及戏剧符号系统模式、戏剧符号研究范式，并探讨戏剧符号学对戏剧翻译理论的影响。

第三、四章分别对国内外戏剧翻译的主要理论问题作了介绍和阐述。第三章讨论了国外戏剧翻译研究的一些核心问题，如戏剧翻译作品的性质、戏剧翻译的目的、戏剧翻译文本的特点、戏剧翻译的文化转换和戏剧翻译者的地位等。第四章重点介绍和评述了国内的几位戏剧翻译大师，如郭沫若、老舍、曹禺、朱生豪、英若诚、余光中等关于戏剧翻译的理论和戏剧翻译的成就。

第五章为戏剧翻译的基本理论问题。本章从戏剧的综合性、视听性、瞬间性、动作性、无注性、通俗性、简洁性、人物性和时代性等特点入手，研究戏剧翻译的原则和标准、戏剧的翻译对象，讨论戏剧的翻译单位和戏剧的可译性问题等。

第六章为戏剧语言符号与戏剧翻译。语言是各种文学体裁的共同媒体，然而不同文学类型的语言又各有自己的特征和功能。本章运用实例研究了戏剧语言的特征和戏剧语言的功能，探讨了戏剧人物语言、戏剧动作语言与戏剧翻译之间的关系，阐述了戏剧语言符号对戏剧翻译的影响。

第七章为戏剧非语言符号与戏剧翻译。戏剧翻译不仅依赖于话语的语言特征，同时还取决于特定语境内的非语言特征。本章研究了戏剧的副语言符号、戏剧的超语言符号、戏剧的时空限制和戏剧观众的接受度等非语言符号因素，讨论了戏剧非语言符号对戏剧翻译所产生的影响。

第八章为戏剧翻译的策略与方法。本章介绍了翻译策略和方法的一些基本概念和理论，阐述了制约戏剧翻译策略的主要因素，并讨论了戏剧翻译实践中常用的一些翻译方法与技巧。

附录部分是戏剧翻译研究实例。该部分应用戏剧翻译的基本理论和方法，分别对美国剧作家阿瑟·米勒的《推销员之死》的两个中译本和我国剧作家老舍的《茶馆》的两个英译本进行了对比研究，试图揭示戏剧表演所具有的一些特性，如语言的"可演性"和"可念性"、演员的"动作性"、观众的"可接受性"等在译文中的体现。

本书第二章和第三章中的部分成果已发表于《外国语》2008 年第 6 期（国外戏剧翻译研究述评）、《外语教学》2009 年第 3 期（论戏剧翻译研究中的主要问题）和《外国语文》2010 年第 3 期（布拉格学派对戏剧翻译理论的贡献）等刊物上。

孟伟根

2011 年 6 月

第一章
绪　论

　　戏剧是人类最古老的艺术形式之一，也是人类文明中非常重要的组成部分。也许，它是人类"艺术地把握世界"的最原始的审美方式。

　　戏剧在发展成为一种文学形式之前，只是一种表演。古希腊悲剧是迄今文化史中发现的最早的、最为成熟的戏剧。此后的两千五百多年间，戏剧文化在不同的种族、地域和时代中经历了发生、发展、停滞、繁荣的历史过程。各种戏剧形式和戏剧流派层见叠出，如宗教剧、人文主义戏剧、古典主义戏剧、现实主义戏剧、自然主义戏剧、现代派戏剧，等等。戏剧凭借不同的传播媒介，又衍生出皮影戏、灯影戏、舞台剧、非舞台的广播剧、电影剧、电视剧，等等，蔚为壮观。可是，究竟何谓戏剧？无论在汉语世界，还是英语世界，戏剧的概念一直使理论家们绞尽脑汁，难下定论。

第一节　戏剧的定义和分类

　　戏剧既是一种文学形式，又是一门综合表演艺术。单就舞台表演而言，中国除了从西方引进的"话剧"、"歌剧"、"舞剧"、"音乐剧"等，还有传统悠久、门类众多的地方戏剧，这为"戏剧"这一术语的定义和涵盖范围的界定带来了不少困难。

　　有些戏剧研究者认为，戏剧属于总体艺术，它包括话剧、戏曲、歌剧、舞剧，甚至广播剧、影视剧等多种类型在内，并且有着其基本内在的艺术和审美的整体性（董健等，2006：37）。

　　上海辞书出版社出版的《辞海·艺术分册》（1980：80）将"戏剧"定义为"由演员扮演角色、在舞台上当众表演故事情节的一种艺术"。

商务印书馆出版的《现代汉语词典》(第5版)(2005:1462)将"戏剧"定义为"通过演员表演故事来反映社会生活中的各种冲突的艺术。是以表演艺术为中心的文学、音乐、舞蹈等艺术的综合。分为话剧、戏曲、歌剧、舞剧等,按作品类型又可以分为悲剧、喜剧、正剧等"。

商务印书馆辞书研究中心修订的《新华词典》(第3版)(2001:1059-1060)对"戏剧"条目的解释是:"文学类型的一种。由演员扮演角色,当众表演故事情节以反映社会生活。是以表演为中心的包括文学、音乐、舞蹈、美术等艺术的综合形式。分戏曲、话剧、歌剧、舞剧等。按作品类型可分为悲剧、喜剧、正剧等;按题材可分为历史剧、现代剧、童话剧等。"

欧阳予倩在"怎样才是戏剧"(1957)一文中提出了"戏剧"必须具备的几个条件:(1)要有一个以上的人物,要有完整的故事,有矛盾冲突,能说明人与人的关系;(2)用人来表演——通过连贯的动作和语言(包括朗诵、歌唱、对话);(3)在一定的地方、一定的时间内演给观众看;(4)戏剧是根据以上三项条件在舞台上表演的集体艺术;(5)戏剧是综合艺术(戏剧艺术刚一形成就是带综合性的,由简单趋于复杂);(6)戏剧是可以保留下来反复演出的。

《辞海·艺术分册》的释义虽简单明了,通俗易懂,但从严格的意义上说,它只说明了演员的表演艺术,而没有包括戏剧艺术的全部构成成分。《现代汉语词典》和《新华词典》的释义虽提到了"多种艺术成分的综合形式",但是没有戏剧文学、音乐、舞蹈或美术等艺术形式的表演算不算戏剧艺术?戏剧中包含着剧本、布景、灯光、服装、化妆、音乐等成分,这只是"综合艺术"的外部表现。舍弃这些成分,只有演员的表演艺术,只有演员当着观众的面扮演角色,用动作展开情节,同样可以成为戏剧。英国著名戏剧导演 Peter Brook 在他的戏剧名著 *The Empty Space* 的开篇写道,"我可以选取任何一个空间,称它为空荡的舞台,一个人在另一个人的注视下进入一个空间,就足以构成一幕戏剧了"(Brook,1996:7)。

《中国大百科全书》将中国话剧与外国戏剧一起分在《戏剧卷》,另立《戏曲曲艺卷》。《戏剧卷》卷前"戏剧"一文中说:

> "在现代中国,'戏剧'一词有两种含义:狭义专指以古希腊悲剧和喜剧为开端,在欧洲各国发展起来继而在世界广泛流行的舞台演出形式,英文为 drama,中国又称之为'话剧';广义还包括东方一些国家、民族的传统舞台演出形式,诸如中国的戏曲、日本的歌舞伎、印度的古典戏剧、朝鲜的唱剧等。"

按照以上的界定,狭义的"戏剧"不包括戏曲。英国戏剧理论家 Martin Esslin 说,"论述戏剧的书籍写过何止成千上万册,但是戏剧一词的定义究竟是什么,几乎还没有人人满意的说法"(Esslin,1976:57)。我们可以举出许多关于戏剧定义的具有代表性的一些观点。例如戏剧是一种虚构和幻象，戏剧是一种冲突的艺术（或没有冲突就没有戏剧），戏剧是一种期待的艺术、一种激变的艺术、一种高潮的艺术、一种悬念的艺术；或者说戏剧是一种舞台艺术、一种上演艺术、一种代言的艺术、一种演员艺术、一种导演艺术、一种综合艺术；又或者说戏剧是一种社会性最强的艺术、一种现场直观的艺术、一种群体认同的艺术、一种使人社会化的艺术、一种体验性的艺术、一种感召型的艺术；或者说戏剧是关于人的艺术、是以人为核心的艺术、是一种处理人的情感的艺术……凡此种种，不一而足。

任何一种艺术都有其特定的存在形态，从这个角度划分，艺术可以分为时间艺术（音乐、文学等）和空间艺术（如绘画、雕塑、建筑等）。那么，我们就可以把兼有时间形态和空间形态的艺术称之为"综合艺术"。从这个角度来说，戏剧可以称之为时空综合艺术。再如，任何一种艺术，只有通过欣赏者的感官才能产生审美价值。从这个角度去划分，艺术可以分为视觉艺术（绘画、雕塑、建筑、舞蹈）、听觉艺术（音乐）和想象艺术（文学）。而戏剧所塑造的舞台形象则可以同时作用于观众的视觉与听觉，因此，戏剧也可以称为视听综合艺术。此外，任何一种艺术都是运用特定的表现手段加以塑造的，我们也可以根据各种艺术所特有的表现手段去划分。这样，可把艺术分为：（1）文学，其表现手段是语言（文字）；（2）音乐，其表现手段是音响（音量、音色、节奏、旋律等）；（3）绘画，其表现手段是色彩、线条和二维空间的布局；（4）雕塑，其表现手段是材质，用特定的物质材料塑造三维空间的实体性的形体；（5）舞蹈，其表现手段是人体动作，通过有韵律的人体动作抒发人的内心感情，等等。从这个角度来说，戏剧是把文学、音乐、绘画、雕塑、舞蹈等特有的表演手段综合为一体的艺术。这些艺术样式的表现手段在塑造舞台形象的有机统一体中产生各自的价值。人们常常这样来表述各种艺术成分在戏剧中的表现：文学成分，指的是剧本；造型艺术成分，指的是舞台布景、服装、化妆、灯光、道具，等等，演员的表演也可以说是一种造型艺术成分；音乐成分，主要指演出中的音响和配乐。当然，在戏剧艺术中还有一个重要的构成成分：演员的表演艺术。从这个角度来说，一出戏的演出是集体劳动的智慧和成果，参加集体创作的成员有剧作家、演员、设计师、服装师、化妆师、灯光师以及音乐作曲家和演奏配乐的乐队，等等。

在英语中，戏剧常用 drama、theatre 或 play 来表达，它们的意义有时有区别，有时重叠，同样容易令人混淆。

根据 The Encyclopedia Americana（2006）的解释，drama 指"供演员表演的文学形式。一般说来，其题材在本质上是叙事性的，故事的类型通常是适宜舞台演出的"。theater "主要是一种表演艺术，起初指戏剧表演的建筑结构或场所。现在 theater 表示总的戏剧艺术，建筑物只是其中的一部分。其显著的特点是表达方式的公众性。音乐家、歌唱家或演员可能进行了艰辛的排练，但是只有当他们出现在观众面前，才真正创作了艺术作品。关于 theater 和 drama 的关系常存在一些混淆。通常，drama 指戏剧表演的文学基础，……而 theater 是剧本的有形的表演"。但遗憾的是，该百科全书没有收录 play 这一词条。

根据 *The Oxford Companion to the Theatre*（1983）的解释，drama 可以泛指为舞台演出所写的作品，如 English drama、French drama，也可指风格、内容或时代性相关的一组戏剧，如 restoration drama、realistic drama。play 是一个普通词语，指由演员在舞台、电视或广播上演出的一部作品，或任何一个供表演的书面作品。它包括喜剧、悲剧和滑稽剧等。theatre 指演员表演戏剧的建筑物、房子或户外的空地。用于文学艺术写作时，它指戏剧文学本身，或娱乐和艺术形式的戏剧作品。

美国戏剧理论家 Robert Cohen 在 *Theatre: Brief Version*（1997）一书中解释了 drama 和 theatre 的意义区别：drama 一词源于希腊语动词 dran，意为"做"、"行动"或"表演"。theatre 源于希腊语 theatron，指"观看的地方"。把两者结合在一起，可知戏剧的定义是"在观看的地方的活动"，或者更确切地说是"被观看的动作"。drama 是 theater 的基本单位，它不是一个"物体"，而是发生在现实时间，占据现实空间的事件。theatre 和 drama 常被交替使用，但它们的意义有所区别。theatre 可以指建筑物，drama 则不能。theatre 可包括所有的戏剧艺术——建筑、设计、表演、布景结构、广告、市场营销等，而 drama 的用法在意义上常有较多的限制，可指具体的戏剧、戏剧文本或戏剧文学（Cohen，1997：10）。

由此可见，drama 和 theatre 两个词的语域有不同的侧重。在戏剧理论、戏剧文学、戏剧美学等研究中多使用 drama，而在表演艺术研究领域则多用 theatre。drama 和 play 通常被认为是文学的形式，而 theatre 是语言艺术、表演艺术、美术等的综合艺术形式。drama 和 play 的区别之一是各自所指称的范围不同。两者都可指供演出的书面文学作品，但后者主要指某种具体的戏剧。drama 和 play 把语言作为唯一的材料，theatre 是艺术的集合体，除语言外，它还包括布景、动作、音乐、灯光、服装、道具等各种符号系统。drama 和 play 着重指书面文本，theatre 强调演出，因此，drama 和 play 应该被看做是整个 theatre 的其中一个成分。

Robert Cohen 认为，戏剧是所有艺术中最自相矛盾的艺术。他对戏剧概念的复杂性作了如下描述：

> 戏剧是瞬时的，然而又是重复的；戏剧是自发的，然而又是排演的；戏剧是供人分享的，然而又是上演的；戏剧是现实的，然而又是假扮的；戏剧是明了的，然而又是晦涩的。
>
> 演员是本人，然而又是角色；观众是确信的，然而又是不信的；观众是参与的，然而又是分隔的。　　　　　　　　（Cohen，1997：5）

戏剧不仅概念复杂，其种类也繁多。根据不同的分类标准，戏剧可以分为不同的种类：按容量大小，戏剧可分为多幕剧、独幕剧和小品；按表现形式，可分为话剧、歌剧、舞剧、戏曲等；按题材，可分为神话剧、历史剧、传奇剧、市民剧、社会剧、家庭剧等；按戏剧冲突的性质及效果，可分为悲剧、喜剧和正剧。

但是，戏剧的分类不但是多侧面的，而且这些侧面有时又可以是互相交叉重叠的。如《屈原》既是悲剧又是多幕剧，既是话剧又是历史剧。即使是同样类型的戏剧，由于戏剧语言的表现状态、戏剧的内涵或戏剧文体风格的差异，又可细分为不同的种类。如悲剧又可分为社会悲剧、性格悲剧、命运悲剧以及英雄悲剧等；喜剧可进一步分为讽刺喜剧、风俗喜剧、幽默喜剧、轻喜剧等。有时甚至还可以出现两种类型的融合形式，如悲喜剧等。

第二节　戏剧翻译的概念和性质

戏剧概念的复杂性也引发了戏剧翻译概念的一些讨论。

Kruger（2000：20）在 *Lexical Cohesion and Register Variation in Translation* 中将戏剧翻译研究中所涉及的术语作了系统的梳理，总结出 play、script、dramatic text、theatre text、performance 和 mise en scéne，等等。这些繁杂的术语背后，其实反映了戏剧翻译研究中的一些根本分歧和问题的症结所在，那就是戏剧翻译是用于阅读还是用于表演的二元悖论。同时，许多有关戏剧翻译概念的术语不约而同地充斥于戏剧翻译的研究中，如 drama translation 与 theatre translation（Zuber-Skerritt，1988：485）、page translation 与 stage translation（Pavis，1992：145）、aesthetic 与 commercial（Bassenett，1991：105）、retrospective 与 prospective 以及 page-oriented 与 stage-oriented（Kruger，2000：1-2），等等。

芬兰戏剧翻译研究者 Sirkku Aaltonen 在 *Time-Sharing on Stage: Drama Translation in Theatre and Society* 一书中认为，theatre text 并不一定与 dramatic text 同义，两者在某些情况下作为不同系统中的对象或成分而起作用，它们受不同系统的常规制约。用于戏剧表演的 dramatic text 称为 theatre text。因此，drama translation 包括文学和表演系统的翻译作品，而 theatre translation 只限于表演系统。drama 既可指书面文本，也可指戏剧表演，但这种双重系统的身份有时会变得异常复杂。因为有些 drama 从来没有或不会搬上舞台，如书斋剧，有些演出并不以书面文本作为蓝本的，或者不出版任何书面的文本，还有些书面文本是根据演出后产生的（Aaltonen，2000：33-34）。

澳大利亚戏剧翻译家 Ortrun Zuber-Skerritt 在 "Towards a Typology of Literary

Translation: Drama Translation Science"一文中把"戏剧翻译"定义为"将戏剧文本从一种语言和文化译成另一种语言和文化,并将翻译或改编后的文本搬上舞台"（Zuber-Skerritt，1988：485）。这就意味着戏剧翻译包含了两层寓意,即将源语译成目的语,同时把书面文本译成舞台文本。也就是说,戏剧翻译的过程是要把源语戏剧文本转译成可念的和可演的目的语文本,其中包括戏剧非语言符号的翻译。这个定义显然考虑到了戏剧翻译的可表演性。正如戏剧翻译理论家 Hans Sahl 为戏剧翻译所下的定义,"戏剧翻译是用另一种语言把一部戏搬上舞台"（转引自Pavis，1989：33）。

法国戏剧翻译理论家 Patrice Pavis 根据文本从文字转向舞台演出乃至观众接受的过程,将戏剧翻译分为四个层次：T_0 是原戏剧文本；T_1 是一般文学意义上的戏剧译本；T_2 是用于舞台表演的戏剧译本；T_3 是被导演演员搬到舞台上的戏剧译本；T_4 是被观众接受的戏剧译本。这几个文本互为因果、相互促动,形成一个动态的循环过程,其中 T_3 和 T_4 往往相互影响、相互融合。他认为戏剧翻译的重点应该集中在后三个层面上（Pavis，1989：27-30）。

波兰戏剧符号学家和戏剧翻译家 Tadeusz Kowzan 根据文本与表演之间的关系,将戏剧翻译分为三类：第一类,戏剧舞台表演是以文本的存在为前提的,戏剧翻译者主要对这类翻译感兴趣；第二类,没有对话或独白的表演,又名"哑剧",这类表演的文本只有对表演目的的说明,译者一般对此类翻译不太感兴趣；第三类,表演之后而形成的文本。先有成功的舞台表演,然后才将文本出版与读者见面,莎士比亚和布莱希特的作品属于这一类,译者对这类作品的翻译也很感兴趣。第三类与第一类的不同之处在于：可表演性更强（Aaltonen，2000：34）。

在谈到具体的戏剧翻译概念时,Reba Gostand（1980：1-9）描述了戏剧翻译的各种定义和性质：

> 从一种语言转换成另一种语言（难点在习语、俚语、语气、称呼、反语、俏皮话或双关语）；
>
> 从一种文化转换成另一种文化（习俗、假想、态度）；
>
> 从一个时代转换成另一个时代（同上）；
>
> 从一种戏剧风格转换成另一种戏剧风格（如：从现实主义或自然主义转换成表现主义或超现实主义）；
>
> 从一种类型转换成另一种类型（悲剧转换成喜剧或滑稽剧）；
>
> 从一种媒体转换成另一种媒体（舞台剧转换成广播剧、电视剧或电影）；
>
> 从纯戏剧文本转换成音乐剧/摇滚剧、歌剧/舞剧；
>
> 从书面文本转换成舞台文本；

从情感/概念转换成事件；

从言语表演转换成非言语表演；

从一个演出团体转换成另一个演出团体（受过训练的专业团体转换成学生或儿童的业余团体）；

从一类观众转换成另一类观众（为学校表演的戏剧转换成为聋哑人表演）。

笔者认为，以上的这些分类在一定程度上反映了戏剧翻译的复杂性和特殊性，即戏剧翻译不仅仅是文字的传译，它必然涉及戏剧的舞台性本质。在戏剧付诸舞台表演的过程中，导演、演员、现场观众等都是影响戏剧翻译的因素。戏剧翻译不仅涉及两种语言之间的语际转换，还需考虑译文语言的舞台性、视听性、口语性、观众的接受性以及语言的动作性。这就是说，"戏剧翻译除了要涉及书面文本由源语向目的语转换的语间翻译，还要考虑语言之外的所有因素"（Bassnett，1985：87）。

在我国，戏剧翻译过去一直被视为文学翻译的分支，戏剧翻译问题被简化为如何分析、理解和完整地再现原文信息的问题。这导致了我国戏剧翻译的研究规模小、范围窄、力量弱的局面。随着西方翻译研究的发展，尤其是其他各种学科理论的渗透，戏剧翻译研究的范围和方式远远超出了我国既有的传统翻译研究模式，戏剧翻译的概念也在更广阔的范围内被加以描述和阐释。以色列特拉维夫翻译学派代表人物 Itamar Even-Zohar 提出了多元系统的理论，将翻译研究置于由各种社会符号现象（如语言、文学、经济、政治、意识形态）组成的混合体中。这些系统相互依存、层次复杂，既彼此交义、部分重叠，又有差异、地位不一，组成一个"大多元系统"（macro-polysystem）。在这个大多元系统中"任何一个多元系统里面的转变，都不能孤立地看待，而必须与整体文化甚至世界文化这个人类社会中最大的多元系统中的转变因素联系起来研究"（Even-Zohar，1990）。该理论的意义在于将翻译从语言学体系的禁锢中解脱了出来，从而拓展到各种社会符号现象的研究领域。该理论无疑对戏剧翻译研究具有很大的启发意义。从目前西方戏剧翻译理论研究的趋势来看，戏剧翻译研究与多元系统其他元素的交融和交流不但成了可能而且成为必然，对戏剧翻译概念和性质的描述也将不断地被修正和完善。

第三节　戏剧翻译的主要矛盾

戏剧既是一种文学艺术，同时又是一种表演艺术。也就是说，戏剧兼具可读性和可演性，戏剧译本不但要通顺、达意、易于阅读，还要朗朗上口、易于表演。

可见，戏剧翻译具有很大的难度。目前，戏剧翻译研究仍然陷于"迷宫"（labyrinth）之中，在基于阅读和表演两种不同目的的翻译之间纠缠不休，并由此引发对可演性（performability）、潜台词（subtext）、可读性（readability）、文化顺应（adaptation）与文化移植（acculturation）等戏剧翻译问题的矛盾。

正如英国著名的翻译理论家 Susan Bassnett 所说的那样，"戏剧翻译是一个未经解决但却受到忽视的翻译研究领域"（Bassnett，1998：90）。她在"Still Trapped in the Labyrinth: Further Reflections on Translation and Theatre"一文中，将剧本的阅读方式分为七类：（1）将剧本纯粹作为文学作品来阅读，此种方式多用于教学；（2）观众对剧本的阅读，此举完全出于个人的爱好与兴趣；（3）导演对剧本的阅读，其目的在于决定剧本是否适合上演；（4）演员对剧本的阅读，主要为了加深对特定角色的理解；（5）舞美对剧本的阅读，旨在从剧本的指示中设计出舞台的可视空间和布景；（6）其他任何参与演出的人员对剧本的阅读；（7）用于排练的剧本阅读，其中采用了很多语言学的符号，例如：语气（tone）、屈折（inflexion）、音调（pitch）、语域（register）等，为演出进行准备（Bassnett，1998：101）。这样一来，就给戏剧翻译带来了问题：一个译本能同时满足这七类不同的阅读方式吗？什么样的译本才算是好的戏剧译本呢？

以 Griffiths, Pavis, Johnston 为代表的戏剧翻译理论家把戏剧看做是为舞台而设计的艺术，呼吁在翻译中重视译作的可演性（Marco，2002：53-56）。而 Susan Bassnett 则极力反对可演性作为评判戏剧翻译标准的概念，她指出"在我看来，这个术语没有可信性，因为它与任何形式的定义都是相抵触的。……可演性是许多翻译者序言中出现的术语，它常常意味着译文文本可能更适宜于最终的演出，因为它不管怎么说更具有可演性。我们总是会将这样的言论视为徒有其名，因为从来没有迹象表明，可演性指的是什么，为什么一个文本比另一个文本更具可演性"（Bassnett，1998：95）。然而，许多戏剧翻译家和学者并不赞同 Bassnett 抛弃可演性的观点（Marco，2002：56-57）。

对于戏剧文本中潜台词的翻译问题，Susan Bassnett 是第一个对潜台词的存在性提出质疑的学者。她指出，即使书面戏剧文本中确实存在着潜台词或动作性文本，翻译者也不可能解码这些副语言和动作性符号，然后在目的语中重新编码（Bassnett，1991：110）。Vicki Ooi 对戏剧文本的潜台词也持怀疑态度。她引用中国戏剧中的例子阐明了潜台词的非普遍性。然而，Egil Tornqvist 却试图证实戏剧文本潜台词的概念，要求翻译理论家考虑，源语文本中演绎的表演潜台词是否可以在目的语文本中加以演绎。近来，Susan Bassnett 得出结论说，"可演性的概念也许会给戏剧翻译提供一些帮助，但是潜台词或动作性文本存在的可能性不是戏剧翻译必须探究的问题。戏剧翻译者应该停止寻找深层结构和经编码的潜台词，需要更密切考察的是源语与目的语之间指示语形式的变化。我们需要更全面地考虑对话文本的性质，可以说它构成了对话文本本身的副语言"（Bassnett，1998：102-104）。

Keir Elam 在 *The Semiotics of Theatre and Drama* 一书中也说，"指示语对于戏剧来说非常重要，它是戏剧语言传递的基本方法。如表示说话者和听话者的人称代词'我'、'我们'、'你'和'你们'；表示时间和空间的副词'这里'、'那里'和'现在'、'那时'；表示事物的'这'、'这些'和'那'、'那些'等。在戏剧中，指示语无论在数量上还是功能上都是最重要的语言特点"（Elam，2002：27）。Elam还引证了莎士比亚作品来表明戏剧中指示语的重要性。"据统计，《哈姆雷特》剧本共有 29000 多个英文单词，其中有 5000 多个词是指示语"（Elam，2002：140）。

在"Translation for the Theater"一文中，Clifford Landers 指出，"戏剧翻译与其他类型的翻译在很多方面存在着差异。戏剧翻译的本质至少从观众的立场上来说是它的'可念性'。大多数其他需考虑的事情——意义、忠实、准确——都从属于这个基本的特征。即使是戏剧翻译中非常重要的文体，有时也必须服从于这样一个现实，即演员必须能以令人信服的和自然的方式表达台词"（Landers，2001：104）。在文章中，他引用了 Eric Bentley 的观点，"剧本存在于两种意义中，即作为书面文本和演出剧本。阅读剧本与观看舞台上表演的相同的戏剧完全不同。总的说来，翻译者的责任是创作既为后者增色又不损伤前者的译本"（Landers，2001：104）。George E.Wellwarth 在"Special Considerations in Drama Translation"一文中也持相似的观点。他把"可念性"定义为译文文本的话语可以被流畅发音的程度（Wellwarth，1981：140）。他说，"戏剧翻译者面临两个主要问题：可念性和文体。译文在舞台上应该听起来悦耳，读起来流利，毫无发音的困难"（Wellwarth，1981：141）。

戏剧的另一个特点，即可演性和文化附载性的并存，导致了戏剧翻译中的又一大矛盾：适应舞台演出的文化移植与原文化特征的忠实传递。戏剧是一种独特的语言艺术，以舞台演出为目的，同时蕴涵着许多文化信息。戏剧翻译应将这两方面考虑在内：既要保证译语文化环境中的可演性，也要传递源语文化的典型特征。于是，为适应舞台演出而作的文化移植与原文化信息的传递就成为戏剧翻译中的一对典型矛盾。

Sirkuu Aaltonen 把文化移植描述为"翻译者所使用的使异国文本符合目的语系统惯例的策略"（Aaltonen，2000：55）。Aaltonen 坚持认为，如果戏剧文本被看做是构成戏剧事件的其中一个因素，那么在翻译中就不可能避免某种程度的文化移植。"文化移植在戏剧文本翻译中是必然的，也许比其他类型的文本更显而易见"（转引自 Bassnett，1998：93）。Susan Bassnett 也认为，"翻译从来不发生在真空中，它总是发生在一个连续统一体中，因此翻译发生的上下文必定会影响翻译的方式。如同源语文化的规范和限制在创作源语文本中所起的作用一样，目的语文化的规范和传统也不可避免地会在译文的创作中起作用"（Bassnett，2004：93）。Romy Heylen 从不同的角度来看待戏剧翻译中文化移植的问题。"根据 Heylen 的观点，翻译中文化移植是一支滑动的标尺，其中一端对源语文本没有进行任何的移植，这种文本最终被看做是'异国的'或'异常的'。这一端经过协商和妥协的中间阶段，最终到达完全移植的对立端"（转引自 Bassnett，1998：93）。而波兰戏剧翻译研究者 Klaudyna Rozhin 却认为，当剧本中出现与另一种文化相异的事物和概念时，尽管这些文化元素或概念与源语文化密切相关，戏剧翻译者仍可保留源语的文化背景。她认为这是一种理想的翻译方式，它既能扩大观众的知识，又能使观众通过发现未知的世界感受更令人兴奋的戏剧经历（Rozhin，2000：140-142）。可是，不少戏剧翻译研究者认为，"尽管所有的文学翻译者都要面临归化和异化这两难的困境，但文化移植比其他的翻译模式更适合于戏剧翻译"（Hale & Upton，2000：7）。

从以上对戏剧翻译研究的分析中，我们可以知道，戏剧翻译自出现以来一直伴随着种种矛盾。"虽然翻译问题，尤其是文学翻译的问题已经得到了一些共识，但戏剧翻译，特别是用于舞台演出的翻译却并非如此，它需要考虑舞台性"（Pavis，1992：136）。这就是说，"戏剧翻译的现象超越了戏剧文本语间翻译的有限现象"（Pavis，1992：136）。正如 George Mounin 所说，"具有表演性的戏剧翻译不是语言的产物，而是戏剧行为的产物"，否则，"尽管语言翻译得足够完美，但不是戏剧翻译"（转引自 Pavis，1992：140）。

第四节　戏剧翻译研究概述

戏剧译文语言作为戏剧文学翻译主要的构成符号，与普通语言符号既有一定的联系，更有重要的区别。首先，它必须具备普通语言符号的最基本的功能，即语义学的功能。由于承担着组织戏剧行动、塑造人物形象的任务，戏剧译文语言必须能够被观众所接受，这样才能完成戏剧译文文本最终的使命。其次，戏剧译文语言还必须实现双重超越：一个是由普通语言符号到戏剧语言符号的超越；另一个是由普通的戏剧语言符号到审美的戏剧语言符号的超越。前者要求戏剧译文语言不但要具有可进行具体分析的语义内容，而且还必须富有强烈的行动性，即富有动作性、形象性、时空性等特点，从而为舞台表演奠定基础。后者则更进一步要求戏剧译文语言以诗性的审美功能为创作准则，从而使译文语言富有韵律感和节奏感，具有鲜明的抒情意味或哲理意蕴。

在谈到戏剧翻译研究很少有人问津的原因时，Hale 和 Upton 评论说，"从翻译研究的角度看，翻译理论家大多没有意识到戏剧传统的广度、深度及其多样性；而从事戏剧翻译的译者尽管对戏剧有较深的认识，但他们大多数又不熟悉翻译理论。因此，尽管戏剧翻译与戏剧表演关系密切，但是研究者既没有从戏剧表演学的角度研究戏剧翻译，也没有从翻译的角度深入地研究以表演为目的的戏剧翻译"（Hale & Upton，2000：12）。英国翻译理论家 Susan Bassnett 也认为，"几乎极少有资料谈论翻译戏剧文本的特殊问题，个别一些戏剧翻译者的言论常常意味着，翻译过程中所使用的方法与处理戏剧文本的方法是相同的"（Bassnett，1980：119）。Lefevere 也持同样的观点，他说"据我所知，没有人不是简单地按书面文本的方式来处理戏剧。因此，几乎没有有关表演的和演出的戏剧翻译的理论文献"（转引自 Bassnett，1998：95）。

我国戏剧翻译的实践和理论研究起步都比较晚。在中国，对西方戏剧的翻译大约始于 19 世纪末 20 世纪初，至今已有一百多年历史。中国的话剧就是在戏剧翻译的影响下诞生的。然而，最初的戏剧翻译主要是供读者阅读的，而不是用于表演的。据马祖毅在《中国翻译简史》的介绍，外国剧本的翻译以李石曾译的波兰廖抗夫（L. Kampf）的《夜未央》和法国蔡雷的《鸣不平》为最早（马祖毅，1998：440）。莎士比亚的戏剧最早被介绍到中国是在 1911 年。自 20 世纪 20 年代开始，许多俄国优秀的剧本也陆续被介绍到中国，尼·果戈理的《钦差大臣》和亚·奥斯特罗夫斯基的《大雷雨》，在 20 世纪三四十年代就曾轰动中国剧坛。新文化运动时期，易卜生和其他许多外国剧作家的作品也被引入中国。外国戏剧的翻译渐渐兴盛，这也为国内剧作家的独立艺术创作输送了养料。新中国成立后，戏剧翻译主要集中在苏联的戏剧作品，当时著名的斯坦尼斯拉夫斯基的表演体系被介绍到中国，并在国内传播。1954 年后，戏剧翻译事业有了一些发展，更多的来自其他国家的戏剧作品被翻译，并搬上舞台。1976 年"文化大革命"结束后，中国的话剧进入了新的发展时期，戏剧翻译得到了迅速的发展。各种译本的外国戏剧集被翻译出版。自 70 年代末开始，越来越多代表着各种流派的外国戏剧被介绍到中国，带来了现代戏剧的新视角。更为重要的是，中国除了引进外国戏剧的精华以外，还把国内的优秀戏剧翻译传播到国外。1980 年，《茶馆》剧组访问了欧洲 15 个国家，演出取得了很大的成功。它标志着中西戏剧交流由单向变成了双向交流。但是，中国戏剧翻译实践的时间相对较短，戏剧翻译理论研究的时间更短。因而尽管有大量的戏剧翻译实践，国内的戏剧翻译的理论研究却在很长一段时间内几乎无人问津。到目前为止，国内几乎没有戏剧翻译理论的专著，戏剧翻译者通常只是根据个人的翻译实践在译作的前言或后记中提出了自己的一些翻译原则和观点。

余光中在谈到戏剧翻译时说:"戏剧的灵魂全在对话,对话的灵魂全在简明紧凑,入耳动心……小说的对话是给人看的,看不懂可以再看一遍。戏剧的对话全是给人听的,听不懂就过去了,没有第二次机会……我的翻译原则是:读者顺眼、观众入耳、演员上口。"(余光中,2000:127)卞之琳翻译莎剧时,在"译本说明"中提出了戏剧语言翻译的要求。他认为,戏剧语言应力求简短,"原文有些地方本来需要注解,但经过翻译,意思已经清楚,就不再加注"。"译文中,逢原文用双关语处、谐音处,宁可增删或改换一些字眼,就原来的主要意义,力求达出原有的妙趣;逢原文故意用陈腔滥调处,也力求用相应的笔调,以达到原来的效果。"(卞之琳,1988:3)朱生豪译莎剧时,在译者自序中曾言"第一在于求最大可能之范围内,保持原作之神韵,必不得已而求其次,亦必以明白晓畅之字句,忠实传达原文之意趣;而于逐字逐句对照式之硬译,则未敢赞同。……每译一段竟,必先自拟为读者,察阅译文中有无暧昧不明之处。又必自拟为舞台上之演员,审辨语调之是否顺口,音节之是否调和。一字一句之未惬,往往苦思累日"(朱生豪,1958:译者自序)。在戏剧翻译方面,老舍的译文十分重视整体效果,语言流畅,很少有翻译腔和欧化语言。他认为,"译者能够保持原著的风格……我们看出特点所在,就应下工夫,争取保持。文学作品的妙处不仅在乎它说了什么,而且在乎它是怎么说的。假如文学译本仅顾到原著说了什么,而不管怎么说的,读起来就索然无味。""有诗才的译者便应该以译诗对待译这些作品,让读者不但知道书中说了什么,而且怎么说的……"他还说,"保持原作的风格若做不到,起码译笔应有译者自己的风格,读起来有文学味道,使人欣赏"(老舍,1979:98-99)。《柔蜜欧与幽丽叶》[1]是戏剧大师曹禺翻译的唯一的一部莎剧。这部译作语言艺术之美是因为曹禺具有明确的翻译目的:"我的用意是为演出的,力求读起来上口。"(曹禺,1979:1)我国著名戏剧理论家焦菊隐翻译了大量的俄国现实主义戏剧作品,他有深厚的戏剧理论功底和丰富的舞台经验,因此在翻译戏剧时能更多地考虑演出因素。就翻译剧本的问题,焦先生指出:"近年来我国翻译剧本的上演数量很多。但是,剧本的翻译者,常常不顾我国语言的语言规律,把人物的对话译得非常生涩,或者用些观众极不熟悉的语法和词汇,或者用些观众听到后半句就忘了前半句那样长的造句,所以观众也是听不懂的。"他认为,民族语言并不排斥外来语,可以吸收我们语言中没有的或比我们的语言更有表现力的词汇和语法,但这必须是以读者和观众的理解为基本条件(焦菊隐,2005:1-3)。

---

[1] 现在一般翻译成《罗密欧与朱丽叶》。由于本书所收译文年限跨度较大,不同译者对专有名词可能采用不同的译法,为尊重原文,本书对此并未作统一要求。——本书责任编辑

然而，以上这些理论多半只是翻译实践的心得，有些只停留在语言层面上，有些缺乏理论的系统性。令人欣喜的是，近年来，国内对戏剧翻译研究领域的关注逐渐多了起来，一些高校的博士和硕士以及兼顾翻译教学与戏剧翻译实践的教师也开始把目光投向戏剧翻译研究领域。近些年来，戏剧翻译研究开始渐渐受到关注，研究的角度也越来越多，如从戏剧翻译的特点和标准角度、从戏剧文化学角度、语用学角度、美学角度、目的论角度、社会学角度、关联理论角度、对比研究角度等。但是，这个研究队伍还不够强大，其研究成果也不算丰硕，主要以论文形式散见于各个学术期刊。

　　总之，我国的戏剧翻译研究几乎无历史可谈。相比之下，国外的戏剧翻译研究却比较活跃，研究历史也相对要长一些。

　　20 世纪 70 年代中期以前，戏剧翻译的研究基本上是纳入文学翻译研究的范畴。与其他文学作品的翻译研究一样，西方对戏剧翻译的讨论主要局限于使用规定法的研究方式对戏剧翻译文本进行比较分析，探究译文与原文的等值问题。戏剧翻译研究一直是以摒弃接受者的能动参与为标志的，也一直忽视影响戏剧翻译的诸多因素。在此基础上构建的戏剧翻译理论无不强调，翻译只不过是一种表现各异而殊途同归的"复制"，或者说是忠实或创造性地再现作者／文本意图的一种跨语际转换。"长期以来，（戏剧）翻译都被理所当然地认为是语言文字的转换。"（Snell-Hornby，1995：39）

　　20 世纪 70 年代中期以后，戏剧翻译开始朝着描述法的研究方向发展。美学、符号学、心理学等领域的发展对西方戏剧翻译研究产生了很大的影响。一些戏剧理论家和戏剧翻译家开始从不同的理论角度探讨和研究戏剧翻译问题。19 世纪70 年代初，一些戏剧翻译家把布拉格学派提出的戏剧符号学理论应用于戏剧翻译研究。他们认为，戏剧翻译文本只是包括观众在内的其他相互联系的符号系统中的一个可选择的系统，受到表演的极大制约。戏剧表演的所有符号成分——对话语言、布景、演员的手势、服装、化妆和音变，以及众多的其他符号——都以自己的方式创造表演的意义。戏剧翻译的功能学派（Nida，2001；Nord，2001）认为，戏剧翻译的目的是戏剧译本的可操作性，它必须有助于导演、演员、布景和灯光设计师，以及其他参与演出的人员的所有活动。接受美学理论（Toury，1985；Culpeper，1998）认为，在戏剧的交际过程中，目的语观众的接受能力影响和制约了戏剧翻译的过程和结果，戏剧翻译的成功与否在很大程度上取决于观众的反应。

　　在过去的三、四十年中，西方出现了一大批戏剧翻译理论家，他们出版和发表了一系列戏剧翻译的专著或论文，提出了不少真知灼见。

　　英国翻译理论家 Peter Newmark 在 *A Textbook of Translation* 一书中谈到了戏剧翻译。他的主要论点有以下四个：（1）戏剧翻译的目的是成功地演出，因此戏剧翻译者的头脑中必须装着潜在的观众。优秀的剧作可以为读者而译，为学者研究而译，也可以为舞台演出而译，译者应保证后者作为主要目的。用于表演的文本和用于阅读的文本不应当有区别。译者只需在注释中照顾读者和学者，而且应该在文本中可能的地方引申（解释）文化隐喻、暗指、专有名词，而不是用含义来代替。（2）戏剧的译者比小说的译者受到更多的束缚，小说的译者可以对双关语、源语文化或模糊的地方进行解释或介绍，戏剧则不然，戏剧强调的是动作而不是描写或解释，因此必须简洁，而不能超值翻译。（3）译文一定要使用现代语言。（4）不赞成用一国文化来替代另一国文化，否则就不是翻译，而是改写了（Newmark，2001：172-173）。Newmark 指出了戏剧翻译与小说翻译的区别，提出保留源语文化特色和为舞台演出而译等重要理念，但他没有进一步论述处理两种译本的不同方法，如阅读文本加注的地方如何让台下的观众理解；对双关语等特殊语言现象应如何翻译才能做到既不超值，又可传达原文的效果，等等。

法国戏剧翻译理论家 Patrice Pavis 认为，"翻译者不只是翻译文本，而且要想象文本的舞台性，要根据源语戏剧文本重新构建戏剧文本"（Pavis，1992：136-139）。波兰戏剧符号学家 Tadeusz Kowzan 将戏剧文本所包含的符号分为 13 种类型：语言、语调、表情、动作、调度、化妆、发型、服装、道具、布景、灯光、音乐和音响。他将这些符号系统分为听觉和视觉两大符号类型。他认为，在戏剧表演中，语言符号系统和其他非语言戏剧表演符号共同形成一个有机的整体（Kowzan，1968：73）。法国符号学家 Anne Ubersfeld 认为，把翻译文本与演出割裂开来是不实际的，也是不可能的，因为戏剧艺术包含了两者的辩证关系。此外，文本本身是不完整的，只有通过表演，其完整性才得以实现（Ubersfeld，1996：15-16）。20 世纪 80 年代初，英国翻译理论家 Susan Bassnett 宣称，只有在表演中戏剧文本才是真正完整的，表演与文本二者是辩证统一的整体，不应将二者分隔开（Bassnett，1991：120）。然而，在 1985 年她发表的题为"Ways through the Labyrinth: Strategies and Methods for Translating Theatre Texts"一文中，她完全放弃了以前的观点，反对将戏剧文本视作非完整体；反对将"表演性"作为戏剧翻译的评价标准；反对要求译者挖掘戏剧文本语言的动作性。因为这些对于译者来说存在很大的问题——译者必须是"超人"。如果真的有语言的动作性，那么翻译过程中译者必须解码原文中的动作性语言，并将它们编码到译文中去。此外，还要考虑"表演性"等其他方面的问题，这在 Bassnett 看来是不可思议的（Bassnett，1985：90；101-102）。Clifford Landers 在 "Translating for the Theatre"一文中将"可念性"视为戏剧翻译的核心原则，其他的如意义、忠实、准确等都应服从于这个原则（Landers，2001：104）。芬兰戏剧翻译家 Sirkuu Aaltonen 在其戏剧翻译研究的名著 *Time-sharing on Stage: Drama Translation in Theatre and Society* 中提出，应将翻译的剧本融入到盛行的社会文化语篇中，因为戏剧翻译中的文化合流是不可避免的（Aaltonen，2000：48）。很多学者都认为，文化的渗透、同化在戏剧翻译中是不可避免的，而且比其他文本的翻译更加明显。Reba Gostand 强调非语言交际对戏剧翻译的影响。他说，"演出所选的媒介、演出的模式和方式，甚至有形的布景，以及演出的对象观众，所有这些都是翻译过程中互为影响的因素"(Gostand，1980：32)。澳大利亚戏剧翻译家 Zuber-Skerritt 在分析了译者、导演、演员和观众等人的作用后指出，"戏剧翻译受导演、演员诠释的影响，受舞台设计的影响，如光、色、动作、舞台类型、服装、化妆等"(Zuber-Skerritt，1988：485-486)。

　　以上这些研究从不同的研究角度、从他们所处的不同文化背景，以及戏剧的不同侧面探讨了戏剧翻译的特征和内涵，为戏剧翻译研究开辟了新的途径，提供了大量有价值的理论依据。在众多的戏剧翻译理论中，戏剧符号学理论以一枝独秀而引人关注，显现出其独有的理论价值。它的诞生和确立对戏剧研究和戏剧翻译可谓是一场彻底的革命，几乎从根本上改变了传统的戏剧理念和研究方法。正如法国戏剧符号学家 Roland Barthes 在 1967 年论及这一问题时所指出的，"戏剧领域是符号学大有用武之地的领域"。因为"戏剧符号学的性质，不管是比拟、象征，还是常规，信息的指示和内涵——所有符号学中的基本问题都出现在戏剧中了"(Barthes，1967：86)。法国戏剧翻译理论家 Patrice Pavis 也说，"符号学已经确立为分析戏剧文本和舞台表演的学科"(Pavis，1992：2)。"戏剧翻译已经改变了研究范式：它已不再是机械地复制源语文本，采用语义等值的翻译方式，而被看做是一个文本替换另一个文本。因而，其翻译理论在朝着戏剧符号学的总趋向发展，并依据接受论的观点来重新确定目标"(Pavis，1989：25)。

第二章
戏剧符号学与戏剧翻译

　　自从人类第一次意识到交际的现象，它已经认识到符号在人类生活中的重大作用了。人类探寻符号本质的历史就是哲学历史不可分割的一部分。在西方，符号的研究可以追溯到柏拉图、斯多葛学派、奥古斯汀，直至近代的洛克和维柯。17世纪洛克将符号学这一术语引入哲学研究的领域。尽管所有的哲学都会思考符号和意义，但严格意义上的符号学研究始于瑞士语言学家索绪尔（Ferdinand de Saussure）和美国哲学家皮尔斯（Charles Sanders Peirce）。索绪尔和皮尔斯几乎同时开启了符号学的研究视野，但两种"符号学"的区别并非只是名称的差异，也不是美国皮尔斯派的 semiotics 和法国索绪尔派的 semiology 两个派别之间术语的纷争。索绪尔将符号定义为能指与所指的联结体，而皮尔斯把符号分为意向性符号和非意向性符号。

　　在早期，对戏剧的研究一直使用规范和演绎的方式，亚里士多德的戏剧理论就是如此。他将戏剧描述为"对行动的模仿"（亚里士多德，2002：19），包括时间和空间的封闭结构以及一定数量的角色。尽管他的理论基于希腊悲剧的文本，他也无意确立戏剧研究的规范，但他对戏剧的描述至少从文艺复兴时期起一直被看做戏剧文本的规范。19世纪和20世纪初，戏剧理论研究仍然没有摆脱规范法的模式。当时的戏剧研究将古典悲剧、欧洲文艺复兴时期的戏剧、德国和法国的古典戏剧作为研究对象，确定"冲突"是戏剧的本质（F. Brunetière, W. Archer 等）。有的戏剧理论用黑格尔的"主客体"辩证法作为理论依据，将戏剧定义为"史诗的客体与抒情的主题的结合"（F.W. Schelling, F.Th. Vischer, Jean Paul 等）。

　　符号学理论引入戏剧研究源于20世纪30年代的布拉格结构主义语言学派。作为20世纪语言学的一大流派，布拉格学派（the Prague School）的理论具有广泛的影响和多维的启迪。布拉格学派借鉴了德国和捷克的美学与现象学、索绪尔与皮尔斯的符号学以及俄国形式主义等思想，形成了自己鲜明的结构主义和功能主义理论。他们的研究成果遍及语言学、文学、美学等多个领域，同时他们对戏剧研究也作出了巨大的贡献。

1931 年是戏剧研究史上重要的一年。在此之前，戏剧文本和戏剧表演的研究自亚里士多德时代以来一直是规范法研究，几乎没有取得实质性的进展。这些研究把戏剧文本与舞台表演割裂开来，忽视了戏剧并非只是语言的艺术这一事实。戏剧主要成为文学批评的附属品，舞台演出被认为是即逝而过的现象，没有得到系统的研究。1931 年，Otakar Zich 的专著 *The Esthetics of Dramatic Art* 和 Jan Mukarovský 的论文 "An Attempted Structural Analysis for the Phenomena of the Actor" 先后出版发表。这两项研究改变了人们对戏剧分析的方式，奠定了 20 世纪 30 年代布拉格学派的符号学家所创立的戏剧理论基础（Elam，2002：5-6）。

1931 至 1943 年间，布拉格学派的语言学家和符号学家发表了一系列戏剧研究的专著和文章，除了上述 Otakar Zich 的专著和 Jan Mukarovský 的论文，还有 Petr Bogatyrëv 的 "Semiotics in the Folk Theatre" 和 "Forms and Functions of Folk Theatre"、Jindrich Honzl 的 "Dynamics of the Sign in the Theatre" 和 "The Hierarchy of Dramatic Devices"、Jiri Veltruský 的 "Dramatic Text as a Component of Theatre" 和 "Basic Features of Dramatic Dialogue"，以及 Karel Brušák 的 "Signs in the Chinese Theatre" 等。这些论著和文章充分代表了布拉格学派的主要戏剧思想和观点，它们不仅为戏剧研究和戏剧创作开拓了新的视野，而且对戏剧翻译的研究和发展产生了巨大的影响。

第一节　Zich 和 Mukarovský 的戏剧符号结构观

布拉格学派的结构主义者认为，戏剧的基本结构就是表演符号的结构。作为一个独立的符号系统，戏剧可以自由地吸收所有各种符号，因而其结构是极其复杂的，也许比其他任何形式都要显得复杂（Mukarovský，1977：82）。

Otakar Zich 于 1931 年出版的 *The Esthetics of Dramatic Art* 一书在戏剧结构理论的形成与发展中起着十分重要的作用。在该书中，Zich（1977：58-59）把参与表演的艺术（文本、音乐、绘画和演技等）确定为构成戏剧结构的主要因素，并指出"戏剧结构应该被看做包含了视觉和听觉的成分"。他研究了这两大成分相互结合和渗透的原理，发现了戏剧有别于其他艺术形式的基本特点。他进一步将戏剧动作、戏剧人物、戏剧情节和戏剧地点视为实现视觉和听觉效果的四个主要成分（Zich，1977：93-95）。Zich 认为，戏剧是由各种不同的但又是相互依赖的系统组成的，它们中没有一个系统占有特别突出的地位（Zich，1977：38）。在戏剧符号学家中，他首次否定了戏剧文本支配其他系统的理论，把戏剧文本只看做是参与整个戏剧表演的一个系统，并强调各系统之间的相互关系。他大胆地把戏剧成分分为视觉和听觉两大部分，并把它们与空间艺术和时间艺术结合起来。他指出，"戏剧中的听觉符号是由空间和时间组织起来，时间与空间同样参与构成视觉符号"（Zich, 1977: 59）。Zich（1977: 93-95）强调戏剧表演的两个方面：技术性和想象性。表演的技术性指舞台上所呈现的内容，表演的想象性则是观众获得的感悟。他认为，戏剧的每一个成分都影响着表演的技术性和想象性。戏剧结构并非只是各成分的总和，这只是对结构的静态理解，它还包括各成分的内在关系。有些成分可以通过直接观察而获得，但有些则需要通过推理的方法才能获知。Zich的这些观点对后来戏剧符号学的研究，对当今戏剧符号学理论和戏剧翻译理论的形成都产生了重大的影响。

除了探讨戏剧结构的成分外，布拉格学派所关注的戏剧结构的主要问题是：一个戏剧符号对另一个戏剧符号或整个戏剧表演的符号系统会产生什么作用？戏剧结构与其他更高层次的结构，如社会结构，有什么关系？为了解决这些问题，Jan Mukarovský 使用了"语义姿态"（semantic gesture）一词来阐述自己的观点。这里所谓的"语义姿态"是指对接受者行为和反应的预先推定。他（1976: 3-9）认为，在作品所处的美学标准和价值观的前提下，在作品所处的社会和政治背景下，语义成分的概念从最小单位到总体特征都是统一的。他确立了戏剧同时实现几个功能的模式，认为在不同的时刻总有一些成分支配着其他成分。这就是说，戏剧结构总是包含着一些相对稳定的成分。这些成分可能不仅比其他成分更为重要，而且还使其他成分从属于自己的目的，以确保整体的统一。他认为，在戏剧表演中，文本只是一个"宏观符号"（macro-sign），它的意义是由整个效果构成的。他强调所有的成分都从属于一个整体，观众是表现"宏观符号"意义的重要因素。表演不只是一个简单的符号，而是不同的但又是相互合作的系统中的各个符号单位的集合。这些起主导作用的成分可以是戏剧文本、演员的表演、观众和舞台的关系。他把作品区分为三个方面：第一是艺术家所创作的可察觉的形式；第二是这种形式内在化的含义；第三是它与社会环境的关系。

Jan Mukarovský 的"戏剧结构分析"跨出了表演符号学研究的第一步。他运用瑞士语言学家索绪尔符号学的定义认为，艺术作品存在于公众的集体意识中，它只是一个"符号单位"（semiotic unit），其"能指"（signifier）是作品本身，其"所指"（signified）是"审美的对象"（aesthetic object）。能指与所指的关系并不构成完整的结构模式，只有第三个要素，即符号与现实关系的加入，才能使模式得以完整。1934 年，Mukarovský 在 "The Art as a Semiological Fact" 一文中说："具体艺术作品只是一种外在的符号（用索绪尔的术语就是能指），它在集体意识里产生相关的意义（通常被冠之以'审美对象'），这些意义是由某一社会集团所共有的，同时又由具体作品所激发的主观意识状态所决定的。"（Mukarovský，1976：4-5）

布拉格学派的戏剧结构观强调参与表演的各物质和概念（非物质）成分之间的内在关系，它主要有以下特点：（1）戏剧是一个特有的结构系统，它吸收了其他系统的符号，如语言、绘画、雕刻、建筑、音乐和舞蹈等，但它又有别于这些系统。戏剧拥有的成分比其他的艺术形式更多、更复杂。除了本身所含的功能意义外，通过与其他戏剧成分的结合，戏剧的每种成分又能获得某种新的特征和符号潜在义（semiotic potential），而这些意义脱离了戏剧系统是不可能存在的（Veltruský，1981：228）；（2）概念成分不是事先获得的，而是由物质成分的刺激产生的。布拉格学派认为，对物质成分的分析是不胜枚举的，通常包括戏剧文本、演员、道具、服装、布景、灯光、音乐和观众。更具体一点可涉及如演技之类的具体问题。演技又可分为语言、模拟、手势和动作，语言又可分为音调、音色和强度等（Deák，1976：86）；（3）观众作为物质成分的一个部分，包含在戏剧结构中。因为戏剧需要观众才能生存，只有观众通过具体化的过程才能将戏剧作品转换为感知的内容。

第二节　Bogatyrěv 和 Honzl 的戏剧符号动态论

将符号学的概念真正系统地应用于戏剧艺术的领域是在 20 世纪 30 年代。在此期间，布拉格学派的文学理论家、语言学家、符号学家和戏剧家对戏剧符号作了广泛而深入的研究。Tadeusz Kowzan（1990：92）认为，此前的戏剧符号学研究只是涉及戏剧与符号，并非戏剧的符号。他称古代和中世纪的研究是"戏剧前符号学"（presemiology of the theatre），17 和 18 世纪的研究是"戏剧原始符号学"（protosemiology of the theatre），Peirce 的研究是"戏剧亚符号学"（parasemiology of the theatre）。

Bogatyrěv 是第一个研究表演符号意义功能的符号学家。在"Semiotics in the Folk Theatre"一文中，Bogatyrěv 讨论了戏剧符号的"流变性"（mobility）、"灵活性"（flexibility）和"动态性"（dynamism）。Bogatyrěv（1976：33-49）指出，戏剧符号本身和在其被理解的过程中都是可变的。因此，戏剧符号具有自己的价值和功能，它们是可变的、复杂的。Bogatyrěv 提出了布拉格学派一个重要的戏剧研究理论——"物体的符号化"："在舞台上，充当戏剧符号的物体能获得在现实生活中没有的特征、特性和特点。"他强调，戏剧符号学最重要的特点之一是，许多戏剧符号不是单纯的符号，而是符号的符号。戏剧空间也不只是演出场地，在整个演出过程中它并不是一成不变的，因为还存在着许多"想象空间"（imaginary space）。与戏剧动作一样，戏剧空间总是与其他各种戏剧成分同时产生的意义交织在一起（Bogatyrëv，1976：35-36）。

在"Semiotics in the Folk Theatre"和"Forms and Functions of Folk Theatre"中，Bogatyrëv 提出了符号转换是戏剧的主要特征的观点。戏剧就是一种形式的符号转换成另一种形式的符号。真实的物体和抽象的概念可以相互转换，如戒指这一真实的物体可以代表爱情或财富等抽象概念。此外，戏剧中异常复杂的符号系统可以吸引观众，也可能赶跑观众，因为不同趣味、不同美学标准的观众可以用不同的符号理解相同的行为。

Bogatyrëv 的文章发表两年后，Jindrich Honzl 对戏剧符号的概念和可变性有了更进一步的认识。在"Dynamics of the Sign in the Theatre"一文中，Honzl（1976：75-90）将 Zich 的结构主义方式与 Bogatyrëv 的戏剧转换的理论结合起来。他认为，"构成舞台现实的所有一切都代表着其他物质，因此，戏剧实质上是符号的综合体，所有符号都是易于转换的。视觉符号可以转换为听觉符号，演员可以担当布景的作用，反之亦然"。他指出，戏剧表演的结构是一个由各个因素组成的动态系统，这个系统是无法事先确定的。他强调，这个结构的可变性与戏剧符号的可变性是一致的。当一种戏剧符号获得了另一种戏剧符号的功能时，戏剧的原符号系统就受到了挑战。他认为，戏剧符号具有两大特点：（1）在戏剧中几乎任何符号都可以用其他符号替换，如视觉信息可以用话语来传达，演员可以用声音来替代，文本内容可以以绘画形式表现等；（2）戏剧符号可以改变自己的性质，激活另一个符号，如听觉符号可激活视觉符号等（Honzl，1976：74-93）。他认为，作为戏剧符号的话语具有变为戏剧动作的潜在性，观众对戏剧符号意义的理解也是可变的。他发现，观众解读符号的能力增加了戏剧结构的复杂性。他指出，有时某种成分会潜伏在观众有意识的注意力之下，因为观众对话语或表演动作的注意力可能将视觉成分融入场景，也可能使听觉的感悟丧失殆尽（Honzl，1976：90）。

Honzl 的这些观点对后来戏剧符号学的研究，对当今戏剧翻译理论的形成都产生了重大的影响。

第三节　布拉格学派的戏剧符号前景化理论

布拉格学派把文学性看成是对常规语言现象的偏离，在此基础上他们共同发展了戏剧表演"前景化"（foregrounding）这一理论。Jan Mukarovský 最早在其著名论文"Standard Language and Poetic Language"中使用 aktualisace 这一概念，P. Garvin 将其英译为 foregrounding，也有人将其汉译为"突出"或"现实化"。"前景化就是自动化的反面，即对行为的非自动化。一个行为越自动化，对它的意识感知就越弱。反之，一个行为越前景化，对它的意识感知就越完整。确切地说，自动化是对行为的程式化，而前景化则是对程式的违背。前景化可以发生在主题成分，也可以发生在形态成分上。从这个角度而言，'结构'就可以被理解为是前景化和非前景化成分之间的相互关系"（Deák，1976：88-89）。"尽管前景化源于语言学概念，由于它实质上是一种空间隐喻，因而非常适合于戏剧文本"（Elam，2002：18）。与文学研究中的"前景化"理论有所不同的是，布拉格学派的戏剧"前景化"理论更注重戏剧行为"熟悉"和"陌生"这两者的对立。他们认为，"当戏剧符号变异，产生陌生感而不是自动化时，就会促使观众注意这个符号的方式，意识到符号载体和它的运作"（Elam，2002：17-18）。同时，比之文学话语的前景化使用，戏剧的"前景化"显得更为复杂和困难，因为在戏剧表演中，观众的注意力还受到其他非语言符号系统的干扰。

对"前景化"这一理论的形成，贡献最大的当属 Mukarovský。他把语言分为交际语言和诗学语言。他（1964：31）认为，交际语言的功能是表达语言之外的现实，而诗学语言则是使语言本身前景化。Mukarovský 提出了"前景—背景结构"的观点。他（1978：125）认为，前景结构中的成分是美学符号，而背景结构中的成分是非符号的物质。这两者是不固定的，可以交替的。被看做符号的成分和作为物质的成分对于不同的接受者也是不同的，有赖于接受者的态度。他还说："前景化能把交际话语中十分隐蔽的语言现象显现出来，并呈现在观察者眼前。"

在"Dynamics of the Sign in the Theatre"一文中，Jindrich Honzl（1976：74-93）分析了"前景化"在改变戏剧成分的传统功能时所起的作用。他指出，在戏剧中几乎任何符号都可以用其他符号替换，戏剧符号可以改变自己的性质，激活另一个符号。"每当一个戏剧成分的传统功能被另一个不同的'陌生'的功能所代替，这个成分就被前景化了。大量的戏剧成分使得多种形式的前景化成为了可能"。他举例说，舞台的视觉信息可以用话语传达，演员可以由声音或灯光来替代，文本内容可以通过绘画形式呈现等。

在"Man and Object in Theatre"一文中，Jiri Veltruský 同意 Honzl 的观点。他（1964：86-88）认为，戏剧符号的可转换性和穿梭于各种符号系统的动作的灵活性是戏剧的本质特征。这种灵活性使戏剧的"前景化"变得尤为有效。在文章中，他强调了戏剧表演中人与物之间关系"前景化"的重要性。他说"在日常生活中，我们已习惯于按照其本能的活动来准确地判断人和物的区别，但这只存在于现实受文明生活决定的认识论领域。在其他领域，比如在神话世界，在原始人或儿童的眼里，拟人化和人与物的交替确实起着非常重要的作用"。在 Veltruský 看来，在戏剧中现实的各个方面可以以非同寻常的方式相互联系在一起。"也许我们可以毫不夸张地说，这（前景化）就是戏剧最重要的社会目的之一。这也正是戏剧能向我们展示观察和理解世界的新方法之所在"。

布拉格学派关于戏剧表演"前景化"的理论对于戏剧创作和戏剧翻译的重要性在于，它使我们认识到：（1）戏剧是深深扎根于前景化的概念之中的，戏剧就是戏剧结构前景化或陌生化的重复不断的过程（Deák，1979：15）；（2）前景化揭示了戏剧文本与戏剧表演之间的关系，揭示了戏剧结构内部各成分之间的关系；（3）前景化不仅体现在戏剧结构本身，还表现在戏剧结构与其他社会、文化和政治等结构的关系中。前景化不仅涉及语言现象，而且也涉及文化。

第四节　Kowzan 的戏剧符号系统模式

布拉格学派在 20 世纪 30 年代所作的研究为戏剧符号学打下了坚实的基础。在此后的二十年中，他们的研究却无人继续，戏剧符号学研究没有取得重大的实质性进展。第二次世界大战后，符号学的方法开始应用于艺术研究，起初用于文学研究，后来渐渐涉及绘画、音乐和电影。当符号学理论体系初具规模，戏剧又一次成为其研究的重要对象，而且其研究范围涉及每一个戏剧符号系统，如戏剧语言、戏剧结构，演员、服装、道具、化妆、音乐、音响和观众等。这种"符号的密集"（Roland Barthes 语）是戏剧最根本的特点，也使戏剧成为符号分析中最具挑战性的对象之一。

20 世纪 60 年代末，源于布拉格学派的戏剧符号学研究又开始有了新的突破性进展。对戏剧符号系统进行具体分类，并极具影响力的符号学家是波兰的 Tadeusz Kowzan。Kowzan 继承了三四十年代布拉格学派的戏剧符号学理论，对戏剧符号学作了进一步的研究。在 1968 年发表的"The Sign in the Theater: An Introduction to the Semiology of the Art of the Spectacle"一文和 1975 年出版的《戏剧文学》（*Littérature et Spectacle*）一书中，Kowzan 重申了布拉格学派关于戏剧符号学的基本原则，尤其是物体符号化的原则。他提出了布拉格学派关于不同系统之间符号转换的重要性，以及戏剧中符号具有多重意义的重要性。用索绪尔的话说就是，几个符号可能具有相同的所指，一个符号可能拥有几个所指，几个符号可能一起产生一个所指。他指出"在戏剧表演中所有一切都是符号"（Kowzan，1968：57）。Kowzan 重新讨论了戏剧符号的可变性和内涵，试图建立"戏剧符号类型学"（typology of theatrical signs）。

Kowzan 认为，不但在一切艺术领域里，而且恐怕在人类活动的所有领域里，戏剧艺术都是运用符号学最丰富、最多样、密度最大的。戏剧演出中，在使用语言的同时，还运用各种非语言学的意指作用的系统，在采用听觉符号的同时，还采用视觉的符号。戏剧充分利用那些在现实生活和艺术活动中以人们交流为目的的符号系统，并不断地从自然界、从社会生活、从各行各业和艺术的一切领域中提取符号加以运用。为了分类描述戏剧符号和符号系统，Kowzan 将戏剧符号分为"自然符号"（natural signs）和"人工符号"（artificial signs）。他指出，"自然符号"包括非人的意愿参与而出现或存在的现象，如闪电是暴风雨的符号，发热是生病的符号等。"人工符号"依赖人的意志干预，把某种意义传递给人们（Kowzan，1968：57-59）。他强调，这种符号的对立并非是绝对的，在舞台上可将自然符号"人工化"（artificialization）。"即使它们只是生活的反映，但在舞台上可变为有意志的符号。尽管它们在生活中没有交际功能，但在舞台上可以获得这种功能"（Kowzan，1968：60）。因此，他认为，戏剧艺术所拥有的一切符号都属于人工符号。这就是 Kowzan 提出的舞台自然符号"人工化"的基本理论，它是对布拉格学派提出的舞台物体"符号化"理论的进一步完善和提炼。

除了解释戏剧符号的概念和特性以外，Kowzan 还提出了确定戏剧成分的模式，确立了 13 种符号系统作为戏剧的基本成分：语言、语调、表情、动作、调度、化妆、发型、服装、道具、布景、灯光、音乐和音响。这些符号系统分为听觉和视觉两大符号类型，它们体现在演员的内部或外部，存在于时间与空间之中（Kowzan，1968：73）。

1. 语言 2. 语调	口语的文本	听觉符号	听觉符号	时间	听觉符号 （演员）
3. 表情 4. 动作 5. 调度	身体的表现	演员		空间和时间	视觉符号 （演员）
6. 化妆 7. 发型 8. 服装	演员的外形		视觉符号	空间	
9. 道具 10. 布景 11. 灯光	舞台的环境	演员外		空间和时间	视觉符号 （演员外）
12. 音乐 13. 音响	无言的声音		听觉符号	时间	听觉符号 （演员外）

Kowzan 以大量生动的戏剧例证，说明了符号的概念、能指、所指和意指作用，以及戏剧符号的特性问题，并对戏剧演出所运用的主要的符号系统的形态、

功能等进行了多层次的分类研究。Kowzan 在讨论中所涉及的戏剧符号的系统特性问题、多层意指结构及意义生成与转换问题、戏剧符号的知觉和阐释问题、符号的"经济"问题等，可视为戏剧符号学应进一步开拓的一些重要领域，对戏剧翻译具有很重要的启迪作用。以下是 Kowzan 对戏剧 13 种符号系统的研究和诠释：

1. 语 言

该符号系统应用于大部分的戏剧演出活动（哑剧和芭蕾除外）。与其他的符号系统相比，语言在戏剧中的作用是明显的、丰富多样的。戏剧语言的符号学研究不只是局限在词和比词更复杂的句子或片断的意义上，还要与音韵学、句法学、韵律学等相结合。例如，在台词技巧方面，某种语言有时就可以构成说话人的愤怒或焦躁的符号。用旧式语言交谈，可表明生活在遥远的历史时代，或者生活在同时代人的语言习惯的边缘，或落后于时代的人物的符号。节奏、音韵或韵律的交替，有时就意味着情绪或气氛的变化。这就是说，戏剧语言在它纯粹意义的功能之外，还具有音韵学、句法学或韵律学上补充的符号学功能。

2. 语 调

不仅语言是语言学的符号，语言表达的方式也给语言以补充的符号学价值。例如，表面看来是中性的、普通的语言，却能靠演员的发音方法获得极其微妙的和意想不到的效果。语调是由演员的发音方式来传达的，它包含抑扬顿挫、节奏、速度、密度等诸要素。其中，充分运用音高和音的颤动等种种变化可创造出极为多样的符号。

3. 表 情

面部表情是与时间、空间相关的符号系统，既在空间中被创造出来，又在时间中变化的符号系统。面部表情符号具有非常大的表现价值，所以，有时它可成功地取代语言。同时，它还可伴随语言，表达非语言的情感活动，如惊奇、愤怒、恐惧、高兴等。由于各种各样的情绪和思虑很容易在人的脸上浮现出来，所以，要将这些情绪和思虑外化，并传达给观众，演员就要依赖自己的面部，自觉地使用表情符号。这些符号和其他符号一起，构成了对演员来说是最具个人色彩、最富个性化的表现形式。

4. 动 作

动作仅次于语言，是传达思想最丰富、最灵活的手段，因而也是最发达的符号系统。动作的理论家们认为，用手及腕部可以创造出七十万个符号。动作是以符号的创造和传达为目的的手、腕、脚、头、身体的整体运动，乃至于姿势。动作符号可包含以下几类：有伴随着语言或取代语言的动作，有指示舞台上或观众视野外发生了什么事的动作，还有代替布景功能（如打开想象中的门的动作）、代替服装要素（如想象中的帽子）、代替一个或几个道具（如没有线、饵、鱼、水的钓鱼人的动作），以及代替音响的效果（如表示刚上过弦的表的滴答声的动作），等等，还有表示情感和心理活动的动作。

5. 调　度

演员的舞台调度能给我们提供极为丰富的符号信息。一个人物从餐馆里出来，这就是他与那个餐馆关系的符号，表明他不是餐馆的主人，就是侍者，或者是一位顾客，到这里来要与什么人会面。他在舞台中央发现了另一个人，如果突然站住了，表示他不想与那人有什么瓜葛。如果他朝那人走去，就意味着他想要与那人取得联系。跟跟跄跄的步态表示酩酊大醉或是极度疲劳。后退，则可能是礼仪上所要求的恭敬，或者是胆怯，或者对行将分手的人的轻蔑的符号。某个人物被同伴们抬着，既可意味着他的凯旋，又能意味着他的死亡。演员是从上场门登场，还是从下场门登场；是从门登场，还是从窗登场；是从舞台下登场，还是越过脚光登场，等等，这都可以说是剧作家或导演所运用的许多符号，退场也是如此。还有集体的或群众的调度，它们能够创造出特别的符号，它们的价值与个人调度所提供的符号价值是不同的。比如，缓慢、沉重的脚步一旦由成群结队而来的或从四面八方而来的数十个人表现出来，那就成了强大或威胁的力量符号。

6. 化　妆

戏剧化妆（脸谱）的目的，是在舞台上、在某种光照的条件下突出演员的面部。化妆与表情一起，创造人物的外貌。表情依靠面部肌肉的动作，创造动的符号，而化妆则构成了具有更加稳定的性格特征的符号。化妆有时也适用于身体的其他裸露部分，手或者肩部等。化妆运用各种技术和材料（颜料、口红、白粉、油灰等），能够创造出与人种、年龄、健康状况或气质相适应的符号。这些符号一般是以自然符号（肤色、脸的苍白或红赤、唇际线或眉际线）为基础的。依靠化妆我们能够描绘出如妖妇、魔女、醉汉这类典型人物的造型符号。化妆符号（大多数情况下与发型符号或服装符号结合在一起）还能够揭示历史的或当代的人物形象。化妆作为一个符号系统，是直接与面部表情相互依存的，它们相互强化，或者互相补充。

7. 发 型

戏剧的发型一般情况下是在化妆的范围内给予处理的。而作为一种艺术现象，它则属于服装制作者的领域。但是，一旦我们确立了符号学的观点，发型则经常起着独立于化妆或服装的作用。依靠发型，我们可以揭示人物所属的地理或文化圈、时代、社会阶层、社会流派等。发型的符号学价值不仅关系到发型的样式，以及它的历史的（时代和历史的人物的符号）、社会的价值（年龄、时尚或个人趣味的符号），而且还与发型的精细处理的程度有关。比如，草率梳理的头发意味着生活的无秩序，这种无秩序又对应着符号学的意义，如刚起床，或是刚从洗澡间出来，或是发生了争吵，或是从情人的臂弯里挣脱出来,等等，从而具有种种意指的价值。

8. 服 装

即使在现实生活中，服装的穿着也是极富变化的人工符号。在戏剧中，它更是决定一个人物外在习惯的手段。无论是写实的，还是暗示的，服装都能够意指性别、年龄、所属的社会阶级、职业、特别的社会地位（帝王或教皇）、国籍、宗教等，有时还能决定历史的时代精神。服装还能够表明人物的物质状况、趣味或性格等细微的特征。服装的符号学功能不只限于着装的人，而且还是风土（殖民地官吏的盔形帽）或历史时代、季节（巴拿马帽）或天气（雨衣）、环境（游泳衣、登山服）或一天里的某段时间的符号标志。当然，通常情况下服装总是同时与几种情况相呼应，在大多数场合与属于其他系统的符号相伴随。与表情、化妆或发型符号一样，服装符号有时也具有相反的作用，着装有时能隐蔽人物的真实性别、真实的社会地位或职业。

9. 道 具

在自然界和社会生活中存在的无穷无尽的东西，都能成为戏剧的道具。这些道具能够表示出与使用它们的人物有关的环境、时代或其他情况（职业、趣味、意图等）。有时，道具还可以具有第二层次的符号意义。男仆手中燃着的灯笼意味着夜晚；散步的人们拿着网球拍，不是刚打完了球，就是正要去打球；指向某人的手枪，则是以杀人来威胁或者就是企图杀人的符号。道具的第一层次和第二层次的意指作用有时会产生很大的距离。如一面旗帜意味着整个队伍，演员手中的马鞭则成了马的符号（被挥舞的马鞭表示那个人物正骑在马上）。在某种情况下，道具可获得更高层次的符号学价值。如一个制成标本的海鸥，是最近被杀死的海鸥的第一层次的符号。可是，海鸥又是某一抽象思想（对失去的自由的憧憬）的第二层次的符号（或者用通常的说法叫做象征），这个抽象思想现在又成了主人公们的精神状态的符号。更准确地说，第一层次的符号所指关联着第二层次的符号能指，第二层次的符号所指又关联着第三层次的符号能指。这样，某种简单的道具经过发展变化，就变成了剧中主要思想的符号。

10. 布 景

布景的符号功能是提示环境，包括：地理环境（陆地、海洋、群山或热带草原等自然风景）、社会环境（广场、宫殿、实验室、厨房、酒吧或车站等），以及这两种环境的结合（摩天大楼狭缝间的街道、能看到埃菲尔铁塔的酒吧等）。此外，布景或它的某一要素还能够意指时间（如历史时代）、季节（被雪覆盖着的屋顶）、一天中的某一时光（落日、月夜），等等。布景不但具有决定情节在时空中发展的符号学功能，而且还能传达更为多样的符号。戏剧布景的符号学领域几乎和绘画、雕塑、建筑、装饰美术等一切造型艺术的符号学领域同样的广大。

11. 灯 光

戏剧灯光在符号学的角度上得到了越来越广泛、越来越丰富的运用。灯光集中在舞台的某些部分，行动的特定环境就能被揭示出来。即使没有布景或道具，一束四角形的光也能暗示出一个像一座小屋或单身牢房那样的封闭的空间。灯光还能使演员或道具的独立成为可能。灯光并不只是以界分物质环境为目的，它还能使特定的演员或景物在它周围的环境中更加突出显目。于是，灯光便成了戏剧表现手段中一个极其重要的符号。灯光的重要功能之一，是扩大或修正动作、调度、布景的作用，或者赋予它们以新的符号学的价值。

12. 音 乐

音乐作为一大艺术领域，其符号学功能几乎是不容置疑的。不管什么时代，"标题化"了的描写音乐，或再现自然音响的"模仿"音乐的意指价值是显而易见的。音乐在表明或暗示情绪、气氛、精神状态的时候，就能够成为不安、平静、急躁、讥讽、欢乐、深情等的符号。音乐无论是与戏剧行动相伴，还是安排在戏剧行动之外，都同样能够完成它的作用。在某些音乐（军队进行曲、维也纳华尔兹、杂技音乐等）中，节奏与旋律的结合能引起人们对气氛、环境、时代的联想。乐器的选择（像竖琴、萨克斯管、普通风琴、手摇风琴、手风琴或风笛之类）也具有能够暗示场所、社会环境或气氛的符号学价值。音乐还可伴随着一个一个人物的上场而作为各个人物符号的音乐主题，或者能与回忆场面相联，造成现在与过去对比的时空。

13. 音 响

音响效果的符号可分成几类。有独立于其他符号系统、发挥着自律的符号作用的，也有对视觉或音响的其他符号发挥着重复或强化作用的；有在舞台上直接创造的，也有用录音机录制下来的；有与舞台上所展现的事件结合在一起的，也有表明在舞台以外所发生的事件的（如蒸汽机车的汽笛声、舞台后面的炮击声等）。音响效果的符号学领域和现实生活的音响世界同样的宽广，或许比现实生活更为丰富。戏剧中所创造的音响，能够揭示时间（大钟报时的声音）、天气（雨声）、环境（大城市的噪音、小鸟的鸣叫、家畜的叫声）、运动（迫近或远去的车）、庄严的或凶险的事件（钟声或警笛），等等，它们能够成为众多现象和情形的符号（如大炮的轰响、打破玻璃或电话铃的声音等）。

Kowzan 认为，戏剧艺术所运用的一切符号都属于人工符号的范畴，而且都是最具表现力的符号。它们是有意图的过程的结果，在一般情况下是经过预先考虑而创造出来的，所以它们的目的就是即时传达。戏剧艺术运用一切来自大自然活动和人类活动的符号，但是，这些符号一旦在剧场中被运用，就会获得更深远的意义和更丰富的符号学价值。

Kowzan 对戏剧符号系统的研究和分类，对戏剧文本创作和戏剧翻译具有重大意义，因为它表明，语言只是戏剧听觉和视觉符号系统中的一个符号，戏剧文本还包含语言外的系统，如音高、音调、口音等，还包括演员表演台词时所做的动作、手势等。Kowzan 对戏剧符号系统的分析与布拉格学派的戏剧符号学观点基本一致，只是他没有将舞台建筑和观众作为构成戏剧符号系统的重要成分。Keir Elam 指出，"Kowzan 的分类没有包括建筑的因素，如剧院和舞台。各系统之间的界限也并不总是像他所描述的那样分明。如在戏剧实践中，有时我们很难区分道具与布景、动作与手势等概念"（Elam，2002：51）。

第五节　Ubersfeld 的戏剧符号研究范式

在众多的戏剧符号学家中，法国的 Anne Ubersfeld 教授无疑是成果最为卓著、影响最为巨大的一位。1978 年，她出版了 *Lire le théâtre* 一书，之后又陆续出版了两本续集。第一部重点以符号学方法解读戏剧文本，后两本续集分别研究戏剧表演和导演等方面的问题。这三本书体现了 Ubersfeld 的戏剧符号学理论和思想，构成了她较为完整的戏剧符号学研究体系。

Ubersfeld 的戏剧符号研究范式在很大程度上是对 A. L.格雷马斯的行动素模

式理论、恩贝多·艾柯的符号空间理论、罗朗·巴特、热奈特等人的叙事学理论、结构主义和戏剧学理论的继承与发展。

Ubersfeld 认为，语言系统只是构成戏剧众多相互关联的系统中的一个系统。在 *Lire le théâtre* 一书中，Ubersfeld 提出，戏剧文本和表演是不可分离的，戏剧文本本身是不完整的。人为地把两者分离出来会过分突出文本的作用，使人误以为文本由语言符号转换成表演符号时是一成不变的。Ubersfeld（1978：15-16）认为，这样的观点是极其危险的，因为它会使人误以为只有一种阅读和表演文本的正确方式。其结果是，任何对文本的偏离都会受到价值的评判，都会被看做是对正确标准的背离。

Ubersfeld 将戏剧空间分为三个层面，认为戏剧空间是非戏剧现实的模拟、文本模拟和感知空间对象这三者的综合。她指出，与其他艺术交流相比，戏剧符号学的最大特点在于它是一种有着双重交流体系的交流。她把这种包括"能指"与"所指"系统的符号学理论用于对戏剧文本的研究，提出了"戏剧行动素模式"，并以此为突破口，研究戏剧文本的内在规律，以取代传统的"心理分析"与"剧作法分析"，试图用更科学的方法把握戏剧文本的深层结构。她把戏剧符号学用于舞台空间的研究，扩大了舞台空间的视野，大大丰富了戏剧空间的内涵与外延，这无疑对戏剧发展和戏剧翻译具有实际意义。

在"戏剧符号学的几个问题"一文中，Ubersfeld（1988：17-22）指出，"不言而喻，舞台上所有的东西都可以成为符号"。"与符号的双重性（符号表现和符号内容）相关，戏剧符号学有两个任务：一是明确戏剧与现实世界的关系；二是从虚构的故事（与现实的关系上）和艺术形态两个方面明确艺术行为"。"戏剧符号学首先将具有符号学功能的成分因转换而产生其他意义的过程作为研究对象。因此，从演出的角度上讲，照明的色调和亮度、服装、演员的动作表情、空间的类型，等等，也就成为了戏剧符号学的研究对象；从剧本的角度看，区别上场人物的特征，区分身心两方面的特征，也成为其研究对象"。"同绘画或电影等其他艺术形式的符号学相比，戏剧符号学的难点在于要涉及两种符号的集合体。一方面由导演处理过的作家的文本这种纯语言的东西，另一方面还有既是语言的，又是非语言的舞台表演"。"戏剧符号学已不再将'文本=演出总体'作为一个封闭体系来研究，而是朝着将戏剧现象作为多种发话行为的信息过程加以分析这一方向发展"。

在谈到观众这一符号系统时，Ubersfeld 指出，"戏剧的两种文本（即剧本和演出文本）的作者要考虑信息接受者。他们要设想能够接受和理解自己作品的理想观众。……作者写剧本时，要选择观众了解的主题或能够理解的故事。戏剧故事要虚构可能的世界，一个能被观众接受的可能的世界，同时也要符合观众的知识、教养等参照体系的总体，这就是一个剧本最基本的要求"。"戏剧工作者面临的基本课题就是研究他想象中的观众可以理解的符号体系的构成"。

Ubersfeld 认为，"戏剧的话语是由井然有序的语言符号和非语言符号构成的"。"戏剧文本以其声音、音响形式出现在演出内部，它具有双重特性，首先它先于演出，然后它伴随演出"。"戏剧符号分析中的主要困难来自符号的多义性。这种多义性不仅是因为同一符号出现在属于不同符号的系统里（尽管这些系统在舞台上一起出现），如服装的某一色彩细节，它首先是舞台画面中的一个视觉成分，但它也被纳入色彩的符号化象征；它既是人物服装的一部分，指向如人物的社会地位或其他戏剧符号的功能，又可以标志其穿着人与另一个也穿这种服装的人物的纵聚合关系"。

虽然布拉格学派的符号学家、Kowzan 和 Ubersfeld 等人对戏剧研究提出了不同的观点和研究范式，但他们一致认为，戏剧文本只是构成戏剧的一个系统，它们受到表演的极大制约。这个理论不仅为戏剧研究和戏剧创作开拓了新的视野，而且对戏剧翻译研究产生了巨大的影响。它促使翻译理论家重新审视戏剧翻译文本的地位，研究和分析制约戏剧文本翻译的所有其他因素。

第六节　戏剧符号学对戏剧翻译理论的贡献

戏剧符号学思想在戏剧理论和实践中占有特殊的地位，它对于戏剧翻译理论的形成和发展起了十分重要的作用。正如法国戏剧翻译理论家 Patrice Pavis（1989：25）所说，"戏剧翻译已经改变了研究范式：它已不再是机械地复制源语文本，采用语义等值的翻译方式，而被看做是一个文本替换另一个文本。因而，其翻译理论在朝着戏剧符号学的总趋向发展，并依据接受论的观点来重新确定目标"。

几十年来，许多戏剧理论家和翻译家（Ubersfeld，1996；Elam，2002；Wellwarth，1981；Helbo，1987；Bassnett，1991；Moravkova，1993；Totzeva，1999；Aaltonen，2000；Upton，2000）继承了布拉格学派和其他符号学家的戏剧符号学理论，致力于戏剧结构的研究，试图解释戏剧文本中有待于实现的言语信息和动作性语言的内在关系，希望找到构成戏剧结构的主要成分，以便于译者在翻译时再现。

英国翻译理论家 Susan Bassnett（2000：96）说，"书面文本只是戏剧表演中相互作用的复杂的符号系统中的一个符号……在用目的语创作戏剧文本时，翻译者必须面对目的语舞台表演传统方面完全不同的一系列约束"。她（1980：122-123）还指出，"在系统阐述戏剧翻译理论时，必须考虑 Bogatyrёv 有关语言表达方式的描述。翻译语言成分时必须牢记它在整个戏剧话语中的作用"。她告诫戏剧翻译者要关注戏剧语言外的因素，因为"戏剧对话具有节奏、音调、音高和强度等特点，而这些因素在孤立地阅读戏剧书面文本时是不能被立刻察觉到的"。保加利亚戏剧翻译家 Sophia Totzeva（1999：80-82）从符号学的角度考察了戏剧文本的潜在义，她把戏剧潜在义看做是语言符号、非语言符号和表演结构之间的符号关系，把剧本描述为"有待于表演的文本"。她指出，"戏剧潜在义可以被看做是戏剧文本的固有能力。当搬上舞台时，它能产生和涉及不同的、有意义的戏剧符号。因此，作为戏剧文本语间转换的翻译，就是在目的语中创造戏剧的结构，从而提供或促使戏剧表演中各非语言符号的融合"。

"布拉格学派的符号学家首次提出戏剧观众在产生戏剧意义中所起的作用"（Garvin，1964：10），这对戏剧翻译有着很大的启示作用。Bassnett（1980：132-133）认为，戏剧翻译者既要考虑文本的可演性，还要考虑其与观众的关系。观众的存在表明，戏剧的功能已超出了语言的层面。"翻译者必须考虑文本属于表演和服务于表演的作用"。希腊戏剧翻译研究者 Stavros Assimakopoulos（2002：23）说，"作为单向交际行为的戏剧，其重要方面是舞台表演和观众之间交流的同步性。戏剧观众不可能花时间去澄清或深思他们所听到的内容。即使观众需要澄清，他们也不可能介入到戏剧中与表演者对话。因此，很显然戏剧翻译者不能采用其他翻译实践中使用的阐释技巧，如脚注等"。澳大利亚戏剧翻译家 Zuber-Skerritt（1988：485-486）在分析了译者、导演、演员和观众等人的作用后指出，"戏剧翻译受导演、演员诠释的影响，受舞台设计的影响，如光、色、动作、舞台类型、服装、化妆等"。"作为表演艺术的戏剧翻译文本主要有赖于剧本在舞台上的最终演出，有赖于剧本对观众的效果"。

戏剧符号动态性的观点为戏剧翻译提供了处理戏剧符号的方法，同时也解释了在戏剧交际中各符号之间的相互关系和它们的交互作用。一些翻译理论家（Elam，2002；Pavis，1992；Ladouceur，1995；Kruger & Wallmach，1997；Merino，2000）根据符号动态性的原则，建立了戏剧文本描写性分析模式，试图使译者能在文本宏观和微观的层面上，在超语言和超文本的层面上综合性分析原文，完整地再现原文的信息。

法国著名戏剧翻译理论家 Patrice Pavis（1992：136-139）认为，翻译者不只是翻译文本，而且要想象文本的舞台性，要根据源语戏剧文本重新构建戏剧文本。"舞台性是具有自己动态性的意义系统。它不只是将文本转换为表演，而是它们之间的对抗。"（Pavis，1992：26-29）Bassnett（1980：132-133）也认为，翻译者必须解决"可演性"的另一个问题：多变性。"既然戏剧表演取决于各种可变的因素，如表演方式、演出空间、观众的作用、戏剧观念和不同民族的文化等，翻译者就必须把时间和空间看做表演的可变因素"。

布拉格学派所提出的戏剧"前景化"理论对戏剧翻译同样具有十分重要的指导作用，它促使戏剧翻译者意识到，在戏剧语言转换的过程中同样必须考虑戏剧的表现效果。意大利戏剧翻译理论家 Keir Elam（1980：17-18）把"前景化"视为布拉格学派的重要贡献。他说，"语言的前景化指一个意想不到的用法突然迫使听者或读者注意表达的本身，而不是继续无意识地关注其内容"。"前景化实质上是空间的隐喻，因而非常适合于戏剧文本。……当戏剧符号被前景化，而不是自动化时，这能促使观众去注意符号的表现手法，并意识到符号的传递媒介和作用。"西班牙戏剧翻译家 Amalia Gladhart（1993：93-94）认为前景化是戏剧固有的特性，也是戏剧翻译的主要方法。她说，"戏剧翻译的前景化就是把想要观众意识的对象转换成能吸引观众的东西，也就是将普通的、熟悉的和立刻能察觉的信息转化为奇特的、引人注目的和令人意想不到的信息。……前景化是戏剧翻译中译者需要关注的最主要、最值得研究的问题"。Garvin 用结构主义分析的方法诠释了前景化的概念，他认为前景化不仅涉及语言现象，而且也涉及文化。他认为，"自动化指社会环境中正常预料到的刺激，而前景化指社会环境的文化中不能预料的刺激，因而能特别引人注意"（转引自 Burton，1980：109-110）。

以戏剧符号学观点为理论前提与研究范式的戏剧翻译，在符号系统、剧场交流系统和文本系统这三个基本范畴内，对戏剧艺术的剧作文本、表演形态和观众接受度等方面进行系统的分析，开创了 20 世纪戏剧翻译研究的新格局。随着符号学的发展，戏剧符号学也名副其实地成为了一门学科。它的研究领域已经扩展到了以下一些方面：演出文本的分析、戏剧演出的符号系统、观众的作用与接受、剧作文本、剧作语言、戏剧行动、戏剧的社会价值等。而且今天，戏剧符号学已经成为多学科交错的学科，它不仅涉及哲学、美学、语言学、文化学、心理学，而且也涉及逻辑学、修辞学、社会学、传播学等各个知识领域。戏剧符号学的研究必将推动和促进戏剧翻译的研究和发展。

第三章

国外戏剧翻译研究的核心问题

　　戏剧翻译是翻译研究中一个比较特殊的领域。"戏剧翻译除了要涉及书面文本由源语向目的语转换的语际翻译,还要考虑语言之外的所有其他因素。"(Bassnett,1985:87)由于戏剧翻译具有有别于其他文学形式的特殊性,因此戏剧翻译研究一直成为"最复杂又最受翻译研究冷落的一个领域"(Bassnett,1998:90)。正如英国戏剧翻译家 Gunilla Anderman 所言,"至今为止,对戏剧翻译的学术关注仍是非常有限的"(Anderman,1998:71)。20 世纪 70 年代中期以前,关于戏剧翻译的讨论主要局限于使用规定法的研究方式对戏剧翻译文本进行比较分析,探究译文与原文的等值问题。70 年代中期以后,戏剧翻译开始朝着描述法的研究方向发展。国外一些翻译理论家和学者开始把戏剧翻译置于戏剧符号的动态系统中进行考察,将戏剧翻译文本置于目的语文化背景下进行研究,取得了卓有成效的成果。

　　近三四十年来,国外对戏剧翻译的研究主要集中在戏剧翻译作品的性质、戏剧翻译的目的、戏剧翻译文本的特点、戏剧翻译的文化转换和戏剧翻译者的地位等问题上,以下逐一介绍。

第一节　戏剧翻译作品的性质

　　戏剧作为一种特殊的文体形式,其语言有文学语言的共性,又具有戏剧艺术的特性。戏剧的这种双重性决定了戏剧翻译的复杂性。戏剧翻译作品应该为戏剧表演服务,还是为文学系统服务,即戏剧译作是文学读本还是演出文本,抑或两者兼而有之?这个问题一直成为戏剧翻译研究的主要话题。

　　法国著名戏剧翻译理论家 Patrice Pavis 指出,当今戏剧翻译存在着两种不同的观点:书面文本翻译与舞台文本翻译。"书面文本翻译与舞台文本翻译常会涉及不同的传播渠道，这决定了它们所使用的翻译策略"。然而，他强调说，"戏剧文本翻译可以被看做是与舞台表演有着内在联系的活动，因此无论是翻译还是表演，其行为是相同的，都是在各符号系统中进行选择的艺术"（Pavis，1992：145-146）。他认为，"戏剧翻译的特点是由戏剧本身的舞台性所决定的。戏剧翻译作品与其他文学体裁的差异就在于它是为表演服务的"（Pavis，1992：147）。

澳大利亚戏剧翻译家 Zuber-Skerritt 也把戏剧文本和演出文本置于同等的地位。她说，"戏剧翻译可定义为把戏剧文本从一种语言和文化译成另一种语言和文化，并将翻译或改编后的文本搬上舞台"（Zuber-Skerritt，1988：485）。她进一步说："剧本创作的目的是为舞台演出服务的，因此，戏剧翻译的服务对象也应是剧院观众。戏剧翻译既要关注作为舞台演出基础的文本，又要注重戏剧的表演"（Zuber-Skerritt，1988：486）。

西班牙戏剧翻译家 Eva Espasa 指出，我们并不否认主要用于书面文本的翻译存在。对于戏剧翻译的这两种观点产生了两种不同类型的翻译，一种更接近于书面文本，另一种更适合于剧团的表演。但是，"如果书面文本与舞台文本所表现的是不同的但有时又是相融的传播渠道，而不是两种艺术和思想的行为，那么这样的争论是毫无意义的。此外，只用于阅读的剧本翻译的理论问题可以在其他以阅读为目的的文学形式的框架内便利地解决，无须作为戏剧翻译的特殊形式加以处理"（Espasa，2000：52-53）。

与此相反，芬兰戏剧翻译研究者 Sirkku Aaltonen 却认为，戏剧文本和演出文本并非是相同的概念，两者在不同的系统中起着各自的作用，并受不同系统的规范的制约。她说："舞台演出并不一定要使用戏剧文本，戏剧文本也可以存在于舞台系统以外。尽管戏剧和舞台演出是两个相关的概念，但它们应该被区分开来，因为它们不是指相同的现象。"（Aaltonen，2000：4）由此，她认为"戏剧文本不是演出文本的同义词，因为不是所有的戏剧翻译文本都是用于舞台演出的，有些可能只作为印刷文本而存在于文学系统中"（Aaltonen，2000：33-35）。她强调说，"在文学系统中，媒介没有发生变化，即书面文本经翻译和出版后仍是书面文本，而表演系统中的戏剧翻译，其媒介已发生了变化，演出文本成了舞台表演的一个成分。在戏剧中，口语化、瞬间性和集体性不可避免地会给戏剧文本翻译带来新的问题"（Aaltonen，2000：41）。

英国著名翻译理论家 Susan Bassnett 认为，戏剧作品本质上是供人们阅读的文学读本，其翻译文本也同样如此，这是诗歌翻译的历史所造成的。她把戏剧的文学文本称为"美学文本"（aesthetic text），而将演出文本称为"商业文本"（commercial text）（Bassnett，1991：105）。

Egil Tornqvist 较为详细地论述了戏剧文本与演出文本的主要区别：（1）一出

戏剧通常只有一个文学文本，而演出文本的数量可能是无限的；（2）戏剧文本对读者来说是直接感受的，而对观众来说是间接感受的，演出文本只是充当了中介物；（3）文学文本是通过文字（语言符号）感受的，而演出文本是通过听觉和视觉（或口语）感受的；（4）文学文本可以按照我们的喜好，小部分或大部分地，向前或向后地，自由阅读，而演出文本只能按固定的线性连续体进行；（5）文学文本是开放的，每个道具、人物、话语都可用多种方式加以想象，而演出文本是封闭的，它只能选择一种道具，规定一种人物，诠释一种意义；（6）文学文本在某种意义上说是间隙性的。在每个瞬息，注意力只能集中在"出场"的人物上（通常是说话者），而演出文本能同时呈现复杂的场面。因此，不发话的人物对于文学文本的读者来说是缺席的，而对于演出文本的观众来说是仍能看得到的（Tornqvist，1991：5）。

Jiri Veltruský 也强调戏剧文本和演出文本之间的差异。他认为，"所有的剧本，不仅仅是书斋剧，都是供人阅读的，如同小说和诗歌一样。读者面前既没有演员也没有舞台，他面前只有文字语言。绝大多数时候，他都不会将人物想象成舞台形象或者将行为发生的地点想象成舞台场景，戏剧文本和表演之间的区别是不会改变的，因为在想象中这些都不具有任何意义，而在表演中它们才成为思想的载体"（Veltruský，1976：95）。

笔者认为，戏剧文本的创作或翻译本身就具有两种功能：一是供读者阅读，二是供舞台演出。戏剧翻译是将一部戏从一种语言翻译成另一种语言，在目的语中，它仍然是一部戏，不管它是否被搬上舞台，它的文学性和戏剧性的本质是不变的。戏剧文本和舞台演出是戏剧艺术互为关联又互有区别的不同文本形态。一方面，无法进行舞台演出的案头之作不能算真正的戏剧艺术；另一方面，缺少文学支撑的舞台表演也不可能成为意蕴深厚的作品。

戏剧翻译的目的是创造出文学性、舞台性兼备的译本。任何想把戏剧文本硬性分割成阅读文本和表演文本的观点都是不切实际的。正如希腊爱琴大学教授 Ekaterini Nikolarea 所说，事实上在戏剧翻译中，以表演为目的的翻译与以阅读为目的的翻译之间没有明确的界线，而存在着"边界的模糊"（blurring of borderlines）。这种理论概念的模糊主要归咎于两个原因。首先，语间交际总要依赖各种复杂的过程，这些过程不仅影响戏剧翻译文本的创作，而且影响译文文本的传播和目的语观众的接受程度。其次，不管两者的差别有多大，它们似乎都显露出翻译研究规定法的弱点（Nikolarea，1999：183-202）。用英国戏剧理论家 Martin Esslin 的话来说，"没有搬上舞台的剧本是文学，但不是真正意义上的戏剧"（Esslin，1987：24）。Jiri Veltruský 也认为，"戏剧的性质是文学形式还是表演形式，对这个问题无休止的争论完全是徒劳的，因为它们并不互相排斥"（Veltruský，1976：95）。董健、马俊山（2004：66）也指出，"好的戏剧作品应该同时具有很强的文学性与舞台性。古今中外那些经典的戏剧作品，都是既经得起读，又经得起演的。只供阅读而不能演出的戏剧作品与只能演出而无文学性可言的戏剧作品，都是跛足的艺术"。

第二节　戏剧翻译的目的

翻译是一种人类的行为，所以翻译具有其目的性。任何翻译都是以服务于目的语的某类读者或满足于目的语社会文化的某种需求为前提的。为实现该目的，译者在翻译过程中时刻都在对源语的信息进行对比与选择，最终决定具体的翻译策略以及文本的形式和风格。

戏剧翻译理论家对戏剧有别于其他文学形式，并对戏剧翻译产生影响的一些特点极为关注。这些特点中最主要的是"可演性"（performability）和"可念性"（speakability）的观点。这两个概念代表了戏剧文本翻译的主要目的，一直成为戏剧翻译研究者们讨论的话题。

Susan Bassnett 就是其中一位一直关注该问题的翻译理论家。根据布拉格学派符号学家和 Kowzan 关于戏剧文本的超语言与副语言特性，Bassnett 在戏剧翻译领域中首次提出，"与小说和诗歌的翻译者不同，戏剧翻译者必须遵循两个标准。第一个标准是'可演性'（playability/performability），第二个标准是翻译文本本身的'功能'（function）"。第二个标准是由第一个标准衍生的，因为作为表演成分的戏剧文本的功能是以书面文本为先决条件的。Bassnett 在描述了"可演性"对于实现戏剧翻译目的的重要性后指出，"戏剧文本的结构内部包含了一些可演性的特点。如果'可演性'被看做是戏剧翻译者的先决条件，那么翻译者就必须判断，哪些结构是适宜表演的，然后再把它们译成目的语，即使译文会发生一些重大的语言和文体的变化。这就是戏剧翻译者与其他类型文本翻译者的差异所在"（Bassnett，1980：120-132）。

Bassnett 认为，翻译者还必须解决"可演性"的另一个问题：多变性。既然戏剧表演取决于各种可变的因素，如表演方式、演出空间、观众的作用、戏剧观念和不同民族的文化等，翻译者就必须把时间和空间视为表演的可变因素。换句话说，戏剧翻译者既要考虑文本的可演性，还要考虑其与观众的关系。观众的存在表明，戏剧的功能已超出了语言的层面。"翻译者必须考虑文本属于表演和服务于表演的作用。"（Bassnett，1980：132-133）

1985 年，Bassnett 发表了"Ways through the Labyrinth: Strategies and Methods for Translating Theatre Texts"一文。在该文中，她的观点发生了重大的变化。

Bassnett 放弃了以前的观点：即戏剧翻译的目的是"可演性"，译者必须挖掘戏剧文本的动作性语言。她称"可演性"是一个"很令人恼怒的术语"，是"许多译者用来为自己的各种翻译语言策略寻找的借口"（Bassnett，1985：90；101-102）。在文章中，Bassnett 承认，她早期关于戏剧翻译者必须考虑"动作性文本"（gestic text），以便演员解码并编码成动作形式的理论是"一个不明确的、含混的概念"（Bassnett，1985：98）。她提出的解决办法是要研究文本的"指示单位"（deictic units），分析它们在源语和目的语中的功能。这里，Bassnett 用"指示单位"这一术语指称戏剧文本本身的语言结构（Bassnett，1985：85）。在 Bassnett 看来，研究源语中指示单位的功能可帮助翻译者分辨，在目的语中应保留哪些单位，它们的存在与否意味着什么，在源语向目的语转换中改变了这些单位对表演又会发生什么变化（Bassnett，1985：98-99）。她进一步强调，重要的不是保留指示单位本身，而是它们在文本中的作用（Bassnett，1985：101）。

在文章结尾，Bassnett 总结说，"我觉得该是放弃将'可演性'作为翻译标准，把重点更多地放在文本本身的语言结构的时候了。书面文本是翻译者着手翻译的材料。翻译者开始进行翻译的是书面文本，而不是假设的表演"（Bassnett，1985：102）。

到了 20 世纪 90 年代，Susan Bassnett 的戏剧翻译观走向了极端。在"Translating for the Theatre：Textual Complexities"和"Translating for the Theatre：The Case against Performability"等文章中，Bassnett 极力反对可演性的观点，推翻了任何以表演为目的的戏剧翻译理论，强调戏剧文本的重要性（Bassnett，1990：71-83；1991：99-111）。她否认戏剧文本语言的空间或动作性，称任何这样的想法对语间翻译者来说都存在着很大的问题，因为它使译者的任务变得"超人性"了（Bassnett，1991：100）。为了强调自己的立场，她说，"如果我们真的接受了这样的观点，那么翻译过程中，译者的任务就是坐在书桌旁，一边想象着表演，一边解码着动作性语言，而这种情形是毫无意义的"（Bassnett，1991：100）。由此她得出结论，"可演性这个术语是不值得信赖的，因为它与任何形式的定义都是相违背的"（Bassnett，1998：95）。

在"Still Trapped in the Labyrinth：Further Reflections on Translation and Theatre"一文中，Bassnett 指出，"可演性"的内涵不应包括译者对于戏剧对白所暗含的动作潜台词的诠释。要求译者对台词内所含的动作潜台词进行解码再编码，就仿佛是要求译者完成一项不可能完成的使命。她提出了两点来证明自己的观点：首先，这是一个不确切的概念，很难对它加以定义。其次，也是和翻译更为相关的是，潜台词的普遍性问题。Bassnett 直截了当地指出，"即便剧本的动作潜台词存在，不同的演员也会以不同的方式对它进行诠释"（Bassnett，1998：102-104）。

在 Bassnett 看来，既然翻译作品只是构成戏剧表演的诸多因素之一，翻译者就无须关注戏剧文本和其他符号系统之间的后续关系。"探究深层结构，试图使文本具有'可演性'不是翻译者的责任"（Bassnett，1998：105）。

在"Translating for the Theatre: The Case against Performability"一文中，Bassnett 提出了三个论点来批驳"可演性"的观点。她的第一个论点是，"可演性"已被一些译者、导演和剧团经理用做各种语言策略的借口，如把一个直译的文本交付给只懂一种语言的剧作家；在目的语文本中进行增删等大幅度的变化；描述书面文本中可能存在的动作语言；以及决定表演者的会话语言等。她反对"可演性"的第二个论点是，"文本不再是戏剧完美但不完整的成分，而应看做是一个整体，它在各种具有独特文化的戏剧发展的特定时刻起着特殊的作用"（Bassnett，1991：110）。Bassnett 否认戏剧文本包含跨越文化界限的一系列符号，认为"可演性"是"一个不值得信赖的术语"，"只不过是自由人类的幻想"（Bassnett，1990：77；1991：110）。Bassnett 反对"可演性"的第三个原因是，"可演性"概念的核心来自于自然主义戏剧，是译者摆脱剧作家和文本至上的一种努力。在自然主义戏剧中，剧作家有着很重要的地位，演员和导演必须仔细研究原剧作，忠实再现原剧作。由于剧作家地位的不断上升，忠实原作的思想根深蒂固，影响到了所有参与演出的成员。Bassnett 认为，这种思想也影响到戏剧翻译者。"可演性"是译者用来摆脱这种奴役关系，在处理文字时拥有更大自由的一个借口。她呼吁学者把他们的研究限定在两个主要的领域：戏剧翻译的编史工作和戏剧文本的语言结构上（Bassnett，1991：111-112）。

Bassnett 对可演性问题的明确立场促使其他翻译理论家对可演性和可念性观点进行了深入的思考。美国密歇根大学教授 Enoch Brater 在 *The Drama in the Text* 一书中认为，"戏剧中的大多数材料用口头表达或用耳聆听时，常常要比简单的阅读和无声的理解更具有意义。因此，剧本写成时本身就包含了可演性和可念性的特征。戏剧翻译者应努力在译文中再现和保留这些特征，即使由于种种合理或不合理的原因，这样的特征最后在介入到戏剧交际链中时，被其他人作了各种不同的处理"（Brater，1994：86）。

Eva Espasa 就"可演性"的问题也发表了自己的观点。她从文本、戏剧和思想等方面对该问题做了研究与分析后说，"从文本的角度看，可演性常常等同于可念性，也就是指要译出表演者能毫不费力表达的流畅的文本，可演性是受文本和表演行为决定的"（Espasa，2000：49-50）。她认为，"可演性"的实质是戏剧思想和权力的权衡。"可演性"的形成必须考虑人的地位，关键问题是在剧团中谁有权力决定哪些是可表演性的，那些是不可表演性的。在分析了戏剧翻译者、导演和戏剧交际各种因素的具体作用后，她说，对戏剧翻译者而言，"可演性并非是关键问题,这个问题甚至不可能出现,因为很显然这种权力必然交给了导演和剧团,而不是翻译者,除非翻译者完成翻译任务后自己还继续导演或表演戏剧"(Espasa,2000:49-56)。Snell-Hornby(1997,104)用"playable speakability"来表达可表演性与可念性这两个概念,强调节奏的重要性。她说(1997:199),"戏剧翻译的目的是表演,具有独特语言手法的语言文本必须实现这个目的"。Pavis 认为可读性就是"容易发音",他告诫人们要防止"潜伏在上口的文本之下平庸的危险。Levy 认为,评价戏剧翻译可念性的标准是:使用短句和短的句群,使用熟悉的词汇,避免使用绕口的辅音群等。德国翻译家 Brigitte Schultze 称,可念性是创造文学和戏剧意义的重要手段。她同时指出,不要将可念性与方便发音混淆起来(转引自 Aaltonen,2000:42-43)。

20 世纪 90 年代,戏剧翻译理论的另一个极端的代表人物是 Patrice Pavis。在"Problems of Translation for the Stage: Intercultural and Post-Modern Theatre"一文中,Patrice Pavis 坚持戏剧翻译"可演性"的观点,他认为,戏剧翻译是超越戏剧文本的语间转换,"真正的翻译应在整个舞台表演的层面上进行"(Pavis,1989:41)。

Pavis 提出了戏剧翻译需要解决的四个基本问题:(1)阐释场景的交叉;(2)戏剧文本的具体化;(3)戏剧翻译的接受条件;(4)译文的舞台性(Pavis,1989:25-44)。对于第一个问题,Pavis 认为,译文阐释有两种场景:一种是忠实于源语或目的语文化,另一种是源语和目的语文化的融合。他认为,译文文本总是部分包含着源语文本,部分包含着目的语文本和文化,因为任何翻译转换都要涉及源语文本向目的语文本和文化移植的多方面问题,而源语文本只是译者的出发点。然而,Pavis 补充说,戏剧翻译者知道译文不可能保留源语的场景,因为译文是为另一种阐释场景服务的。只有当翻译文本为目的语观众演出时,译文文本才会融入属于目的语的阐释场景中。因此,译文在不同程度上处于阐释场景的交叉点。戏剧翻译是一种解释性的行为,因为它的主要目的是将源语文本过渡到目的语文本和文化(Pavis,1989:25-27)。

在解决戏剧文本具体化的问题时,Pavis 试图建立戏剧文本转换的模式。他认为,源语文本是作者对现实的诠释。译者既是读者,又是剧作家,对源语文本中潜在的和可能的符号作出选择。翻译过程最重要的是具体化过程,译者要用语言的或超语言的成分将文本中的情节、空间与时间符号表达出来。译本在舞台上的表演则是翻译文本舞台阐释的具体化(Pavis,1989:27-29)。

在解决戏剧翻译的第三和第四个问题时,Pavis 指出,戏剧翻译的接受度只是以未来观众的解读能力和他们在节奏、心理和听觉等方面的能力为先决条件的。这就意味着戏剧翻译要以戏剧观众为导向,译文文本要追求话语和动作的恰当性。

Pavis 由此得出结论，戏剧翻译要以"可演性"为前提，舞台表演总是优先于语言文本（Pavis，1989：30-31）。

但是，Espasa 和 Pavis 都没有把可演性看做是"文本中存在的，待表演中实现的动作性文本"（Bassnett，1991：99），他们认为，可演性并不是文本中固有的特征或本质，而是戏剧手段的实际运用。因此，"抽象的、普遍的可演性概念是不存在的，它必定要依据剧团的表演思想和风格，或文化环境而变化"（Espasa，2000：52）。

其他一些戏剧翻译理论家，如 Ortrun Zuber-Skerritt（1988）、David Johnston（1996）和 Sophia Totzeva（1999）等，同样赞同戏剧翻译"可演性"的观点。

Zuber-Skerritt 指出，"戏剧翻译的定义就是把戏剧文本从一种语言和文化译成另一种语言和文化，并将翻译或改编后的文本搬上舞台"（Zuber-Skerritt，1988：485）。David Johnston 认为"戏剧翻译是舞台艺术的延伸，是将剧本搬上舞台这个多层面过程的不可分割的部分"（Johnston，1996：7）。Sophia Totzeva 把翻译剧本看做"用于戏剧表演的文本"，她认为"戏剧性就是戏剧文本和表演之间的关系"（Totzeva，1999：81）。

笔者认为，"可演性"和"可念性"是戏剧翻译者必须考虑的主要因素，它们是区分戏剧翻译与其他形式翻译的决定因素，因为戏剧的生命在于它是为舞台而作，戏剧翻译的最终目的是舞台表演。如台词与动作的协调、话语的节奏、译文的口语化等都是戏剧翻译"可演性"和"可念性"的制约因素。一方面译文的语言必须与演员的动作相协调，因为演员的台词受动作手势的影响。特定时刻演员的动作决定着他们该说什么，手势又为舞台表演提供了经济的表达方式。另一方面，译文语言要照顾到观众的接受度，要能被观众所理解。其次，话语的节奏要符合情感、动作和剧情发展等诸多因素，要适合演员的表演。因此，"戏剧文本不应该仅仅被视为文学作品，而应被看做是种子，在表演中生根发芽"（Marco，2002：58）。正如 Roger Pulvers 所指出的，"戏剧翻译时，译者必须一边翻译一边在心里执导着戏剧"（Pulvers，1984：24）。戏剧翻译理所当然地应反映舞台表演的需求。戏剧翻译者也应该与原剧作者一样，译出适合于舞台表演的戏剧语言，否则其译本便无法搬上舞台。

第三节　戏剧翻译文本的特点

翻译任何体裁的作品都离不开对所译文本形式及专业知识的了解，戏剧翻译也不例外。戏剧文本的构成是戏剧艺术的基础，也是戏剧翻译的依据。国外戏剧翻译者争论的另一个焦点问题是：戏剧翻译文本是完整体还是非完整体？

20 世纪 80 年代初，英国翻译理论家 Susan Bassnett 根据戏剧符号学的发展理论指出，戏剧翻译是翻译研究中最受人忽视的领域之一，其原因主要是人们通常用翻译小说与诗歌的方式来翻译戏剧文本。Bassnett 认为，"戏剧文本只有通过表演才会变得完整，因为只有在表演中文本的全部内涵才得以实现"(Bassnett，1980：120)。

80 年代中期后，Susan Bassnett 改变了自己原来的观点。她认为，如果可演性和可念性确实存在，并且是戏剧文本必不可少的因素，那么"翻译者的任务就变得超人性了，因为他所翻译的文本在源语中是不完整的，包含着隐性的动作性文本"(Bassnett，1991：100)。在她看来，问题的复杂性在于，有些人认为解码动作性文本应是表演者的责任，而在翻译过程中这种责任却常常由翻译者来承担。她认为，"文本不是戏剧中完美但不完整的成分，而应该看做是一个完整体，它在各种具有独特文化的戏剧发展的特定时刻起着特殊的作用"(Bassnett，1991：110)。

其他一些翻译理论家却坚持认为，戏剧翻译文本是非完整体，原文文本和其译文文本都要受到导演、演员和各种戏剧因素，如舞台类型、动作、灯光、色彩、服装、道具、音乐和观众等的影响。Zuber-Skerritt 指出，"作为表演艺术的戏剧翻译文本主要有赖于剧本在舞台上的最终演出，有赖于剧本对观众的效果"(Zuber-Skerritt，1988：485)。Sirkku Aaltonen 同样指出，戏剧翻译文本的非完整性体现在戏剧交际链中不同人物对相同文本的不同解读，"译者、导演、演员、设计师和技师都会有自己的诠释，然后这些诠释的思想一起合作产生舞台作品，供观众用来作为构建意义的基础"(Aaltonen，2000：6)。Patrice Pavis 也认为，戏剧翻译是超越戏剧文本的语间转换，"真正的翻译应在整个舞台表演的层面上进行"(Pavis，1989：25-41)。

与可演性和可念性一样，戏剧文本不完整性的特点对于戏剧翻译而言是十分重要的。首先，以表演为目的的戏剧翻译与其他文学作品翻译不同，译者不得不受文本以外的多种因素的制约。戏剧交际除了口头表达的语言外，还存在着手势、服装、道具、化妆、布景、音响和灯光等非语言因素。在戏剧表演过程中，语言符号系统必须与其他非语言戏剧表演符号形成一个有机的整体。因而，戏剧翻译的评价标准也不再仅仅是其是否忠实于原文，还要考虑译文在舞台表演中的整体效果。"剧本的完整性不是在于它可以存在于文学系统中供读者阅读，而是通过舞台演出，供观众欣赏；只有搬上舞台之后，译本的创作目的才得以实现"(Nikolarea，1999：185)。

戏剧文本的不完整性还表现在戏剧翻译者、导演和演员等在戏剧交际的不同阶段所起的各自作用。导演对文本的解读涉及整个演出过程的决策，演员对文本的阅读重在具体的角色，舞台设计师的阅读是对文本空间和物质的具体化。译者的创作"需要另一个人或另一群人替他用话语去表演，并通过动作传达其作品中的信息"（Ubersfeld，1996：18）。正如 J. L. Styan（1971：1）所说，"音乐的完整性只有在表演中才能听到，戏剧也是如此"。Stanislavski 也说，"只有在舞台上，戏剧才能展示它的完整性和意义"（转引自 Culpeper，1998：42）。

第四节　戏剧翻译的文化转换

翻译活动不单纯是语言符号的转换过程，它还涉及两种语言所反映的文化。王佐良先生曾指出（1989：18-19），"翻译里最大的困难是两种文化的不同。在一种文化里头有一些不言而喻的东西，在另外一种文化里头却要费很大力气加以解释。翻译者必须是一个真正意义上的文化人"。美国著名翻译理论家 Eugene Nida 也有类似表述，"对于真正成功的翻译而言，熟悉两种文化甚至比掌握两种语言更为重要，因为词语只有在其作用的文化背景中才有意义"（Nida，1993：109）。

国外的戏剧翻译者和学者十分关注戏剧翻译文本在接受语文化中的命运，即它们在目的语文化中的亲近和融合。戏剧翻译与其他类型文本的翻译一样都要面临语言和文化的问题，但是在面临与文化有关的问题时，戏剧翻译比其他类型文本的翻译受到更多的限制。这是因为戏剧文化因素的传译需要考虑舞台表演的瞬时性和大众性。一部小说或散文译作的读者完全有时间适应文化的陌生，而在稍纵即逝的演出中，戏剧观众是不能作出相似的适应的。阅读的过程允许读者对文本中陌生的文化元素进行深思熟虑，然而演出却必须在瞬间把信息传递给观众，因为观众没有第二次机会对演出内容进行消化与吸收。因此，"在戏剧翻译中，'文化移植'是普遍被接受的翻译方法"（Marco，2002：58）。

英国学者 Terry Hale 和 Carole-Anne Upton 认为，当代的戏剧翻译是归化占了主导地位。他们说，"尽管所有的文学翻译者都要面临归化和异化这两难的困境，但文化移植比其他的翻译模式更适合于戏剧翻译"（Hale & Upton，2000：7）。

Sirkku Aaltonen 也指出，在源语与目的语两极的辩证关系中，后者享有主权地位。翻译是以民族为中心的，因此外来戏剧文本的选择是受目的语文化主要话语的相融性支配的，或至少要具有潜在的相融性（Aaltonen，2000：6-7）。"在翻译中，外来戏剧植根于新的环境，接受语的戏剧系统为其设置了限制。戏剧剧本在某种程度上必须传达思想，被人所理解，即使它背离了现有的标准和常规"（Aaltonen，1993：27）。她还说，"归化能使异国的成分变得更易处理、更为亲切，能使观众更能理解舞台上发生的一切，还能消除异国文化的威胁"（Aaltonen，1993：27）。Aaltonen 使用"跨文化戏剧"（intercultural theatre）来指称戏剧文化之间可以实现的转换（Aaltonen，2000：11）。她说，"跨文化戏剧不会把异国文本，甚至异国文化作为出发点，通过自己的舞台进行传递，而是立足于自己的戏剧和文化的需要，因此异国文本或异国戏剧传统常常依据其相关的情形被选择、改编和重植"（Aaltonen，2000：48）。她甚至认为，戏剧可以部分翻译或进行改变，也可只使用源语文本的一些思想或话题。源语文本可以变换，甚至颠覆，以适应目的语文化（Aaltonen，2000：8）。

与以上的观点相反，德国功能派翻译理论家 Christiane Nord 却认为，采用直译的翻译方式，应该与改译部分或全部文本内容以适应目的语文化标准的翻译方式一样，加以认真考虑（Nord，1994：63）。她指出，有时翻译目的主要是创作"源语文化交际的目的语文本"，而不是"目的语文化的交际文本"（Nord，1991：11）。

波兰戏剧翻译研究者 Klaudyna Rozhin 也认为，当剧本中出现与另一种文化相异的事物和概念时，尽管这些文化元素或概念与源语文化密切相关，戏剧翻译者仍可保留源语的文化背景。译者可制作介绍外来词语和文化信息的手册，供导演和演员使用，也可供观众在观看演出前阅读。她认为这是一种理想的翻译方式，它既能扩大观众的知识，又能使观众通过发现未知的世界感受更令人兴奋的戏剧经历（Rozhin，2000：140-142）。她还说，"如果目的语观众不付出努力为'奔赴文化陌生的旅程'做好准备，那么显然外来的戏剧不妨被看做是在文化上不可译"（Rozhin，2000：139）。

Patrice Pavis 则认为，文化差异可以被"文化的普遍性"（university of culture）所化除。在"Problems of Translation for the Stage：Intercultural and Post-Modern Theatre"一文中，Pavis 用符号学理论对戏剧文化进行了诠释。在分析了异化和归化这两种对立的文化翻译方法后，他指出，"前者是想在译文中竭力保留源语文化，以强调源语文化和目的语文化的差异。其结果是造成译文文本难以理解和不可卒读，不能被目的语文化所接受。而第二种方法则是竭力消除两种文化的差异，以致人们无法了解译文的源语文本"。他认为，戏剧文化翻译的最佳方法是采取折中的办法，其译文应是"两种文化的向导，即能处理文化亲近，又能调和文化疏远"（Pavis，1989：37-39）。他认为，"翻译者和译文文本在不同程度上处于它们所属两端的交叉点。译文文本是源语文本和文化与目的语文本和文化的构成，如果这种转换同时包含了源语文本的语义、节奏、听觉、内涵和其他方面的意义，并在必要时改变为目的语语言和文化"（Pavis，1992：137）。

Susan Bassnett 也主张归化与异化之间的平衡。虽然如 Aaltonen 一样，她承认戏剧翻译中总会出现一定程度的文化移植，但她赞同多文化戏剧翻译，这样可避免完全归化或使用异化而产生的令人不解的语言。"翻译者的作用是在两种文化之间占领阈限的空间，促使戏剧传统之间的某种接触"（Bassnett，1998：106）。Bassnett 认为，"戏剧翻译应根据源语文本在源语文化中所起到的作用，力求使译语文本在译语文化里实现与源语文本文化功能的等值"（Bassnett，1990：41）。

笔者认为，构成一个剧本的文化背景对于使用归化还是异化的翻译方法是至关重要的。首先，戏剧文本的文化特性和交际目的在很大程度上决定着整个翻译的策略。在戏剧翻译中，当需要对原文获得最佳相似时，异化是理想的翻译方式。"使用这种翻译方法，选作翻译的原著得到了景仰和尊重"（Aaltonen，2000：64）。如翻译古希腊悲剧或莎士比亚作品时，出于对原剧的尊敬，观众往往喜欢观看忠实于原作的戏剧表演。然而，异化在戏剧翻译中的应用是非常有限的。由于戏剧翻译的特殊性和各民族文化的差异，翻译者在翻译实践中需要一定的灵活性和创造性。演员和观众交际的同步性要求译者对原作进行一些文化改译，以便于目的语观众的理解。即便这样的改译偏离了最佳相似的原则，它们对促进戏剧交流是必不可少的。

其次，源语文本的文化背景可被传达的程度也是戏剧翻译者需要考虑的一个重要依据。倘若源语文化可以被顺利地、毫无理解困难地传达给译语观众，那么译者完全可以考虑采用保留源语文化元素，即采用异化的翻译方法。但是，需要指出的是，不同文化之间的风俗习惯、生活态度往往有着显著的差异。当戏剧作品中涉及地域文化色彩浓重的风俗习惯或概念时，译者必须作出一些调整或是补偿。而戏剧作品的译者又不同于其他文学作品的译者。诗歌、散文、小说的译者可以采用文内解释或是文外加注的方法来向译语读者说明某些特定的文化概念，而戏剧作品的舞台性和瞬间性决定了可供剧本译者选择的补偿手段是非常有限的。为了使身处译语文化背景的观众在欣赏译语戏剧时能够获得和身处源语文化背景的观众同样的感受，译者就不得不将剧本从源语文化环境移植到译语文化环境，对源语文化背景作一些归化的处理。

第五节　戏剧翻译者的地位

从古至今，人们用各种各样带有价值判断的比喻来称呼翻译者，诸如"舌人"、"媒婆"、"译匠"、"仆人"、"叛逆者"、"文化搬运工"、"翻译机器"，等等。这些称呼在很长时间以来，多多少少表明译者一直处于从属的地位，或者说，几乎一直处于隐身的地位。同样，在戏剧翻译中，戏剧翻译者是主导者还是从属者？这个问题一直是戏剧翻译研究中富有争议的话题，戏剧翻译理论家和研究者们对此各执一词。

有人认为，在影响戏剧交际的所有因素中，戏剧翻译者只是起着从属的作用，导演才是戏剧的真正"译者"。他对文本的解读和他处理各种舞台因素的方式，在展现戏剧的全部信息以及在与观众的交流中起着决定性的作用。"是导演把译文的话语转换成动作和手势语言，转换成声音和面部语言。是导演把译文文本'转译'成看得见和听得到的情感信息"（Suh，2002：31）。

Susan Bassnett 认为，"如果说戏剧文本是非完整体，这就意味着译者的任务不知怎么地要比把书面文本转换成表演的人要低劣。……戏剧翻译现在是，过去也一直是权利关系的问题，译者总是处于经济、美学和智力方面的劣势"（Bassnett，1991：100-101）。Moravkova 也说，"译文的作者不能完全影响他作品的结果，这是戏剧翻译者的任务中固有的特点之一"（Moravkova，1993：35）。

Sirkku Aaltonen 也认为，"剧作家通过自己的劳动被公认为占有一定的社会和经济地位，而翻译者一直被限制在阁楼中，他的任务只是复制"（Aaltonen，2000：95）。在戏剧翻译中，"戏剧翻译者通常不被看做是完全的作者，尽管他们付出的劳动与原作者相似"（Aaltonen，2000：98）。这是因为"翻译作品在本质上被看做是对原文文本的复制，因此它所需的劳动比原作要少"（Aaltonen，2000：97）。

澳大利亚戏剧翻译家 Zuber-Skerritt 在分析了译者、导演和演员等人的作用后指出，"戏剧翻译受导演、演员诠释的影响，受舞台设计的影响，如光、色、动作、舞台类型、服装、化妆等，因而译者总是处于被支配的地位"（Zuber-Skerritt，1988：486）。

但另一些戏剧翻译研究者则不同意以上的这些观点，他们认为，"戏剧翻译者在实现戏剧信息传递的过程中显然是处于主导的地位，而导演和演员只是译文文本信息的传递者。戏剧表演的信息源自于译文文本，而不是其他"（Batty，2000：68）。

Joseph Che Suh 也强调戏剧翻译者在整个戏剧交际过程中的核心作用。他说："与只熟悉单语的导演、演员和其他人不同，戏剧翻译者是跨文化交际的专家，他的双语能力为他的作品奠定了必要的基础。他能极具专业地传递原作的内容和美感，实现原作的交际目的。译者能补偿观众可能出现的理解偏差，确立演员的表演模式"（Suh，2002：30）。

事实上，在戏剧交际链中，译者和导演一样充当着一种调和与传递的作用。他们都是剧本和观众之间的中间人，他们的目的都是通过捕捉文本的思想和内容把戏剧信息传递给观众。在这方面，译者和导演的任务与责任是完全相同的，他们在不同的阶段发挥着各自的作用。另一方面，戏剧翻译者和导演之间的关系是合作和互补的关系，并无主从之分。导演只有通过戏剧翻译者才能接触到源语作品；译者在完成了翻译任务后，与剧作家一样，要把自己艰辛翻译的目的语文本托付给导演，由导演负责，通过演职人员的共同努力，将译文信息传达给观众。目的语观众最终接受到的戏剧信息是他们共同努力的结果。"译者、导演、演员、设计师、技术员都在构建自己对文本的解读，这些解读共同促成舞台表演，作为观众意义理解的基础"（Aaltonen，2000：6）。

第四章

国内戏剧翻译的主要理论

郭沫若、老舍、曹禺和英若诚等是中国现代剧作界的大师级人物，他们学识渊博，对戏剧艺术有着透彻的理解。他们的作品具有我们民族的气魄、洋溢着浓郁的生活气息。他们不但是杰出的剧作家，也是颇有建树的戏剧翻译家。然而，人们在盛赞他们的戏剧艺术成就的同时，往往会遗忘他们在戏剧翻译方面的成就。梳理并研究这些大师的翻译成就，不但能使我们了解他们对中国戏剧翻译事业所作出的贡献，而且能够从一个新的角度深入研究他们的戏剧翻译思想，为戏剧翻译理论和实践增光添彩。

第一节　郭沫若：戏剧翻译"诗性的移植"

近百年来，我国出现过多位优秀的戏剧翻译家，他们均为中西戏剧文化交流与发展作出了卓越贡献，郭沫若就是其中的一位杰出代表。

郭沫若（1892—1978），四川乐山人，原名郭开贞，字鼎堂。中国现代诗人、历史学家、剧作家、翻译家。郭沫若从事翻译的时间长达半个多世纪。他一生倾注大量心血，翻译介绍了众多诗歌、戏剧、小说和科学著作，在中外文化交流中起到了举足轻重的作用。其译作影响了一代又一代中国读者，同时影响了他自身的人生观和创作。正如杨武能先生（2000）所言，"郭沫若众多而丰硕的翻译成果，是他作为文化巨人的宏伟建树的一个重要组成部分，他的译事活动对于中国新文学的影响，对于后世的影响，除了鲁迅，几乎无人可比"。用他自己的话来说，"单是说翻译，拿字数的多寡来说，能够超过我的翻译家，我不相信有好几个"（郭沫若，1959：144）。

作为剧作家，郭沫若的创作呈现出三个高潮期。第一期是俄国十月革命到中国五四运动时期。那时的郭沫若充满了创作的青春激情，在《凤凰涅槃》等一批著名新诗之后，他又创作了十余部诗剧，以"三个叛逆的女性"为代表（即《卓文君》、《王昭君》、《聂嫈》三剧），表达了他反抗封建礼教、追求自由和爱情、关注妇女解放的精神倾向。到了抗日战争中期的1942年前后，郭沫若又在一年多的时间里连续创作了六部剧作，成为其创作生涯的第二期。标志性作品为《屈原》，热情讴歌了中国历史上伟大爱国诗人屈原忧国忧民、光明磊落、不畏强暴、大义凛然的崇高品质，表现出强烈的爱国激情和不屈不挠的斗争精神，大气磅礴、震撼人心，在观众中引起了强烈的共鸣，对抗战产生了的巨大影响，思想性艺术性都达到郭沫若剧作的顶峰。第三期为新中国成立后的20世纪五六十年代之交，时已六七十岁的郭沫若又提笔写下了《蔡文姬》和《武则天》两剧，仍然像以往那样以历史女性人物为对象，而更多地融入了作者对人生和历史的理解，印证了他"失事求似"的史剧观。

郭沫若的翻译与他的创作几乎同时起步。在将近60年的时间里，他翻译了数十种外国学术理论著作和文学作品，字数达300多万字，为外国文化艺术在中国的传播作出了不可磨灭的贡献。郭沫若的戏剧译著约有十一部，其中大多是悲剧。如：德国歌德（Johann W. Goethe）的《浮士德》、席勒（Friedrich von Schiller）的《华伦斯坦》；爱尔兰剧作家约翰·沁孤（John M. Synge）的《悲哀之戴黛儿》、《西域的健儿》、《补锅匠的婚礼》、《圣泉》、《谷中的暗影》、《骑马下海的人》；英国高尔斯华绥（John Galsworthy）的《争斗》、《银匠》、《法网》等。其中，高尔斯华绥的《争斗》和约翰·沁孤的六部剧作，是郭沫若第一个把它们介绍到中国来的。

郭沫若不但在戏剧翻译实践方面硕果累累，在翻译理论方面也颇有建树。他对翻译的意义、作用和地位，翻译的原则和方法，翻译家的修养等方面的问题均有较为深刻的论述，他的戏剧翻译思想在中国戏剧翻译史上占有重要地位。在戏剧翻译方面，郭沫若形成了"翻译诗学"的理论。他认为，诗的修养对文学翻译很重要，因为"任何一部作品，散文、小说、剧本，都有诗的成分，一切好作品都是诗，没有诗的修养是不行的"（郭沫若，1983：652）。郭沫若西方戏剧译介中"翻译诗学"的价值，是通过借鉴异民族的优秀文学文化，或通过舞台特定的语言手段，传送拯救人性心灵的信息，使作者与观众的心灵相通和共鸣，让作者的愿望渗透到观众的心灵世界。这种戏剧译介的"翻译诗学"思想的创建，滋生出了一种新的文学文化的思维方式，丰富了中国几千年延续传承的文化精神。

郭沫若认为翻译的重要性在于，"通过翻译，我们可以承受世界的文学遗产。世界上各个国家、各个民族，都有优秀的作家，留下了优秀的作品。这是全世界人民的共同的文化遗产，需要我们翻译工作者把它们译成本国语言，才能使我们更多的人来享受"（郭沫若，1983：649）。这可以说是郭沫若翻译活动的基本出发点。从青年时代开始，郭沫若便致力于外国优秀文学作品的翻译，尽其所能地把各国人民创造的精神产品输送给本国人民。郭沫若强调指出，"国与国之间的文化交流，可以增进彼此之间的相互了解。特别是文学作品的翻译，因为是生活的反映，更能使这种相互了解深入"（郭沫若，1983：649）。所以郭沫若一贯主张"把窗户打开，收纳些温暖的阳光进来"，以便"唤醒我们固有的文化精神"（赵甲明，1993：6）。

针对翻译界有的人只注重提高外文水平，忽视本国语文修养这一倾向，郭沫若特别强调提高本国语文修养的重要性，"如果本国语文没有深厚的基础，不能运用自如，即使有再好的外文基础，翻译起来也是不能胜任的"（郭沫若，1983：651-652）。

早在1928年，郭沫若在《〈浮士德〉第一部译后》中就提出翻译文学作品时，不仅仅要达意，还要使译出的结果是一件艺术品的观点，"既然原著是一件艺术品，译文也应该是一件艺术品，要做到这一点，翻译家需要有较高的文学修养和语言修养，既要外文好，又要中文好。这样才能既忠实原文，又能照顾本国读者的需要"。"我的译文是在尽可能的范围内取其流畅的，我相信这儿也一定收了不少的相当的效果。然我对于原文也是尽量地忠实的，能读原文的友人如能对照得一两页，他一定能够知道我译时的苦衷。译文学上的作品不能只求达意，要求自己译出的结果成为一种艺术品。这是很紧要的关键"（郭沫若，1983：656）。

在"谈文学翻译工作"一文中，郭沫若再次强调了这一标准，"严复对翻译工作有很多的贡献，他曾经主张翻译要具备信、达、雅三个条件。我认为他这种主张是很重要的，也是很完备的。翻译文学作品尤其需要注重第三个条件，因为译文同样应该是一件艺术品"（郭沫若，1983：650）。

郭沫若是我国一代文艺宗师。他的创作和翻译在我国五四新文学、翻译文学及现代文学中都占有重要地位。他在戏剧译介方面的成就与贡献是少人可比的，比如他所翻译的《浮士德》、《华伦斯坦》等作品对中国读者产生过巨大影响。他的译作《约翰·沁孤戏曲集》收集了约翰·沁孤全部剧作，填补了我国现代翻译文学史上的一个空白。毋庸置疑，无论在理论上还是实践上，郭沫若为我国戏剧翻译、现代文学翻译都作出了巨大贡献。

第二节　老舍："一句台词一个人物"

老舍（1899—1966），原名舒庆春，字舍予，中国现代文学家、剧作家、翻译家。

老舍一生勤奋笔耕，创作甚丰，一生创作了一千多篇（部）作品，字数达七八百万。这些作品除小说、散文，还有话剧、京剧、儿童剧。其中话剧《茶馆》把老舍的戏剧艺术推向了高峰，成为我国戏剧艺术殿堂的一颗璀璨明珠。1951 年，北京市人民政府为表彰他对中国戏剧艺术作出的重要贡献，授予他"人民艺术家"的光荣称号。

作为翻译家，老舍翻译过很多作品，如叔本华（Schopenhauer）的《学者》、理查德·威廉·切奇（R.W. Church）的《但丁》和《维康韦子惟兹》、白瑞福德（F. D. Beresford）的《隐者》、布莱克伍德（Algernon Blackwood）的《客》、赫德利·巴克尔（C. Hedley Barker）的《出毛病的大幺》、安德烈·莫洛亚（André Maurois）的《战壕脚》等。他翻译了 Elizabeth Nitchie 的《文学批评》一书的大部分章节，还译有亨伯特·沃尔夫（Humbert Wolf）的诗《我发明的花》和《爱》等。老舍还与别人合作将自己的作品译介到国外，如与浦爱德合作将《四世同堂》第三部《饥荒》翻译成删节的英文本 The Yellow Storm；与华裔女作家郭镜秋合作将长篇小说《鼓书艺人》译成英文本 The Drums Singers，等等。老舍对翻译理论有独特的见解，写过两篇研究翻译的文章：《谈翻译》和《关于文学翻译工作的几点意见》。老舍的翻译活动，贯穿其一生，而且涉及范围很广，有诗歌、文论、散文、小说和戏剧。

老舍一生共出国两次，1924—1930 年在英国伦敦东方学院任中文讲师；第二次是 1946—1950 年，美国国务院根据文化交流的需要，邀请他和曹禺赴美讲学。这样老舍一生将近有十年的时间是在国外度过的，占了他写作生涯的三分之一，这在中国剧作家中是绝无仅有的。正是这十年的国外生活造就了老舍的翻译事业。

由于老舍这种既是剧作家又是翻译家的身份，我们研究他的戏剧翻译成就，就能从戏剧艺术和翻译理论两方面得到一定的启迪。就戏剧创作而言，翻译的经历有助于剧作家吸收异族语言的营养，开阔思路，洋为中用。我们知道，老舍在戏剧创作上独特的京味儿语言和风格，使他获得了举世公认的语言艺术大师和幽默大师的美誉。这一切归因于他诸多因素的综合作用：他是喝北京的水长大的，他是旗人的子孙，他有深厚的古典诗文的修养，他爱好民间文艺、有剧作经验、在艺术方面有天赋……但是，人们往往会忽视老舍翻译的经历所起到的作用。比如，他在研读外国小说时发现，"在当代的名著中英国写家们时常利用方言；按照正规的英文法教程来判断这些方言，它们的文法是不对的，可是这些语言放在文艺作品中，自有它不可忽视的力量，绝对不是任何其他的语言可以代替的"（老舍，2001：321）。这个发现对老舍来说无疑具有转折性的意义，他开始重新挖掘自己不敢使用，甚至有点鄙视的北京话，"我要恢复我的北平话。它怎么说，我便怎写……"（老舍，2001：323）。于是老舍在创作中"脱去了华艳的衣衫，而露出了文字的裸体美来"（老舍，2001：321）。他说，"我的笔也逐渐的、日深一日的，去沾那活的、自然的、北平话的血汁，不想借用别人的文法来装饰自己了"（老舍，2001：321）。老舍发现了中国话、北京话所具有的"简劲"的优点：中国语言"恰恰天然的不会把句子拉长"，而这种简短有力的口语，最适合于表现人类普遍的内心感情，特别是用于戏剧对话。老舍的翻译经历同样对老舍戏剧语言的幽默风格起到了作用。老舍在读英美文学作品时，对那种机智俏皮的语言、夸张渲染的描写、轻松诙谐的幽默风格和表现手法，很感兴趣，使他"赞叹不已"。特别是英美幽默文学作品对社会问题的关注，或以幽默的笔调表现严肃的社会问题，以及在笑声中表达惩恶扬善的人道主义精神，等等，这一切都与老舍的思想感情、性格心理一拍即合，引起他的强烈共鸣。老舍说过，因为我是读了英国的文艺之后，才"决定也来试试自己的笔，狄更斯是我在那时候最爱读的，下至于乌德豪司与哲扣布也都使我欣喜。这也难怪我一拿笔，便向幽默这边滑下来了"（老舍，2001：1）。

就翻译而言，老舍的译文十分重视整体效果。老舍的译文，语言流畅，很少有翻译腔和欧化语言，这一方面与他能够精通和驾驭英汉两种语言有关，另一方面也反映出他重视整体效果的翻译思想。他认为，"最好是译者能够保持原著的风格……我们看出特点所在，就应下工夫，争取保持。文学作品的妙处不仅在乎它说了什么，而且在乎它是怎么说的。假如文学译本仅顾到原著说了什么，而不管怎么说的，读起来就索然无味"（老舍，1979：98）。"有诗才的译者便应以诗译诗地去译这些作品，使读者不但知道书中说了什么，而且知道是怎么说的"（老舍，1979：99）。他还说，"保持原作的风格若做不到，起码译笔应有译者自己的风格，读起来有文学味道，使人欣喜"（老舍，1979：99）。可见，他认为翻译的忠实，要看其内容是否与原文相符，要看叙事语气和行文风格是否与原文一致，但是当词、字效果与整体效果发生矛盾时，要对前者进行相应的变通，努力保证译文的整体效果与原文相近。此外，老舍翻译的戏剧十分重视语言的口语化，这也是从译文的整体效果考虑的结果，因为剧本是用来表演的，而口语是活的语言，活的语言才能念起来顺口，听起来好懂，使观众感到亲切有味。

1954年，在中国作协召开的全国文学翻译工作会议上，老舍说，"翻译工作者的困难：既须精通外文，还得精通自己的语言文字，二者须齐步前进"。以老舍的幽默把握萧伯纳的讽刺，可谓相得益彰。他翻译了萧伯纳的戏剧《苹果车》，收入人民文学出版社1956年出版的《萧伯纳戏剧选》。

老舍认为，要在尊重原文的前提下，最大限度地发挥译者的能力，所以他认为翻译是"再创造"。他说，"世界上有一些著名的译本，比原著更美，是翻译中的创作"。另外，他对译者提出了严格的要求，"创作者要深入生活，翻译者也不例外。没有丰富的生活，就没有丰富的语言"。他还说，"最保险的办法是我们要深入生活，每事必问，连一草一木之微也不轻易放过。知道的够多，我们才能处处译得明确"（老舍，1979：103）。

他还明确提出，译者要精通和驾驭两种语言。他认为汉语的特点是简练、富有神韵，所以他要求译文既要"善于运用自己语言的简练特制，也须尊重外文的细腻明确"。他认为翻译时，应适当地收敛，"不使译文冗长累赘，而仍能不损失原意"。同时，他反对随便使用陈词滥调，为了言简意赅而损伤了原文的精致细密。他明确提出反对欧化句式，"有的译文中往往把欧化语法的句子与中国的句子杂糅在一起，而一句之中又把文言与白话的字词汇掺杂在一起，就难怪字句生硬，读不顺了"（老舍 1979：102）。所以，他认为要从生活中找到生动的语言去翻译，而不是顺着原文逐字逐句翻译。

戏剧人物性格的刻画和典型形象的塑造，主要依靠人物的台词。老舍的戏剧语言含蓄深刻，追求"从一句话里面看一个世界"，从一句台词里听到弦外之音的艺术效果。老舍先生"一句台词一个人物"（1999：6）的创作思想对戏剧翻译理论和实践都具有十分重要的指导意义。

第三节　曹禺：为"演"而译

曹禺（1910—1996），本名万家宝，字小石，祖籍湖北潜江，中国现代剧作家、戏剧翻译家，曾任中央戏剧学院副院长和北京人民艺术剧院院长。

曹禺是中国话剧史上继往开来的作家，他广泛借鉴和吸收了中国古典戏曲和欧洲近代戏剧的表现方法，把中国的话剧艺术提高到了一个新的高度。他的《雷雨》成为中国话剧艺术成熟的标志。该作品与其后的《日出》、《原野》、《北京人》等艺术杰作被誉为戏剧的"四大名剧"。曹禺的作品，对导演、表演艺术和舞台美术也发生了深刻的影响，使话剧成为真正的综合性艺术，为话剧争取了更多的观众，从而发展提高了剧场艺术。

曹禺不是把戏剧创作只局限在剧本写作上，而是把戏剧视为剧作者、演员、观众、舞台四个要素构成的综合艺术。他说，"戏剧被'舞台'、'演员'、'观众'这三个条件所决定。戏剧原则、戏剧形式与演出方法均因为这三个条件的不同而各有歧异"。他认为，"剧本与小说不一样，除了供给阅读之外，它还要供给演出，而演出是它的生命。因此，观众意见特别重要"（曹禺，1985：124-125）。

曹禺一生的戏剧译作不多，但一部《柔蜜欧与幽丽叶》足以奠定他在中国戏剧翻译史上不可忽略的地位。曹禺 20 世纪 40 年代初的这部译作采取了"诗剧的翻译"形式，是中国出版的第一部莎剧诗体译本。译本出版后受到人们的普遍欢迎。这个译本被公认为中国最好的莎剧译本之一。它译出了莎翁原作的插科、打诨、俏皮话、双关语，等等，表现出原作的幽默感。曹禺这部译作的最大特点是译文语言具有音乐性，随处可以让人感到其语言音乐般的节奏感和韵律美，并且意味深远。曹禺的译本《柔蜜欧与幽丽叶》1944 年由重庆文化生活出版社出版，1949 年 11 月该社再版。到 1960 年，该译本先后由文化生活出版社、作家出版社、人民文学出版社三家印刷了五次，共印行 31000 册。1979 年又进行了第九次印刷。

莎士比亚戏剧是诗剧，大部分是用素体诗写成的，小部分是韵文，散文占较少的比重。曹禺的《柔蜜欧与幽丽叶》是中国莎剧翻译史上第一个用诗体形式传达原作素体诗及韵诗诗意的莎剧译本。曹禺的译本与朱生豪以及后来的梁实秋译本最大的一个不同之处就在舞台指示的使用上。曹禺在译本台词中加入了许多莎剧原本没有的舞台指示。

以下比较不加舞台指示的朱生豪译文与加了指示的曹禺译文：

> 凯： 得啦，得啦，你真是一点规矩都不懂。——是真的吗？您也许
> 不喜欢这个调调儿。——我知道你一定要跟我闹别扭。——说
> 得很好，我的好人儿！——你是个放肆的孩子；去，别闹！不
> 然的话，——把灯再点亮些！把灯再点亮些！——不害臊的！
> 我要叫你闭嘴。——啊！痛痛快快地玩一下，我的好人儿们！
>
> （朱生豪 译）
>
> 凯布： 去，去，你这个孩子不可理喻。这样就叫做丢人？你这样闹下
> 去早晚要吃大亏的。你一定要反对我，那么现在就是时候！
> （转对客人）说得对，朋友们。——
> （对悌暴）你是惯坏了的孩子。走，少胡闹，不然——
> （转对仆人）再亮点，再亮点。
> （对悌暴）别丢人，我要你安静！
> （转对客人）好，尽情玩啊，朋友们！ （曹禺 译）

在这里，曹禺把台词的所指对象通过括号中补充的舞台提示的方式译得清清楚楚，使得台词意义更加清晰，人物演出动作更加到位，戏剧情景更加逼真。

《柔蜜欧与幽丽叶》是戏剧大师曹禺翻译的唯一的一部莎剧。身为戏剧大师，曹禺长期的创作探索所积累起来的艺术经验和美学追求，使得他的戏剧语言精湛优美、间接含蓄、明白晓畅、细致生动，具有强烈的艺术感染力。这部译作之所以具有语言艺术之美，是因为曹禺具有明确的翻译目的："我的用意是为演出的，力求读起来上口。"然而他深知，"莎士比亚是 16 世纪的大诗人，他的作品思想内

容之广博，文采之富丽，实在难以十分确切地解释与翻译的"。所以，他采用了添加舞台指示的翻译策略，"我怕观众看不明白，就加了我个人的解释"。他"加了一些'韵文'"，以诗体译莎，正是为了"增加一点'诗意'"。他在译本前言中曾非常谦虚地称这两种策略为这个译本的"缺点"（曹禺，1979：1-3）。然而我们认为，这正是其译作的独特之处。想必曹禺在翻译时也像在写作时一样，把无限深情和激情注入字里行间，才使读者和听众享受到了一种艺术美感的愉悦。译者在从事翻译再创作时的心理移情与其创作时的激情类似，正如曹禺在谈及《雷雨》时所说，"如欢喜在融冰后的春天，看一个活泼泼的孩子在日光下跳跃，或她在野塘边偶然听得一声蛙鸣那样的欣悦"（田本相，1997）。

研读剧作家曹禺翻译的《柔蜜欧与幽丽叶》，我们从戏剧艺术和翻译理论等方面都可以有所启发。就戏剧艺术而言，剧作家如果身兼翻译家或具备翻译家的能力，就可以直接领悟和学习西洋戏剧的诗化语言。中国戏剧有着从舶来品到本土艺术的过程，学习西洋是一个重要的环节，并且在今后仍然是十分必要的。但是，如果剧作家只能从别人的译作中学习，是很难体味其精髓的。戏剧的灵魂在于对话，而戏剧的对话与小说、散文的语言相比，它更像诗，即使是用散文写的诗，它的语言也是诗化的，并充满诗意；与一般诗歌的语言相比，它又具有小说的描绘性、通俗性、口语化和个性化等特点。

美国著名戏剧电影理论家霍华德·劳逊谈到诗与戏剧的关系时说，"对话（即剧本台词）离开了诗意，便只具有一半的生命。一个不是诗人的剧作家，只是半个剧作家"（劳逊，1978：373）。套用他的话，我们可以说，"一个不是剧作家的戏剧翻译家，只是半个戏剧翻译家。"曹禺之所以能够译出《柔蜜欧与幽丽叶》的神韵，是因为他本身就是一名剧作家，因此他能够体会到语言的节奏感和带有音乐般的韵律，能够品味出内涵丰富、富有潜台词、意味无穷的戏剧语言，能够感受到戏剧语言中包含的诗一般的浓烈的感情，而这三个方面正是戏剧翻译的关键所在。

第四节　朱生豪："保持原作之神韵"

朱生豪（1912—1944），原名文森，又名文生，1912 年 2 月 2 日出生在浙江嘉兴一个没落的小商人家庭。从小聪颖异常，成绩优异，后被保送入美国教会办的杭州之江大学，获奖学金，主修中国文学，兼攻英文。在此期间，朱生豪的中英文修养得到进一步的提高，他对诗歌和戏剧的热爱也越来越强烈。大学毕业后不久，他来到上海进入世界书局工作，于 1935 年在"前辈同事"詹文浒先生的鼓励下，开始了长达十年的莎剧翻译历程。他克服了难以想象的困难，以惊人的毅力，于1944年上半年译出莎士比亚全部剧作37部中的31部半（其中半部遗失），只剩下5部没有译出。这些译作中有27部剧本由上海前世界书局于1947年分三辑出版，定名为《莎士比亚戏剧全集》。"译作三辑传到海外，欧美文坛为之震惊，许多莎士比亚研究者简直不敢相信中国人会写出这样高质量的译文"（方华文：2008：334）。

威廉·莎士比亚的名字在19世纪30年代进入中国。当时，泱泱神州大地正面临列强瓜分、灾难深重、急需向西方学习强国之道寻求变革的时刻。同时，华夏国土也发生了有史以来影响最广泛、最深远的中西文化的大交融和大碰撞。西方文化如潮水般涌向这块古老的大地，时代的发展孕育着新旧的更替，文化价值观念的嬗变催生着新思想的产生，域外文豪的引进促使了文艺在内容与形式上的变革，中西文化的交融与交锋打开了人们禁锢已久的思想，开创了崭新的中国现代文学和文化。莎士比亚就是其中的一个杰出代表。

朱生豪早在中学时代就接触过《哈姆莱特》和《恺撒大帝》等莎剧英语片段。大学时读过牛津版莎剧原文。上海工作期间，他以世界书局特约的莎剧翻译者身份，搜集了莎士比亚有关资料不下一二百种，阅读钻研莎氏全集十多遍。自称"余笃嗜莎剧，尝首尾研习全集至十余遍于原作精神，自觉颇有会心"（朱生豪，1958：译者自序）。这足以表明朱生豪的翻译观和翻译思想的形成基础。一方面，朱生豪的家庭环境给他打下了扎实的古文功底。另一方面，他翻译莎剧时，正赶上新文化运动后白话文从不成熟走向成熟的阶段，新文化运动使他的白话文得到充分发展。他写过诗，写过杂文，白话文的使用已十分熟练，因此他用白话文来翻译，既是顺应了文化发展的潮流，也使得莎士比亚戏剧有更广泛的读者，更容易搬上舞台。朱生豪大量阅读了莎士比亚的作品，熟悉其中的主题、题材、语类、文本功能等与中文的共通相似之处，以及这些因素在不同民族文化中的转化、变异的规律。朱生豪认为，"盖莎翁笔下之人物，虽多为古代之贵族阶级，然被所发掘者，实为古今中外贵贱贫富人人所同具之人性"（朱生豪，1958：译者自序）。

莎剧是人物典型性、内涵丰富性和情节生动性的完美融合。朱生豪对莎剧的笃好，使他对戏剧产生了浓厚的兴趣。他说，"读戏曲，比之读小说有趣得多。因为短篇小说太短，兴味也比较淡薄一些；长篇小说又太长，读者的兴味有时要中断。但戏剧如五幕一本的就不嫌太长，也不嫌太短。因为是戏剧的缘故，故事的结构必然是非常紧凑的，个性的刻画必然是特别鲜明的。剧作者必然希望观众的注意力集中不懈。因此所谓'戏剧的'一语，必然含有'强烈的'、'反对平铺直叙'的意味。如果能看到一本好的戏剧的精彩的演出，那自然是更为有味，可惜在中国不能多作这样的奢望"（吴洁敏，1990：142）。他在《莎士比亚戏剧全集》

译者自序中（1958）吐露了他对莎剧的酷爱之情：

"于世界文学史中，足以笼罩一世，凌越千古，卓然为词坛之宗匠，诗人之冠冕者，其唯希腊之荷马，意大利之但丁，英之莎士比亚，德之歌德乎？此四子者，各于其不同之时代及环境中，发为不朽之歌声。然荷马史诗中之英雄，既与吾人之现实生活相去过远；但丁之天堂地狱，复与近代思想诸多抵牾；歌德去吾人较近，彼实为近代精神之卓越的代表。然以超脱时空限制一点而论，则莎士比亚之成就实远在三子之上。盖莎翁笔下之人物，虽多为古代之贵族阶级，然彼所发掘者，实为古今中外贵贱贫富人人所同具之人性。故虽经三百余年以后，不仅其书为全世界文学之士所耽读，其剧本且在各国舞台与银幕上历久搬演而弗衰，盖由其作品中具有永久性与普遍性，故能深入人心如此耳。"

除了肯定莎士比亚的伟大和莎剧角色的现实性、典型性和充分的人本主义以外，朱生豪还精心编写了《莎翁年谱》；对莎剧的分类、分期提出了自己的看法。认为根据莎剧的性质，可以将莎剧分为"喜剧"、"悲剧"、"史剧"、"杂剧"四类。而把莎士比亚的创作分为四个时期。他认为，自1590年至1594年是莎氏写作之初期。这段时期的作品大多改编旧剧，其创作亦未脱模拟他人之痕迹。喜剧方面受黎利葛林之影响，悲剧、史剧则受马洛之影响。他认为，自1595年至1601年是莎氏写作之第二期，"最佳喜剧均于此期产生"。他认为，自1602年至1609年是莎氏写作之第三期。此期莎氏几以全力专心写作悲剧，为其艺术成就之极峰。

朱生豪在《莎士比亚戏剧全集》的译者自序里（1958）写了一段自己从事戏剧翻译的原则，"余译此书之宗旨，第一在求于最大可能之范围内，保持原作之神韵；必不得已而求其次，亦必以明白晓畅之字句，忠实传达原文之意趣；而于逐字逐句对照式之硬译，则未敢赞同。凡遇原文中与中国语法不合之处，往往再四咀嚼，不惜全部更易原文之结构，务使作者之命意豁然呈露，不为晦涩之字句所掩蔽。每译一段竟，必先自拟为读者，察阅译文中有无暧昧不明之处。又必自拟为舞台上之演员，审辨语调之是否顺口，音节之是否调和。一字一句之未惬，往往苦思累日"。这就是他的戏剧翻译思想之精髓，这个原则在莎剧的整个翻译过程中指导着他的翻译实践，体现在他的翻译策略和翻译方法上。

朱生豪曾说中国画家对肖像画的要求是不求形似，而力求神似，他对翻译的要求，则是既要求尽可能形似，更必须无论如何神似——神似本身是在形似的基础上发展的。朱生豪是较早将形似神似的画论应用于自己翻译实践中的一位探索者。他在《莎士比亚戏剧全集》译者自序中（1958）首先批评了莎剧翻译中拘泥"形似"的现象。他说："中国读者耳闻莎翁大名已久，文坛知名之士，亦曾将其作品，译出多种，然历观坊间各译本，失之于粗疏草率者尚少，失之于拘泥生硬者实繁有徒。拘泥字句之结果，不仅原作神味，荡焉无存，甚且艰深晦涩，有若天书，令人不能卒读，此则译者之过，莎翁不能任其咎者也。"

朱生豪的翻译不只是再现原文的思想，他还尽力在最大可能的范围内保持原作之神韵。为了能使译本搬上中国舞台，他在翻译过程中，"必先自拟为读者，察阅译文中有无暧昧不明之处。又必自拟为舞台上之演员，审辨语调之是否顺口，音节之是否调和"（朱生豪，1958：译者自序）。莎士比亚的戏剧内容十分庞杂，语言则相当通俗，"他的写作既有独白、洋洋洒洒的演说，又有插科打诨、出口伤人甚至不折不扣的胡说八道。他借用故事不分地点，不分国界。他笔下的人物可以俗不可耐，有时吓人一跳，也可以口没遮拦，夸夸其谈，或者呼天抢地，狂泻怒斥"（吴洁敏，1990：89）。在当时，朱生豪选择了运用极具表达力的口语化的文体，恰如其分地再现了莎翁戏剧庞杂与通俗。朱生豪这种口语化的译文，使得剧中角色不管身份如何，都能让他们声如其人。

朱生豪文学修养颇深，汉、英语都有很深的造诣，所译莎剧字斟句酌，通晓易懂，较之他人的译本以典雅传神见长，他翻译的莎士比亚戏剧作品在他生活的那个年代代表了译事的最高水平。阅读朱译莎剧，随时都可以感受到一种美的享受。这是因为作者在用散文体再现莎氏无韵诗体的过程中，特别注意汉语言文字的音乐美，讲究平仄、押韵、节奏等声韵上的和谐。不但是剧中的译诗，就是对话也大量运用了诗的语言，朱译莎剧简直是诗化了的散文。

人们一致公认莎士比亚是语言大师，他的词汇丰富得使他有时几乎近于挥霍。莎士比亚戏剧中使用的词汇量多达 24000 多个，成为世界之"最"。而朱生豪要翻译他的剧作，不掌握极其丰富的汉语词汇，是无法完成这个巨大工程的。朱生豪以其深厚的英语水平和汉语基础，恰如其分地将原作翻译出来，而且充满了神来之笔。著名莎士比亚研究专家张泗扬教授称："朱生豪的译文，超过了莎士比亚原文"（吴洁敏，1990：112）。

曾任台湾大学外文系主任的虞尔昌教授，用 10 年时间翻译了未曾公开出版的10 部莎士比亚史剧和十四行诗，于 1957 年在台湾出版了朱虞合译的《莎士比亚全集》。他对朱生豪非常佩服，说："朱氏虽属年青一代，而所译信达雅三者都已做到。到目前为止，尚未有出其右者。"他又说："朱生豪的文章十倍于我，不幸早逝，为我国文坛一大损失。"（吴洁敏，1990：155）

虽然朱生豪见诸文字的戏剧翻译理论并不多，但是它们却凝聚了他丰富的翻译实践经验。他的翻译思想已经涉及许多今天人们仍在关注的话题。朱生豪在翻译莎士比亚戏剧时，消耗的是他 22 岁到 32 岁这样充满才情、诗意和热情的精华年龄，这是任何翻译者都无法与之相比的。诚如朱生豪在完成莎剧大部分翻译后，写给他弟弟朱文振的信中所说："不管几日可以出书，总之已替中国近百年来翻译界完成了一件最艰巨的工程。"

第五节　英若诚："活的语言"和"脆的语言"

当代国内戏剧翻译领域的另一位名家，非英若诚先生莫属。

英若诚（1929—2003），我国著名表演艺术家、戏剧翻译家、话剧导演。曾任文化部副部长、北京人民艺术剧院艺委会副主任、剧本室主任、中国戏剧家协会常务理事、北京市戏剧协会理事。

作为演员，英若诚几十年来长期活跃在舞台和银幕上，塑造过许多真实可信、鲜明生动、引人入胜的人物形象。他在清华大学外国文学系读书期间，就热衷于演戏活动。新中国诞生后，他考入北京人艺任演员，在话剧《龙须沟》、《雷雨》、《骆驼祥子》等剧中扮演重要角色，充分展示了他丰富的知识面和作为演员的才华。他也为中外戏剧的交流做了很多工作。1979 年，他为《茶馆》剧组成功地访问西欧作了准备。1980 年春，他随曹禺先生赴英国进行戏剧交流，随后又与英国导演合作，为北京人艺排演了莎士比亚名剧《请君入瓮》。1983 年，他与美国当代著名作家阿瑟·米勒合作，将米勒的代表作《推销员之死》搬上北京人艺舞台，他在剧中成功塑造了主角威利·洛曼。1982 年 8 月，英若诚作为客座教授应邀到美国密苏里大学戏剧系讲授表演课，他结合教学实践为学生们排演了中国话剧《家》，演出后轰动了美国。1984 年 8 月，他再度赴美讲学，为学生们排演了根据中国昆曲《十五贯》改编的话剧，对中国传统戏曲与现代话剧的结合做了有益的探索。除了戏剧表演和戏剧交流，英若诚在戏剧翻译领域也取得了很大成就。20 世纪 50 年代，他曾翻译出版了斯坦尼斯拉夫斯基的《奥赛罗导演计划》，后又翻译了剧本《咖啡店的政客》、《甘蔗田》、《报纸主笔》以及莎士比亚的名著《请君入瓮》、米勒的剧作《推销员之死》。他还将中国优秀剧作《茶馆》、《王昭君》、《家》等译成英文，介绍到国外。

作为戏剧翻译家的英若诚，他的英文非常标准、地道、流利，对英语中的美国音、澳洲音、黑人音以及许多地方俚语都了如指掌，英国人说他"比牛津还牛津"；美国人说他"比美国人还美国人"（张俊杰，2004：26）。在戏剧翻译过程中，他非常注重语言对观众的直接效果，力求译文既忠实原著，又符合中国观众的审美习惯，使每个角色的语言都各具特点，收到了良好的舞台效果。正如他的儿子英达先生所言："父亲翻译的每部作品的演出都在当时社会上引起了巨大的反响，不能不说是一个奇迹。这依赖于他超群的艺术鉴赏力和敏锐的洞察力，他精通中英语言文化，知识渊博，学贯中西，自己本身又是出色的导演和表演艺术家，集这些因素于一身，父亲是独一无二的。"（英若诚，1999：7）英达将英若诚戏剧翻译的成功归结为两个因素：一是他高超的语言造诣，对中西文化的深刻领悟；二是他导演和演员的经历，对中西戏剧体系的融会贯通。

在长期的戏剧翻译实践中，英若诚形成了自己丰富而独特的戏剧翻译理论和策略。根据戏剧语言的特点，他主张戏剧翻译的口语化、简洁性、动作化和性格化，在戏剧翻译中追求戏剧的整体观演效果。谈到戏剧翻译，他在其翻译的《茶馆》的前言（英若诚，1999：12）中认为："话剧是各种艺术形式最依赖口语的直接效果的形式……一句台词稍纵即逝，不可能停下来加以注释、讲解。这正是戏剧语言的艺术精髓。戏剧语言要求铿锵有力，切忌拖泥带水，也就是上文提到的'语言的直接效果'。……问题在于，我们的很多译者，在处理译文的时候，考虑的不是舞台上的'直接效果'，而是如何把原文中丰富的旁征博引、联想、内涵一点儿不漏地介绍过来。而且，我们要翻译的原作者名气越大，译文就越具备这种特点。本来，为了学术研究，这样做也无可厚非，有时甚至是必要的。但是舞台演出的确有它的特殊要求，观众希望听到的是'脆'的语言，巧妙而对仗工整的，有来有去的对白和反驳。在这些语言大师，例如，王尔德或萧伯纳的作品中可以说俯拾皆是，作为译者，我们有责任将之介绍给我们的观众。这样，口语化和简练就成了戏剧翻译中必须首先考虑的原则。"

关于戏剧翻译，英若诚先生还有一个原则。"在实践中，我也发现了一些应该注意而又往往被忽略的问题。其中，比较常碰上的情景是演员们习惯称之为'语言的动作性'的问题……从这个意义上说，剧本中的台词不能只是发议论、抒情感。它往往掩盖着行动的要求或冲动。例如挑衅、恐吓、争取、安抚、警告，以至于引为知己，欲擒故纵，等等。作为一个译者，特别是翻译剧本的时候，一定要弄清人物此时此刻语言背后的'动作性'是什么，不然的话，就可能出笑话"（英若诚，1999：12）。

英若诚的翻译实践和翻译思想都明确表明，表演性是戏剧翻译中始终遵守的原则，即在忠实传达原剧本精神风貌的基础上，要充分考虑翻译剧本的实际舞台演出效果。他说："爱好话剧的观众并不少，但是很少人满足于买一本剧本回家欣赏，绝大多数人还是要到剧场去看演出。这大概是演员的作用。演员赋予舞台语言以生命，剧本上的台词变成了活的语言，使观众得到巨大的艺术享受。"（英若诚，1999：3）针对译语观众对戏剧的反映或译者希望翻译要达到的效果，英若诚强调说，"作为戏剧翻译，我们努力的方向还是应该尽量使我们的观众能够像阅读或聆听原作的人那样得到同样的印象"（英若诚，1999：9）。

英若诚先生根据自己几十年的舞台生涯，总结出戏剧翻译要考虑舞台的"语言直接效果"。也就是，戏剧语言要注重语言的"口语化"、"简练"、"性格化"，要的是"活的语言"。戏剧的翻译应该尽量使观众"能像阅读或聆听原作那样，得到同样的印象"。因此，在他的译作中，大量运用归化翻译的方法，即语言的表达形式尽量符合目的语的规范，消除因文化差异而影响观众理解人物语言、思想的障碍，使所译的戏剧在中国读者、观众或听众中产生与源语背景下相似的效果。

英若诚在谈到自己戏剧翻译的初衷时，特别强调"现成的剧本，不适合表演"，所以从演员、导演的视角，他在翻译实践中充分考虑到戏剧语言的口语化、动作性、个性化等特点，他的戏剧翻译被译界公认为是适合演出的剧本。同时，他始终在探索戏剧翻译的艺术境界。在谈到翻译莎剧中一些久负盛名的诗剧片段时，对于发挥原著的文学性和诗情方面，他表达了遗憾之情，"只是台词上口了，并不能解决演出中的一切问题……如何把这些片段译好，发挥原著的文学性和诗情，是这个译本没有解决或没有解决好的问题……希望学者与诗人助我们一臂之力，帮助我们继续加工，使我们的演出本逐渐完善起来"（柯文辉，1992：201）。

英若诚（2001：1）还说："这里面的难言之隐就是，现成的剧本不适合演出……有经验的演员都会告诉你，演翻过来的戏，要找到真正的口语化的本子多么困难。""一部文学作品所涉及的问题是多方面的：人物的性格化就是其中最棘手的问题之一……翻译要保持人物的生动活泼的性格远非一件易事。在这个问题上，研究一下名家的成就会给我们带来启发"（英若诚，2002：6）。

英若诚虽然没有给我们留下太多戏剧翻译理论的著作，但是他的翻译思想和实践给中国戏剧翻译理论带来的影响将是深远的。戏剧翻译中，译者的首要目的应该是努力实现剧本的表演功能，译出原剧本的舞台直接效果。同时，译者应该遵循戏剧语言的一般规律，在选择翻译策略和方法时要考虑到导演、演员和观众的需要，考虑到舞台表演的特殊要求，大胆借鉴戏剧创作的语言运用技巧，努力使译文符合戏剧语言特征，增强剧本的可表演性，以取得良好的舞台效果。

第六节　余光中："读者顺眼、观众入耳、演员上口"

说到当代中国戏剧翻译的佼佼者，台湾著名翻译家余光中先生便是其中之一。余光中先生 1928 年生，1952 年毕业于台湾大学外文系。1959 年获美国衣阿华大学艺术硕士。先后任教台湾东吴大学、师范大学、台湾大学、政治大学。其间两度应美国国务院邀请，赴美国任大学客座教授。1972 年任台湾政治大学西语系教授兼主任。1974—1985 年任香港中文大学系主任。1985 年至今，任台湾中山大学教授和讲座教授。其中有六年时间兼任文学院院长及外文研究所所长。余光中以诗歌和散文见长，他还是一位卓有建树的翻译家。《余光中谈翻译》辑录了余先生谈论翻译的二十余篇作品。

余光中的翻译思想得益于文学创作，他认为翻译与创作密不可分，翻译是一种有限的创作，是一门变通的艺术。"变通的艺术"是余光中为思果的《翻译研究》作的序，这也是他对翻译的要求。他（2002：55）认为，"翻译如婚姻，是一种两相妥协的艺术"。余光中认为，"变通"是译者进行再创造的关键。一篇译文的好坏，变通起着非常重要的作用。他在《变通的艺术》中说，英文译成中文时，"既不许西风压倒东风，变成洋腔洋调的中文，也不许东风压倒西风，变成油腔滑调的中文，则东西之间势必相互妥协，以求'两全之计'。至于妥协到什么程度，以及哪一方应该多让一步，神而明之，变通之道，就要看每一位译者自己的修养了"（余光中，2002：55）。这表明译者既要有"自己的修养"，又要会变通。由于翻译中两种语言的文化背景、文字差别（形、音、意、文法、修辞）、美感经验等的不同，仅有"修养"是不够的。一个好的译者需根据中英文不同的文法习惯、逻辑层次等进行灵活的变通。英文译中文时，应"删去徒乱文意的虚字冗词，填满文法或语气上的漏洞，甚至需要动大手术，调整文词的次序"（余光中，2002：61）。

余光中的一生与创作、翻译结下了不解之缘，其翻译与创作几乎同步而起，并伴随他一生。余先生驰骋文坛五十余载，诗、文、论、译无一不精。余光中一生共翻译了《不可儿戏》（1983）、《温夫人的扇子》（1992）和《理想丈夫》（1995）三部喜剧，它们均为英国著名戏剧家王尔德的作品。王尔德对于中国读者来说并不陌生，余光中对其更是情有独钟。王尔德的戏剧创作以《不可儿戏》最负盛名，余光中的三部译作中也以《不可儿戏》的成就最高。关于翻译《不可儿戏》的目的和原则，余光中说：

> "我作为译者一向守一个原则：要译原意，不要译原文。只顾表面的原文，不顾后面的原意，就会流于直译、硬译、死译。最理想的翻译当然是既达原意，又存原文……戏剧的灵魂全在对话，对话的灵魂全在简明紧凑，入耳动心……小说的对话是给人看的，看不懂可以再看一遍。戏剧的对话全是给人听的，听不懂就过去了，没有第二次的机会。我译此书，不但是为中国的读者，也为中国的观众和演员。所以这一次我的翻译原则是：读者顺眼，观众入耳，演员上口。希望我的译本是活生生的舞台剧，不是死板板的书斋剧。我的译文必须调整到适度的口语化，听起来才像话……必须译得响亮易懂，否则台下人听了无趣，台上人说来无光。"
>   （余光中，2002：126-127）

余光中的翻译思想和翻译策略紧紧围绕着一个"变"字，即翻译是一门变通的艺术。他强调，戏剧翻译时必须对异国典故、文化词语进行必要的变通，原文中特有的文化成分应当弱化，语言的弦外之音往往需要明示化，使观众一听就懂，而不会觉得吃力，因为"戏剧的对话是给人听的，听不懂就过去了，没有第二次的机会"（余光中，2002：127）。他的译文文白相间，地道自然，既忠于原意又能

"西而化之"。他曾幽默地写道,"大翻译家都是高明的'文字的媒婆',他得具有一种能力,将两种并非一见钟情甚至是冤家的文字,配成情投意合的一对佳偶"(余光中,2002:2)。余光中正是这样一位"文字的媒婆",他的中文、外文运用起来得心应手,其创作、译作相得益彰。他一生严谨治学、笔耕不辍,为中西戏剧文化交流作出了重要贡献,为海峡两岸翻译事业的蓬勃发展起到了推动的作用。

余光中的译作在台湾、香港、广州等地多次被搬上舞台演出,并取得极大成功。他的成功告诉我们:满足舞台演出需要的戏剧翻译才是戏剧译者最终的追求。戏剧翻译需要考虑舞台演出效果,因此译者应根据译入语的文化传统和表达习惯选择有利于舞台表演、并具有可操作性的翻译策略,从而更好地服务于戏剧翻译的目的。

第五章
戏剧翻译的基本理论问题

任何研究都离不开对其研究对象的基本理论问题的把握。就戏剧翻译研究而言，了解和掌握戏剧翻译的特点、戏剧翻译的原则和标准、戏剧的翻译对象、戏剧的翻译单位、戏剧的可译性等基本问题是十分重要的。

第一节　戏剧翻译的特点

戏剧翻译既有文学翻译的共性，又有自己的特性。戏剧翻译的特点是由戏剧本身的特点——舞台性所决定的。戏剧作品与其他文学体裁有不同之处。同样，戏剧翻译与其他文学体裁的翻译也有所区别。正如 Vitez（1982：9）所说，"优秀的翻译已经包含了舞台性。理想的译文应该能掌控舞台演出，而不是相反"。

作为文学翻译的分支，戏剧翻译无疑与一般的文学翻译有着共通之处，要遵循一般的文学翻译准则。然而，戏剧翻译毕竟在更大程度上受制于戏剧艺术本身的特殊性。戏剧是融合了语言、音乐、文学、舞蹈、绘画、雕塑等的综合艺术，以其独特的视听冲击力和艺术感染力带给观众无与伦比的享受。因此，在戏剧翻译中也要力求展现戏剧的这些特点。就戏剧翻译而言，即时性和大众性也使得戏剧翻译不同于一般文学作品的翻译。一般的文学作品的文字是印在纸上的，读者可以反复阅读；而戏剧语言在舞台上的呈现转瞬即逝，这就要求戏剧翻译通俗易懂。此外，一般的文学作品有着不同的文学架构，文字有深浅难易之分，对读者的文化有着不同层次的要求，而戏剧表演是一门大众的艺术，是提供给观众欣赏的。这同样要求戏剧的语言符合广大观众的文化水平，要易于被广大观众所接受。综上所述，我们可以总结出戏剧翻译的以下几个特点：综合性、视听性、瞬间性、动作性、无注性、通俗性、简洁性、人物性和时代性。

1. 综合性

戏剧创作的目的主要是为舞台演出服务的，因此戏剧翻译的服务对象也应是剧院观众，而诗歌、散文和小说翻译的服务对象主要是读者。当然，剧本也有为阅读而创作的，这叫做案头剧。其翻译的目的是把一国的剧本作为文学作品介绍给另一国的读者，但纯粹为阅读而译的剧本毕竟是少数。舞台演出要涉及演员、导演、舞台设计师、音响和灯光师、服装和化妆师等演职人员。因此，一个戏剧译本要被目的语文化所接受，要适合舞台演出，必须要经过数人之手才能登上舞台，变为视听艺术。也就是说，一个翻译的戏剧作品能成功地搬上舞台，是剧作家、翻译者和所有演职人员共同辛勤努力的结果。此外，戏剧翻译还要受到哲学、美学、语言学、文化学、社会心理学等多种因素的影响。"戏剧翻译者如果忽视了戏剧综合性的特点，忽视了纯文字系统以外的所有其他系统，就可能陷入严重的危险之中"（Bassnett，1980：131）。正如 Sirkku Aaltonen（2000：28）所指出的，"对戏剧系统之间文本转换的研究需要一个学科间的框架，这样，戏剧翻译才能得以很好地分析，其成果能在众多学科的背景下加以理解。在这些学科中，首先使人想到的是翻译研究、戏剧研究、文化研究、文学研究、交际研究和语言研究。在跨越文化障碍时，所有这些都能为戏剧文本的研究提供独特的视角"。

2. 视听性

文学作品是书面文字的艺术，而戏剧作品是视听性艺术，观众在听到演员说话的同时，还看到演员的表演，还有舞台布景的各种变化，以及音乐和音响效果等。对于戏剧翻译者来说，最重要的是要认识到演员的对白和表演两者之间的密切关系。这两者是一个完整的统一体，后者对前者不仅起着辅助性的作用，也起着制约性的作用。演员的对白受到演员说话时的动作、音调、节奏、停顿等多种因素的制约。

戏剧是一种视听艺术，这也体现了戏剧这一艺术的综合性特点。这一点又与影视剧相同，戏剧观众既可以看见舞台上人物的表演，又能听到演员的声音，但由于受时间与空间的限制，舞台上的布景与道具是相对静态的，其作用比起影视作品中背景的作用要小得多，这样戏剧中听的成分就大于看到的成分。在戏剧对白的翻译中，要时刻想着戏剧翻译的这一特点，而且演员的对白转瞬即逝，因此，戏剧译本能让观众一听就懂，符合观众的鉴赏水平，是译者应特别注意的问题。

3. 瞬间性

对于小说中人物的语言或情景的描述，读者若看不明白，可以反复地阅读，戏剧观众却没有这个条件。戏剧的对白是有声语言，一瞬而过，若听不懂只能放弃，既不能让你重复聆听，也不容你多加思考，因为一经思考便听不清后面的话语。因此，戏剧翻译必须流畅通顺，含义清晰，使观众能通过视听的方式来感知戏剧的震撼力。英若诚先生（1999，3-4）就说过，"演员赋予舞台语言以生命，剧本上的台词变成了活的语言，使观众得到巨大的艺术享受。但是，在剧场里，这种艺术享受也是来之不易的。一句台词稍纵即逝，不可能停下戏来加以注释、讲解。这正是戏剧语言的艺术精髓"。

4. 动作性

戏剧就其本质来说，是动作的艺术。可以说，在所有的艺术中，戏剧的动作性最强，剧作家对动作性的要求也最高。因为动作是戏剧塑造人物、表现现实生活的重要手段，又因为戏剧必须以动作抓住观众，进而形成与观众的交流。黑格尔（1958：278）曾经说过，"能把个人的性格、思想和目的最清楚地表现出来的是动作，人的最深刻方面只有通过动作才能见诸现实"。

语言必须体现出人物行动的趋向，能够推动剧情的发展。因此，戏剧译文语言除了一部分用于角色叙事和抒情外，绝大多数应当用于表达人物行动的愿望，表达他对其他人物情绪或动作的反应，促使他对他人的动作采取进一步的行动，同时也能够让戏剧观众对人物之间的关系，剧情的发展，通过人物的语言，作出准确可靠的推断。此外，戏剧的动作性还表现在译文语言必须揭示人物的内心活动上。在剧本中，人物的行动一般包括外部的形体动作与内部的心理动作两方面。因此，戏剧译文语言除了把人物的语言作为推动剧情的引发因素外，还应当展示人物丰富复杂的心理。正如英若诚先生（1999：12）所言，"作为一个翻译者，特别是翻译剧本的时候，一定要弄清人物在此时此刻语言背后的'动作性'是什么，不然的话，就可能闹笑话"。

5. 无注性

戏剧翻译会涉及许多外国特有的文化和特殊的文字，如文字游戏、双关语等现象。这些成分若在文内处理，一是一句半句话说不清楚，二是有解释性翻译之嫌。遇到读者难以理解之处，文学翻译通常可以用文外加注的方法进行处理，但戏剧演出文本的翻译却没有这种可能性，这也是由它的视听性所决定的。一般情况下，戏剧翻译必须将应该加注的地方在文内加以处理，所以戏剧的无注性要求译者有更强的驾驭语言的能力。

6. 通俗性

戏剧译文语言的通俗性，首先是由戏剧的舞台性决定的。剧作家在创作时总是寻求人物语言适合舞台演出。同样，翻译时译者也要使译文的语言便于演员在台上表演。其次，戏剧翻译的通俗性是由戏剧艺术的直观性和瞬间性所决定的。戏剧追求直接交流、快速反应，追求现场效果，当即发出感情的冲击波，令人愉悦，产生快感、共鸣与思考等。此外，戏剧翻译的通俗性还由戏剧观众的广泛性所决定的。读文学作品必须有一定的文化程度，而观看戏剧通常是老少皆宜。这就要求戏剧译文要雅俗共赏，译者要为观众着想，使戏剧语言尽可能通俗易懂、便于理解。戏剧演出还要受时空因素的制约，要在有限的时间内、凭借有限的语言，表现丰富的思想内涵、生动刻画人物形象，戏剧译文语言就必须通俗、精炼，让观众在看得真切的同时也能听得明白。

7. 简洁性

戏剧语言的简洁性同样是由戏剧舞台性的特征所决定的。受戏剧时间的限制，戏剧演出要想收到良好的戏剧效果，人物只能说必要的话，如果咬文嚼字、唠唠叨叨，就会造成语言的拖沓，破坏观众的想象，也会造成舞台的沉闷。

戏剧语言的大量叙事与刻画人物的任务是由动作、道具和背景承担的，这就在很大程度上减轻了人物语言在这方面的任务，也为戏剧译文语言的简洁性提供了条件。戏剧语言离不开表演艺术，从这个意义上讲，人物语言的简洁是为了给演员留下充分的表演空间。比如 Patrice Pavis（1989：31）就认为，I want you to put the hat on the table 这句台词，按舞台需要，配上特定的眼神或手势，可用 Put it there 来处理。

因此，戏剧翻译者要力求戏剧语言简洁精练、明晓流畅、通俗易懂、切合人物，使观众能入耳消融，理解剧情。

8. 人物性

人物性是戏剧语言另外一个重要特点。戏剧语言的人物性，要求剧中人物的语言必须符合人物的身份、性格，有益于表现人物独特的个性，即语言成为人物个性、性格、心理的声音外化。戏剧语言是塑造典型人物、刻画人物形象的重要手段之一。一部戏剧作品中的人物往往都个性鲜明、形象突出。戏剧同一般文学作品不同的是，戏剧完全靠人物自身语言来展现人物，剧作家无法通过客观描述和叙述补充来加强人物形象，更不能像小说一样去解释人物的思想与行动。因此，人物语言本身要具有说服力，要能体现人物的性格特征、身份和内在心理，只有这样，人物性格和完整的形象才能树立起来。戏剧人物在舞台上的语言要符合他所处的时代、生活环境、他的身份和人生阅历，要反映他的心理活动和思想习惯，体现出他的性格。

人物性的语言不仅表现在不同人物各有其不同的语言特色、性格特征，还体现在同一人物在不同时期、不同环境下，随着情节的发展，由于情绪和所处的社会地位、立场的不同和变化，其语言也会有所差异和变化，但同时又必须符合人物的身份、教养、经历、职业、社会地位，从而表现出人物特定的思想感情、心理状态和个性特征。

戏剧的人物性要求戏剧翻译要充分利用语言手段，塑造典型人物，达到"言如其人"的效果。戏剧译文的语言，不论是通俗质朴的口语，还是华美富丽的诗句，都必须是真实的艺术语言，是经过精心提炼的与此时此地人物的风采相一致、相吻合的语言。一句话，戏剧译文语言必须是个性化的语言。

9. 时代性

戏剧的时代性是戏剧保持其旺盛生命力的一个十分重要的因素。戏剧是属于时代的，这是就戏剧与时代的整体关系而言的。但戏剧与时代的关系并不是笼统的、无所不包的，而是具体的、有着特定内容的。某一类的戏剧分别对应着某一个特定的时代，所谓一个时代有一个时代的戏剧。既然任何一种戏剧都是由特定的时代所造就的，那么在具体的戏剧翻译时，只有把它放在其产生的特定时代背景之下，才可能对它有一个正确的认识和理解。戏剧的时代性表明，"翻译者不仅要读懂字里行间的意义，而且必须考虑到，戏剧语言是其时代的语言"（El-Shiyab，1997：209）。

第二节　戏剧翻译的原则和标准

关于翻译的原则和标准一直是翻译理论家们热衷讨论的问题之一。人类自从开始有了翻译活动，就没有停止过对翻译原则和标准的探寻。在中国，自古代佛经翻译时期的文质之争，到近现代的直译与意译、归化与异化之辨；从严复的"信、达、雅"三字标准到围绕"信、达、雅"所展开的长期争论；从林语堂的"忠、顺、美"，鲁迅的"宁信不顺"，到梁实秋、赵景深的"宁错务顺"，瞿秋白的"信顺统一"；以傅雷为代表的"神似"或"神韵"说、钱钟书的"化境"论，到现当代的翻译标准多元互补理论，围绕着翻译的原则和标准所进行的研究和讨论可谓长盛不衰，所发表的文章著述不胜枚举。西方同样如此，自西塞罗区分解释者的翻译和演说家的翻译开始，就揭开了直译、字译、活译、意译、与原作竞争、忠实原作之争的序幕。从德莱顿的翻译三分法，坎贝尔和泰特勒的翻译三原则，以卡特福德、费道罗夫、巴尔胡达罗夫等为代表的对等标准，奈达的动态对等、功能对等和读者反应论，到功能翻译理论家莱斯提出的"把翻译行为所要达到的特殊目的"作为翻译批评的新模式和解构主义者认为"译文是原文生命的延续，原文并无确定的意义内容，译文决定原文"的观点，翻译的原则与标准问题历经了漫长的讨论、争执与演变。

无论是国内还是国外，形形色色的翻译原则和标准，无一不试图高度概括出既能够使翻译活动有章可循，又可用来衡量翻译质量的法则或准则。它们对翻译本质特征的不同看法是显而易见的。它们均从各自的角度出发阐述自己的标准观，因此各有所长，各有所短，都有其存在的理由与意义。目前对翻译原则和标准的探讨有一个明显的趋势，即大家都认为，对不同文本类型的翻译应遵循不同的翻译标准。如德国功能派把翻译原则分为两类：一是适用于所有翻译过程的普遍原则；一是特殊翻译情形下使用的特殊原则。这种分类法比较符合实际意义，因为交际的形式各有差别，文本的种类各有所异，用统一的标准去衡量翻译显然太过笼统。总的翻译原则和标准是所有翻译活动应遵守的基本原则，是翻译活动要追求的最高目标，不论是文学翻译，还是科技翻译；不论是文字翻译，还是口头翻译。但不同交际形式、不同文本体裁的翻译，还应该有自己特有的翻译标准，或者说次标准。如科技作品以信息的准确传达为主，诗歌以意境表达为主，而戏剧翻译除了要遵循翻译的基本原则外，还有要适合舞台演出的特殊翻译标准。正如 Said El-Shiyab（1997：205）所言，"戏剧翻译是一种特殊的翻译；说它特殊是因为它必须准确传达美和错综复杂的意义，传达语音和语调，传达源语文本隐含的和显现的意义"。

20 世纪 60 年代，在"Some Practical Considerations Concerning Dramatic Translation"一文中，Hamberg（1969：91-94）为戏剧翻译者概括了戏剧翻译的原则。他说"戏剧是行为艺术……它必须刻画说话者的性格，这样才显得真实；它必须表示时间、空间和社会阶级的特性；它不能含糊不清；它应得到充分的重视，或者说我们应给予其充分的重视，以便把观众的注意力引向理想的方向……毋庸赘言，流畅自然的对话在戏剧翻译中是至关重要的，否则的话，演员就不得不为听起来矫揉造作的台词而艰难地挣扎"。

70 年代，在"戏剧文本翻译"一文中，Gravier 也阐述了戏剧翻译的原则和标准。他认为（1973：41-43），"翻译者不应忘记，戏剧文本的话语按正常速度说出时，观众只能听到一次。……因而，每一个隐喻都必须是清晰明了的。可能引起观众痴笑的逐字翻译显然必须避免。……戏剧翻译者应该关注影院所发生的情况。电影的配音只有通过仔细研究演员朗读原剧台词时嘴唇的动作才成为可能"。

到了 80 年代，George E. Wellwarth（1981：140-146）同样归纳了戏剧翻译者应遵循的一系列原则。根据他的观点，"戏剧翻译者必须要有话语节奏，尤其是口语节奏的意识，还需具有在新的上下文中创造戏剧紧张而不歪曲剧作者意图或丧失戏剧可信性的能力。……戏剧翻译者尤其需提防的是句子中过多使用咝音，或者拗口的辅音群，它们会使台词很难快速地发音，从而造成声音投射的困难。……戏剧语言必须使观众听起来流畅、熟悉"。

英国翻译理论家 Susan Bassnett 提出，"与小说和诗歌的翻译者不同，戏剧翻译者必须遵循两个标准。第一个标准是'可演性'，第二个标准是翻译文本本身的功能。Bassnett 在描述了"可演性"对于实现戏剧翻译的重要性后指出："戏剧文本的结构内部包含了一些可演性的特点。如果'可演性'被看做是戏剧翻译者的先决条件，那么翻译者就必须判断，哪些结构是适宜表演的，然后再把它们译成目的语，即使译文会发生一些重大的语言和文体的变化。这就是戏剧翻译者与其他类型文本翻译者的差异所在"（Bassnett，1980：120-132）。

80 年代另一位戏剧翻译的代表人物 Zuber-Skerritt 也对戏剧翻译的原则提出了自己的看法。他（1988：485）认为，"用于表演的剧本必须是可演的和可读的。因此，非语言和文化方面的因素，以及舞台演出的问题都必须加以考虑。……戏剧翻译中，观众必须熟悉戏剧语言，以便能瞬即理解其意义"。

在表面上看，以上提出的戏剧翻译的原则和标准似乎是切实可行的，但戏剧翻译者在翻译实践中应该使用到什么样的程度才算是成功的呢？戏剧翻译者尤其需注意的原则，如不要"过多使用咝音，或者拗口的辅音群"，并没有告诉翻译者，当遇到有些角色为了突出人物个性，或保留地方语言的特色，或为了其他的一些原因而故意在话语中产生某种声音效果时，应做如何处理？因此可以说，戏剧翻译的原则和标准主要是提出了理论上的宏观解决方法。在实际戏剧翻译实践中，不管是两种语言之间的翻译，还是为不同类型的观众而进行的相同语种之间的翻译，抑或不同人物话语的翻译，翻译者就可能会采取不同的翻译策略和方法。为了解决诸如此类的问题，从 90 年代起，戏剧翻译家和译者开始从戏剧翻译的具体策略和方法的角度来研究戏剧翻译的现象。与纯理论的戏剧翻译原则和标准不同的是，这些研究更具有实用性和描述性。换句话说，他们不再规定戏剧翻译者应该怎么做，而是通过戏剧译本在舞台上的实践与比较，分析和研究戏剧翻译行为的方式和舞台的实际效果。（关于戏剧翻译的策略与方法见第八章）

第三节　戏剧的翻译对象

戏剧的翻译对象主要是戏剧文本。所谓文本就是一部语言作品，它包含一个中心主题，表现一定的思想感情，具有完整的组织结构以及与之相适应的语言表达形式。一部论著、一本小说、一出戏剧、一首诗歌、一篇演讲、一则寓言、一个广告、一封书信、一份文件等都可以看做是一个文本。

翻译活动之所以区别于其他语言活动，就在于翻译是依据原文文本产生译文的过程，这样，翻译活动通常就要涉及两个文本。译者所依据的文本称为源语文本，或称第一文本，它是作者创作活动的产物，同时又是译者进行翻译活动的主要客观依据。译者根据源语文本进行翻译，最终产生的文本称为译语文本，或称第二文本。它实际上是原文的一个复制品，同时又是翻译活动的最终目的。

然而，"戏剧翻译者所面临的问题与其他形式的翻译不同，其主要困难在于戏剧文本本身的特性。戏剧翻译除了要涉及书面文本由源语向目的语转换的语间翻译，还要考虑语言之外的所有因素"（Bassnett，1985：87）。也就是说，"戏剧翻译的现象超越了戏剧文本语间翻译的有限现象"（Pavis，1992：136），因此戏剧翻译活动比其他翻译活动所涉及的文本要来的复杂得多。Patrice Pavis（1989：27-30）依照文本从文字转换向舞台演出乃至观众接受的过程，认为戏剧翻译要涉及六种文本：（1）源语戏剧文本 T_0；（2）书面译文文本 T；（3）介于源语文本和演出文本之间的文本 T_1，在这种情况下，译者既是读者，又是剧作者，他的任务是对将要翻译的文本内容进行选择；（4）用于舞台表演的译文文本 T_2；（5）被导演和演员搬上舞台的翻译文本 T_3；（6）被观众接受的戏剧翻译文本 T_4。这几个文本互为因果、相互促动，形成一个动态的循环过程，其中 T_3 和 T_4 往往相互影响、互为融合。他认为戏剧翻译研究应该集中在后三种文本上。因为"等待翻译的文本是受具体的舞台演出制约的"（Pavis，1989：26）。

就文学翻译而言，诗歌、散文和小说翻译的服务对象是读者，而戏剧翻译则与此不同。戏剧是一种独特的文学艺术，其独特之处在于戏剧翻译的主要目的是为了搬上舞台，为观众演出，其次才是让人们私下阅读和欣赏。剧本的创作目的主要是用于舞台演出，这就决定了戏剧翻译的服务对象也应是剧院观众。鲁迅曾经说过："剧本虽有放在书桌上的和演在舞台上的两种，但究以后一种为好。"（鲁迅，1976：665）不能拿到舞台上演出的剧本是不成功的。既然戏剧翻译的服务对象是作为一个集体的观众，而观众的兴趣范围非常广泛，这就要求戏剧翻译文本既要适应观众的需要，又不降低水准。作为戏剧文本的译者，必须考虑到戏剧体裁的独特性和局限性，考虑到译语观众的欣赏水平和整体的文化背景。

戏剧翻译不仅涉及两种语言符号系统之间的语际转换，还涉及语言之外的其他各种因素。戏剧文本本身的特性使得戏剧翻译比其他文学形式的翻译更为复杂。戏剧翻译不能仅从书面文本角度进行翻译，更重要的是，要考虑文本使用者和观众的需求，要考虑戏剧的舞台性、视听性、口语性以及语言的动作性。戏剧翻译还应力求使译语文本在译语文化里实现与原语文本文化功能的等值。

与翻译研究的多学科性一样，戏剧翻译同样涉及其他领域的知识。因此，推动戏剧翻译理论和实践研究的有效途径在于，翻译者与语言学家、文学家、剧作家和戏剧导演一起合作，共同研究戏剧和戏剧翻译的特殊性，探索戏剧翻译的规律。"这样的合作不仅在实际的戏剧翻译中，而且在发展戏剧翻译理论中都是卓有成效的"（Anderman，1998：74）。

第四节 戏剧的翻译单位

与戏剧翻译的原则和标准一样，戏剧的"翻译单位"（unit of translation）也是一个历来众说纷纭、莫衷一是的概念，甚至有人全然否定有这样一种单位。但有一点是可以肯定的，即多数学者对它的理论与实践意义的重要性是持肯定态度的。

较之翻译的原则和标准，人们对翻译单位的关注时间相对较晚一些。可以说，翻译单位是随着现代语言学的兴起和发展而出现的翻译学术语。译学界认为，最早提出翻译单位概念的是加拿大语言学家 L. P. Vinay 和 J. Darbelnet。他们认为，"翻译单位是一句话中必须一起翻译的最小切分"，"翻译单位是表示一个思想要素的词汇单位，也可以说，翻译单位是话语中的最小片断，组成这些片段的符号互相连接，不能单独地翻译"（转引自 Newmark，2001：53-54）。

Newmark 引用 W. Haas 的话，认为翻译单位"能短则短，长须长得适度"。敏雅尔·别洛鲁切夫认为：翻译单位应该是一个"不能分割、具有相对的独立性，要求单独处理的连贯言语的片段"。而 Brian Harris（1988）则主张词组、小句和句子是翻译单位。Koller（1992）认为翻译单位可以是词组，可以是句子，也可以是整个语篇。巴尔胡达罗夫（1985）认为，翻译单位是翻译理论中最为复杂的问题之一。他把翻译单位分为：音位层、词素层、词层、词组层、句子层、话语层。Susan Bassnett（1980：118）在谈论文学翻译时认为，语篇是翻译的基本单位，因为每个语篇都"由一系列相互链接的系统组成，每一个系统都有一个与整体相关的可确定功能"。

国内有关翻译单位的研究起步较晚，但其深度与广度足以引人关注。自王德春在《中国翻译》1984 年第 4 期上发表"论翻译单位"一文以来，众多专家学者相继提出各自的有关翻译单位的观点。

王德春用语义确定法把句子作为基本翻译单位，但同时认为句子内部考虑音位（字位）、词素、词、熟语、词组适当对应，句子外部考虑句际关系的协调、句群的衔接、话语的连贯和风格的统一。王秉钦（1987）把翻译单位区分为音位、词素、词、短语、句子和话语。罗国林（1992）认为翻译单位应划分为四个层次：语素、词、短语、句。罗选民（1992）在"论翻译的转换单位"一文中首先区分了话语层翻译的分析单位和转换单位，提出把小句作为翻译的单位。吕俊（1992）、葛校琴（1993）、石淑芳（1993）、方梦之（1994）等认为翻译单位是语段、句群。郭建中（2001）和王云桥（1998）等则强调以段落为翻译单位。袁锦翔（1994）、奚兆炎（1996）、司显柱（1999）等认为语篇是翻译的基本单位。刘士聪、余东（2000）提出以主位／述位作为翻译单位。姜秋霞、张柏然（1997）将格式塔（gestalt）心理学与语篇语言学结合起来审视翻译单位，强调翻译应着眼于语篇的整体意识再现，而非语言形式的对应。因此，他们提出翻译过程中无绝对的翻译单位之说，因为"无论是词组、小句、长句或句群，都不能成为翻译中译者的视点与选择。这其中任何一个单位都不能贯彻翻译过程的始终"。

从以上的这些观点我们可以看出，"翻译单位的研究有一个明显的趋势，即区分分析单位与转换单位，而且转换单位越来越大，由句子发展到语段，甚至到语篇；由静态分析转入到动态分析"（刘肖岩，2004：58）。

笔者认为，翻译单位的确定，一般要根据所翻译的语言而定，不同的语言，翻译单位的大小也就会有所不同。英语和汉语的翻译单位就不会是一样的。Rosa Rabadan（1991）就指出，"翻译单位只能基于两种文本的基础之上，因为其存在取决于两种文本之间翻译对等的模式"。Gideon Toury（1995）也说，翻译单位必须建立在两种语言比较的基础之上，即应以"目的语和源语这一对语言的比较分析单位"为原则。尽管翻译理论家和翻译实践家对翻译单位的划分分歧较大，但有一点是一致的，即两种语言的亲缘关系越近，翻译单位就可能越小，反之就越大。此外，翻译文本的类型也影响着翻译单位的确定。

就戏剧翻译而言，人物语言是戏剧语言的主体，而人物语言的主体是人物对白，即语言学中的会话。因此，戏剧作品翻译单位的确定，首先必须理清会话结构及其语义特征。

从戏剧翻译角度讲，会话结构的相关概念主要有话轮、话轮构建单位、相邻语对和语境等。话轮、话轮构建单位、相邻语对是会话结构分析的重要概念。我国学者姜望琪在《当代语用学》一书（2003：208-221）中介绍 Harvey Sacks、Emanuel Schegloff 和 Gail Jefferson 等人的会话结构研究成果时，对以上几个概念进行了详细的阐述。Sacks 等人把说话人发话然后听话人做出反应，从听话人转变为说话人的这种现象称为话轮交替。"戏剧对话的结构就是一个话轮交替系统"（Aston，1991：52）。话轮交替中说话人每一次说出的话语就构成一个话轮。话轮实际上就是一个人说的一段话。说话人一旦改变，一个话轮随之结束。它与话轮的长短没有关系。话轮构建单位是用来构建话轮的句法单位，可由句群、句子、分句、短语，甚至单词等来充当。语言组织可以有不同的风格，如正式的、流利的话语，或者是随便的、吞吞吐吐的表达、方言、双语，甚至可以是其他符号，如表情、动作、姿势、手势、沉默、语调等副语言因素。一次会话至少由两个话轮组成，即会话是成双成对的。这种两两相对的语句可称为相邻语对。相邻语对是会话结构的最小单位。相邻语对的特征可以归纳为：（1）相邻；（2）分别由不同的人说出；（3）按第一部分、第二部分的顺序排列；（4）分门别类，不同的第一部分需要不同的第二部分，或第二部分系列，如提议跟采纳或拒绝相匹配，问候与问候相匹配等。

话轮与相邻语对各个组成部分所含的意义，通常可通过字面和语境来推导。其中，语境往往是推导话轮与相邻语对各个组成部分的所含意义的关键因素。钱冠连（2002：79）认为，"语境是指言语行为赖以表现的物质和社会环境。这个环境由语言上下文和非语言性环境两个大的部分组成：其一是语言符号内的因素，即上下语（可听的）或上下文（可见的）；其二是语言符号外因素。它可以是外在于人的、显性的、可见的现场，如地点、对象、场合、自在物体、意外出现的人或物（意外符号）、自然环境，等等。也可以是隐性的、不可见的背景，如社会文化、风俗习惯、行为准则、价值观念与历史事件，等等"。

根据交际功能，语言学家们通常把话轮分成两类：刺激话轮和反应话轮。张玉柱（1996）将其分为三类：纯刺激话轮、纯反应话轮和混合型反应—刺激话轮。第三种类型话轮的划分，可有效地解释对话中一方刚结束一个话题立刻又开始另一个话题的情况。语言学家提出，把对话统一作为对话的基本单位。彼此相关的话轮——刺激话轮和由其引发的反应话轮——构成一个相对完整的交际单位，这个单位就是"对话统一体"（dialogue unity）。对话统一体犹如一个坐标。它的横向是话轮的长短，由几个表述组成，而纵向是话轮的个数，由几个话轮组成。简单的对话统一体由两个话轮组成，而复合的对话统一体则由三个或四个话轮组成。一个对话统一体是就一个话题所说的话，在意义上是有联系的，而在结构上多数反应话轮是受刺激话轮制约的。

对于戏剧对白的翻译，我们同样可以把对话统一体作为具体的操作单位，也就是我们讨论的翻译单位。这是因为，与非戏剧文本一样，戏剧文本的对白同样有词素、词、词组、句子等作为其转换单位的成分。但是，话轮以下的单位，如单词、句子、话轮，如果不以一个对话统一体作为上下文，便不容易确定其意义。确立对话统一体作为戏剧的翻译单位有助于译者正确理解戏剧对白的意义和话语的衔接功能。在对话统一体中，反应话轮在意义上一定与刺激话轮有着一定的联系。在多数情况下，反应话轮的句法结构也受刺激话轮的制约。因此，只有在话轮的结合体中才能准确理解戏剧话语意义的完整性。以下是萧伯纳（Bernard

Shaw）的五幕剧 *Pygmalion*（《皮格马利翁》，后被改编成音乐剧《窈窕淑女》）第一幕中的对话片段：

> THE DAUGHTER: And what about us? Are we to stay here all night in this draught, with next to nothing on. You selfish pig—
>
> FREDDY: Oh, very well, I'll go, I'll go. [He opens his umbrella and dashes off Strandwards, but comes into collision with a flower girl, who is hurrying in for shelter, knocking her basket out of her hands. A blinding flash of lightning, followed instantly by a rattling peal of thunder, orchestrates the incident].
>
> THE FLOWER GIRL: Nah then, Freddy: look wh' y' gowin, deah.
>
> FREDDY: Sorry [he rushes off]
>
> THE FLOWER GIRL: [picking up her scattered flowers and replacing them in the basket] Theres menners f' yer! Te-oo banches o voylets trod into the mad.
>
> THE MOTHER: How do you know that my son's name is Freddy, pray?
>
> THE FLOWER GIRL: Ow, eez ye-ooa san, is e? Wal, fewd dan y' de-ooty bawmz a mather should, eed now bettern to spawl a pore gel's flahrzn than ran awy athaht pyin. Will ye-oo py me f'them?
>
> THE DAUGHTER: Do nothing of the sort, mother. The idea!

简洁而内涵丰富的 The idea!在这里是不是可以直译为"这种想法！"？答案是否定的。因为这种翻译根本没有表现出话轮交替和语境中所传达的信息。当时的情景是天突然下起了大雨，母亲叫儿子去叫车，儿子匆忙中将卖花女的花篮撞翻在泥泞的地上，来不及赔花钱就匆匆向外跑去。卖花女十分不满，骂了句："佛莱第，你怎么搞的，走路不长眼睛哪？"母亲听了觉得纳闷，卖花女怎么知道自己儿子的名字，便问她缘由。当卖花女知道这位太太是佛莱第的母亲后，就要求佛莱第的母亲替儿子付钱。站在母亲身旁的女儿原来根本没有把卖花女放在眼里，加之这位卖花女出言不逊，还要母亲付花钱。娇气的女儿就随口说道："Do nothing of the sort, mother. The idea!"从对话统一体的意义联系中，我们可以知道，这句话中包含了女儿的怒气、怨气、娇气和神气。成功的译文就要把这一切都表达出来，杨宪益先生对最后两句对话的翻译是：

> 卖花女：你肯给钱吗？
> 女儿：妈，一个子儿也别给。她想得倒美！

这样的译文可以称得上是佳译。它将原文的完整信息，包括说话人的表情、神态、语气和语调全部表达出来，并传递给了观众和读者。因为在这里，译者是以对话统一体作为翻译单位，并结合上下文的语境，准确把握了对话的语体，把整个话语的含义充分表达了出来。

通常，对话统一体内部是由"问候—问候"，"提问—回答"，"邀请—接受"，"请求—答应/拒绝"，"提议—接受/拒绝"这些在形式和内容上联系密切的话轮组成。可见，一个对话统一体无论有几个话轮，它们在意义上都是有联系的，是被同一主题连接起来的。只有将对话统一体作为戏剧翻译单位，才能保证译文内容的正确。小于对话统一体的翻译单位就很难保证意义的正确传达，而大于对话统一体的单位，又不便于实际操作。

第五节　戏剧的可译性问题

可译性问题历来是争论不休的难题。苏联翻译理论家费道罗夫在《翻译理论概要》一书（1955：9）中说："可译性问题是整个翻译理论中最原则性的问题。"翻译理论必须解决这个最原则的问题。否则，一切翻译理论都无从谈起。翻译中的"可译性"是指"双语转换中源语的可译程度"（刘宓庆，1999：98）。意大利翻译学教授 David Katan（2004：7）认为，对等翻译存在"两种极端的观点：一种认为任何东西都可以丝毫无损地翻译出来，另一种观点认为没有东西可以丝毫无损地翻译出来"。前者无限地夸大了翻译的可能性，后者又过分地缩小了翻译的可能性，都是不可取的。美国文学批评家和翻译学家 George Steiner（1998：76-77）针对有关可译性的争论，在其 *After Babel: Aspects of Language & Translation* 一书中作了如下的评述："语言理论对于翻译是否可能这一问题，特别是对于不同语言之间的翻译是否可能的问题具有决定性的影响。在语言理论的研究中存在着两种针锋相对的观点。一种观点认为，语言的底层结构是普遍存在的，而且是共同的。人类各种语言的不同之处主要在于表层。正因为那些在遗传方面、历史方面、社会方面根深蒂固的东西都可以在人类使用的每一种语言中找到，所以翻译是可能的。……与此相反的观点认为，所谓普遍存在的深层结构不是无法从逻辑和心理方面考察，就是极其抽象、极其笼统、无足轻重的。……后者得出的结论是：真正的翻译是不可能的。人们称之为翻译的，只是一种近似物，是一种粗糙的复制品，如果涉及的两种语言或两种文化有共同的渊源，译作是可以勉强接受的。如果涉及的是两种相去甚远的语言，译作就完全不可靠了。"

然而，大多数翻译理论家认为，语言之间是可译的。这种可译性建立在人类语言的共性和文化的共性之上。但由于人类各种语言和文化存在着差异，甚至存在冲突和空缺，所以，翻译有其局限性。这种可译的局限性是基于语言和文化的个性之上的。John Catford 在谈及可译性限度时指出，"在完全翻译中，会出现语言的不可译性和文化的不可译性两种情况。前者指译出语和译入语之间存在着形式上的差异，在译入语中无法找到等值成分；后者指原文的情景在译入语中不存在，从而导致文化的不可译性"（Catford，1965：136）。刘宓庆（1999：105）认为，"源语与目的语都反映同一个外部世界，因此双语之间存在着广泛的共性，思维结构存在着同构关系，因而存在着可译性。但是这种同构关系是相对的，可译也是相对的"。由于思维方式、语言结构和民族文化的差异，导致了语际翻译中源语和译语之间的转换出现障碍，从而产生了不可译现象。刘宓庆（1999：107-129）还把语际翻译中的障碍归结为五个方面：语言文字结构障碍、惯用法障碍、表达法障碍、语义表述障碍和文化障碍。包惠南（2001：317-348）将可译性限度分为三类：语音语法的可译性限度、修辞手法的可译性限度以及民族文化的可译性限度。

总的来说，当今翻译界占主导地位的是可译性观点。首先，从文本整体的角度来讲，可译性是成立的。其次，应该辩证地看待可译性问题。一方面，不应该因为文本整体的"可译性"而忽视文本局部的"不可译性"；另一方面，也不应该由于文本局部的"不可译性"而对文本整体的"可译性"持怀疑态度。另外，"可译性"与"不可译性"是一个问题的两个方面，不应该将两者绝对对立起来。不可译性是一个相对的概念，它相对于可译性而存在，对不可译性的讨论只是为了更好地认识翻译的可译性。这个观点对戏剧翻译而言同样是适用的，但是戏剧翻译与其他文本类型的翻译还是存在着一些本质的区别。也就是说，戏剧翻译的可译性问题会相对复杂一些。

戏剧是一种特殊的文学形式，它主要是为舞台演出服务的。因此，戏剧翻译受到舞台艺术和演出时间与空间的限制。Susan Bassnett（1985：87-102）指出，在翻译戏剧时，译者面临的不仅仅是静态的剧本，还要考虑到剧本潜在的"动态表演性"，也就是说戏剧翻译既要忠实于原剧，也要注重舞台上的直接演出效果。但另一方面，戏剧是一种综合性艺术，戏剧文本只是这个综合体中的一个部分，戏剧大量叙事与刻画人物的任务是由戏剧副语言和超语言的成分来承担的。换言之，其他类型作品的叙事与刻画人物的任务主要由文字文本本身独立完成，而戏剧作品的叙事与刻画人物的任务则是由人物语言和其他非语言成分共同分担的。这些非语言成分为戏剧语言补充了大量信息。这就在很大程度上减轻了人物语言在叙事与刻画人物方面的任务。也就是说，人物语言与其他戏剧成分之间存在着互补性。由此可见，相比之下，戏剧作品的文字文本语言没有其他类型文字文本语言那样复杂繁琐，所含的信息量也相对少一些。此外，在具体的翻译过程中，如果出现不可译因素，戏剧作品的文字文本较之其他类型文字文本增加了多个参照系统。正是这些非语言的参照系统，对戏剧文本中的不可译因素向可译因素的转化起着至关重要的作用。戏剧文本的不可译因素不仅可以在整个文本中通过补偿、替代、变通等手段得以解决，而且人物语言与非语言信息之间的互补性可以进一步为该问题的解决提供有利的条件。

1. 语言差异与可译性限度

不同的民族有不同的语言，一般来说，不同的语言是可以相互翻译的。这是因为：第一，人类相互之间存在着大同。例如，不论是哪个民族，都有共同的逻辑推理和思维能力，共同的表达喜怒哀乐的情感，共同的大自然、世界和宇宙。第二，语言都是传情达意的有效工具，而且"一切人类语言都具有同等的表达能力"（Jackbson，2000：113）。然而，每种人类语言都有其特殊的结构、语音和词汇，要做到完全等值是不可能的。由于英汉两种语言隶属于不同的语系，因而，翻译中不可避免地会出现语言的不可译现象。然而，语言的不可译只是相对的，译者如果处理得当，同样能产生出其不意的表达效果。戏剧主要通过台词来塑造人物，因此戏剧翻译不仅要尽量再现原剧台词独特的语言魅力，更要注重台词的舞台效果。正如余光中先生在谈到戏剧翻译时所指出的，"译者的理想是：读者顺耳、观众入耳、演员上口"（余光中，2002：126）。

（1）语音

语音是语言的物质外壳，是诉之于听觉的表现形式。原文在语音方面的特殊表现手法，往往是作者为表现特定的思想内容而设计创造的。译文如果没有将其表达出来，那么作者的苦心也就荡然无存了，这对原作多少是一种损害。所以，译者应尽可能找到相对应的表现形式。戏剧对白口语化鲜明，富有节奏感，同时以其丰富的感染力打动观众。由于汉英两种语言在语音和韵律特点上相差迥异，翻译时译文应在尽量保持原文语言结构的基础上，再现相同的听觉效果。例如：

> 秦仲义：嗯,顶大顶大的工厂! 那才救得了穷人，那才能抵制外货,那才能救国!
> （老舍《茶馆》）
> QIN ZHONGYI: Mmm! A huge, a really huge, factory. That's the only way we'll save the poor, the only way we'll keep our foreign goods, and it's only way to save the Empire.
> （霍华德 译）
> Qin Zhongyi: Exactly. A big … really big factory! That's the only way to help the poor, keep out foreign goods and save the empire.
> （英若诚 译）

原剧台词连续用了三个"那才"，充分展现了秦仲义慷慨激昂的情绪。通过三个"那才"，观众不仅感受到秦仲义救国救民的决心，也能想象出他慷慨激昂的神情。霍译用了三个 the only 与之对应，传达了相同的听觉效果。英译虽然再现了原文的含义，但译入语观众却无法体会到原文的音韵效果。

（2）修辞

汉、英两种语言虽有不少相同或类似的修辞格，但由于英汉民族在思维、审美和语言上的差异，翻译中一种语言的辞格有时很难在另一种语言中找到与之对等的转换，而只能勉强表达原文辞格所承载的语义信息。戏剧翻译中因音、形的变化构成的双关语，往往构成不可译现象，因为在观看戏剧过程中，译语观众既没有足够的时间思考，也没有注释可以参考，所以很容易造成译语观众理解上的障碍。如：

> 李三：改良！改良！越改越凉，冰凉！ （老舍《茶馆》）
>
> THIRD-BORN LI: Reform! Everything's taking on a new face, and the
> newer the face the more faceless it is. （霍华德 译）
>
> Li San: Reformed indeed! Soon you'll have nothing more left to reform!
> （英若诚 译）

原文利用谐音构成的语义双关在译文中无法找到"等值"转换，霍译、英译均放弃了语义双关辞格。译语观众虽无法感受到原文辞格的语言魅力，但戏剧翻译语言旨在舞台演出，重在简洁，两种译文均采用了变通处理，以适应舞台表演的信息传递。

（3）词汇

由于人类相互之间存在着语言的共性，所以一般来说，各语言的词语之间都存在着相关的对等成分。可是，由于文化和语言的差异，一种语言中有的词在另一种语言中也许没有对等或契合的词。出现这种情况时，我们就称之为词汇空缺。显而易见，当一种语言的词在另一种语言中空缺时，该词通常是不可译的。然而，词语的不可译只是相对的，翻译时译者如果精心处理，反复推敲，译文同样能取得意想不到的效果。例如：

> 鲁大海：（挣扎）放开我，你们这一群强盗！
>
> 周萍： （向仆人们）把他拉下去！
>
> 鲁侍萍：（大哭）这真是一群强盗！（走至周萍面前）你是萍，——凭
> ——凭什么打我的儿子？
>
> 周萍： 你是谁？
>
> 鲁侍萍：我是你……你打的人的母亲。 （曹禺《雷雨》）
>
> Hai (struggling): Let go of me, you hooligans!
>
> PING (to the servants): Hustle him outside!
>
> MA (breaking down): You are hooligans, too! (Going across to Zhou Pin.)
> You are my—mighty free with your fists! What right have you

to hit my son?

PING: Who are you?

MA: I'm your—your victim's mother.   （王佐良 译）

这里"萍"和"凭"这两个字由于发音相同形成了语音关联，微妙地表现出鲁侍萍痛苦复杂的心情，可以说是剧中的点睛之笔。现实语境中的"萍"看似说话者要表达的真实含义，因为站在她面前的就是自己多年未见、日思夜想的儿子，但是这样的场景使她无法道出多年藏在自己心中的秘密，于是又随机应变,把"萍"放在了现实语境，随口改变成"凭"和主题语境"萍（凭）什么打人"发生关联。王佐良采用了两个发音接近的 my 和 mighty，mighty 又与后面的 free with your fists 形成了非常自然的搭配，同时又起到了语义双关的作用。

2. 文化差异与可译性限度

翻译是语际间的文化交流，不仅涉及语言形式的转换，而且涉及文化的转换。文化的差异必然会导致翻译中的可译性限度问题。英汉两种语言在历史背景、社会习俗、宗教文化、意识形态方面存在很大的差异，这些文化差异在翻译中往往会出现文化空缺现象。以下从生态文化、物质文化、社会文化、宗教文化、及成语典故的翻译，分析戏剧翻译中出现的可译性限度问题。

（1）生态文化

生态文化，也称地域文化。地域文化表现为不同民族对同一现象或事物采用不同的言语表达方式，或者对不同的现象或事物采用相同的言语表达方式。中国是个大陆国家，地大物博，常常有"人心齐，泰山移"、"从南到北"、"福如东海，寿比南山"等表达，而英国是一个岛国，历史上航海业比较发达，于是就有 sail before the wind、keep one's head above water 等表达。在翻译过程中，一些不可译问题常常是由难以找到表明生态特点的对等表达方式造成的。这时，译者应充分发挥译入语的优势，尽力再现源语的文化信息。例如：

松二爷：四爷，你，你怎么样？

常四爷：卖青菜哪！铁杆庄稼没有了，还不卖膀子力气吗？

（老舍《茶馆》）

SECOND ELDER SONG: Fourth Elder, you…how are you getting along?

FOURTH ELDER CHANG: I'm peddling fresh vegetables.When your stipend is cut off, you have to earn your own keep, eh?

（霍华德 译）

Song: Master Chang, how, how's life treated you?

Chang: Now I'm selling vegetables! Since the Bannerman's subsidy

> was abolished, I earn my own living. （英若诚 译）

表示环境文化的生态文化词语在戏剧作品中比较常见。有关动植物、季节、天气、地理特点等的词语，在不同的文化背景下，有时具有不同的文化所指内涵。原文中的"铁杆庄稼"就是这种典型的文化词语。不过，它所指的并不是地上长的普通庄稼，而是"旱涝保收的收入"，亦即指清政府发给清朝旗人的月供饷银。霍华德可能认为，西方读者无法理解旗人和汉人之间的民族分化和社会地位的等级优劣，故将其淡化处理为 stipend（薪金）。而英若诚则重视原文作者的思维，故而将其处理为 the Bannerman's subsidy（旗人的津贴），较好地传达了原文的文化内涵。

（2）物质文化

物质文化是指一个民族的经济生活和日用物品、生产工具和设施，以及科学技术等诸多条件。不同民族所处的生态环境不同，体现了各自不同的物质文化。由于中西方民族生活在不同的地域和物质世界，又因为各民族生活习惯不同，各物各异，由此引起的联想也不尽相同，即语言符号与所指对象的意义不同。如中西方有不同的饮食习惯，源语中有些物质文化内涵丰富的词汇无法在译语找到对应的词语，翻译时就应根据不同的物质文化，选择恰当的表达手段，使译语观众获得与原文大体相同的感受。例如：

> 卫福喜：妈的唱一出戏，挣不上三个杂合面饼子的钱，我干吗卖力气呢？我疯啦？ （老舍《茶馆》）
>
> WEI FUXI: You sing a whole bloody opera, and you're barely paid enough to buy a few coarse biscuits. Why should I kill myself? You think I'm nuts? （霍华德 译）
>
> Wei Fuxi: Damn it, for singing the whole opera, I don't get enough to buy three maize buns! Why be fagged out? You think I'm off my head? （英若诚 译）

"杂合面饼子"是新中国成立前中国贫苦老百姓常吃的主食，霍译将"杂合面饼子"等同于 biscuits，会引起译语观众的误解，认为中国人将"biscuits"作为主食。相比之下，英译 maize buns，更能体现汉语的词语色彩，再现汉语的物质文化。

（3）社会文化

社会文化较之前面两种文化，范围更大，涉及的领域更多。一般而言，社会文化包括社会阶层、价值观念、亲属关系、政治、法律、教育、哲学、风俗习惯、历史背景、神话传说和思想意识等方面，称谓语就是其中一例。由于受封建社会的影响，汉民族形成了以血缘关系为基础的大家族亲族制度。家庭成员多，关系复杂。然而，在西方国家里，由于家庭结构简单，成员较少，人与人之间的关系便显得比较明了，他们崇尚"人为本，名为用"，称谓语比较宽泛。如 uncle 一词，就涵盖了汉语里的伯、叔、舅等。看似简单的称谓语，反映的却是两种社会文化的巨大差异。例如：

> Don't call me Biddy. I don't call you Andy.　　（萧伯纳《芭巴拉少校》）
> 不要管我叫小薄，我又没管你叫小安。　　　　　　　　（英若诚 译）

英语中，往往可以通过缩写姓名单词、简写单词的形式来称呼亲密之人，这与中国人对人的昵称方式全然不同。如何把这种在汉语中并不存在的方式用中文表现出来，的确是一个困难。而"小某某"却正是汉语中对人昵称的惯用方法，该译文是两种文化背景下对人名昵称的完美转换。

不同民族在漫长的历史岁月中形成了自己独特的社会文化和社会制度，而这些也给戏剧翻译带来一定的困难，有些词语在语际转换中难以忠实贴切、传神达意，只能牺牲原文的文化内涵来译出其基本的含义。例如：

> 唐铁嘴：……今年是光绪二十四年，戊戌。您贵庚是……
>
> （老舍《茶馆》）
>
> SOOTHSAYER TANG: It's 1898, the twenty-fourth year of Emperor Guangxu's reign. And your age…　　　　　　（霍华德 译）
>
> Tang the Oracle: Now, it's the 24th year of Emperor Guangxu's reign, the year of the Dog, and your honorable age…?　　（英若诚 译）

"戊戌"、"贵庚"是汉语文化中特有的词语，霍译在翻译时舍弃了这些文化词语，使译文简洁明了，符合译语习惯，便于舞台演出。英译在翻译时保留了原文的文化信息，目的在于向译语观众传播中国文化，但在舞台演出时，这个译文可能无法清晰地向观众传达中国特有的文化内涵。

（4）宗教文化

宗教文化属于一种特殊的社会文化，是人类文化的一个重要组成部分，几乎每个民族都有自己的宗教信仰。宗教文化包括一个民族的宗教信仰、宗教系统、宗教著作、宗教制度和规章等。宗教文化是由民族的宗教信仰、思想意识等形成的文化，具有鲜明的民族性特点。不同宗教是不同文化的表现形式，反映出不同的文化特色。宗教属于深层文化，在进行跨文化交际时就难免遇到种种障碍。在这种情况下，戏剧译者对这些词语可进行一些灵活处理，以突出话语的直接演出效果。例如：

> Undershaft: (cold and sardonic) Have you ever been in love with Poverty, like St. Francis? Have you ever been in love with Dirt, like St Simon? Have you ever been in love with disease and suffering, like

our nurses and philanthropists? Such passions are not virtues, but the
most unnatural of all the vices.　　　　　　（萧伯纳《芭巴拉少校》）

安德谢夫：（冷淡而勉强）你像圣弗兰西斯似的跟受穷发生过恋爱吗？
像圣西蒙似的跟肮脏发生过恋爱吗？你像我们的护士跟慈善家似
的爱上过生病和受罪吗？这样的情感不是什么道德，而是一切罪
恶中之最反乎常情的。　　　　　　　　　　　（林浩庄　译）

安德谢夫：（冷淡而讥讽地）你是不是像古代的圣徒那样热爱过贫穷，
热爱过肮脏？还是像我们那些护士，那些慈善家那样，热爱过疾
病，热爱过受苦受难？这种热爱的感情不是什么美德，这是最违
反天性的罪恶！　　　　　　　　　　　　　　（英若诚　译）

原文中提到的两个人都是宗教界有名的圣徒。圣弗兰西斯是意大利人，于
1206 年离家，四处帮助穷人和病人，效仿耶稣。他还收了 12 个徒弟，不许他们
有私产，后来率领徒弟们觐见教皇，被奉为神父。圣西蒙生于 1638 年，卒于 1702
年，是法国神父。以上译文中，林译在脚注中作了说明，而英若诚则是将两句合
作一句。考虑到此处安德谢夫并非是要强调这两个圣徒的事迹，而是想表达他对
贫穷和肮脏的看法，所以英若诚在翻译时明示了意图，而删除了可能造成中国观
众理解困难的圣人的名字，把这些陌生的名字换成其所表达的实际意义，传递了
原文的交际信息，也符合观众的期待。再如：

王淑芬：……可是呀，这兵荒马乱的年月，能有个事儿也就得念佛！
　　　　　　　　　　　　　　　　　　　　　（老舍《茶馆》）

WANG SHUFEN: …but in these hectic times we should be thankful to
have a job at all.　　　　　　　　　　　　（霍华德　译）

Wang Shufen: …but these days you can thank your lucky stars if you have
a job at all.　　　　　　　　　　　　　　　（英若诚　译）

常四爷：……连棺材还是我给他化缘化来的！　（老舍《茶馆》）

FOURTH ELDER CHANG: …I had to go out and beg for a coffin for
him.　　　　　　　　　　　　　　　　　　　（霍华德　译）

Chang: …I had to go and beg alms to get a coffin for him.（英若诚　译）

"念佛"指信佛的念"阿弥陀佛"或"南无阿弥陀佛"。"化缘"指僧尼或道
士向人求布施。在翻译这两个词语时，由于无法在译语中找到对等语，霍译和英
译均采取了意译，淡化了原文宗教文化形象，便于译语观众更容易接受和理解。

（5）成语典故

典故寓意深刻，民族色彩浓厚，是一个民族语言的精华，凝聚着丰富的文化
内涵。如果运用恰当，就能深入浅出、画龙点睛，寥寥数字就能把意义神情传达

无余，使人听了透辟精当，并能产生深刻的印象。汉英语言历史悠久、源远流长，戏剧语言中使用的成语典故大多运用形象丰富的喻体，这些喻体在语际转换中往往因无法找到对等的表达，加上戏剧表演的瞬间性和无注性等特点，而只能用概括性词语代替，以便于戏剧观众的理解。例如：

> 唐铁嘴：（凑过来）这位爷好相貌，真是天庭饱满，地阁方圆，虽无宰
> 相之权，而有陶朱之富！　　　　　　　　　　　　　（老舍《茶馆》）
>
> SOOTHSAYER TANG (coming over): This gentleman has an auspicious
> face. Truly a full forehead and a strong jaw, I don't see the lineaments
> of a prime minister, but there's a wealthy merchant there.
>
> 　　　　　　　　　　　　　　　　　　　　　　　　（霍华德 译）
>
> Tang the Oracle (edging his way closer): Oh, what auspicious features!
> Truly an inspired forehead and a commanding jaw! Not the makings
> of a prime minister, but the potentials of fabulous wealth!
>
> 　　　　　　　　　　　　　　　　　　　　　　　　（英若诚 译）

"陶朱"指春秋越国大夫范蠡，相传范蠡在春秋时著名的商业城市陶唐经商贸易，三致千金，故有"陶朱之富"的典故。霍、英分别用 a wealthy merchant、fabulous wealth 替换了原文的典故形象，译文虽然失去了原文典故的文化内涵，但这样的翻译处理符合戏剧表演的剧场需求，符合观众的接受心理。

总之，"戏剧翻译者关注的中心应该是剧本的可演性以及剧本与观众的关系"（Bassnett，1980：132）。戏剧译者要关注剧本的动态表演性，更要考虑译语观众对译文的反映。同时，戏剧翻译者要注重对源语和译语在语言和文化方面的差异的分析研究，尽可能找出最大限度地传达源语信息的策略和方法，使不可译转化为可译，让译语观众能获得与源语观众大体相同的感受。

第六章
戏剧语言符号与戏剧翻译

　　戏剧语言符号主要包括对白、独白、旁白和舞台指示，其中，对白是主要的语言符号。人物对白是戏剧艺术的主要表现手段，人物性格的刻画、情节的发展、环境和时间地点的交代主要依靠人物的对白来实现。正如 David Crystal 所言，"戏剧既不是诗歌也不是小说，它首先是行动中的对话"（Crystal，1997：75）。戏剧语言与小说语言的区别在于：在小说中，时间地点的交代、环境的描绘、事件的叙述、场景的变化、人物的介绍、心理活动的揭示，等等，通常都不用人物对话来完成，而是借助作者的语言。可是，在戏剧中这一切都必须由人物自身的台词来承担，塑造人物的基本手段是依靠人物自身的语言，而不能由剧作家出面用描写、叙述、议论的语言，暗示读者应该怎样理解人物。也就是说人物的语言符号在戏剧中占有非常重要的、特殊的地位。因此，戏剧语言应该具有以下几个作用：交代各种关系，推动剧情发展，刻画人物性格，表达人物的思想感情，揭示剧本主题，等等。只有这样才是富有戏剧性的语言。根据 Styan 的观点，戏剧文本中的对话应该"表达思想、情感、态度和意图，最终传达剧本完整行动的意义"（Styan，1960：367）。其次，小说是供人阅读的，有难以理解之处可以反复阅读，甚至停下来进行思考、揣摩，而戏剧演出一看而过，不能停顿，这就要求戏剧语言必须简洁明了、干净利落，把人物、故事、环境交代得一清二楚，不容有丝毫含混。此外，戏剧是表演的语言艺术，台词要使演员易念、观众易懂。戏剧的语言必须要深入浅出、言简意赅，易于被观众所接受。

　　戏剧人物之间对话又具有很高的艺术性。它源于日常会话，但高于日常会话。与日常对话的相同之处是，剧中人物在舞台上的话语必须符合说话时的语境，根据其职业、年龄、生活经历、教育程度等说出符合人物身份的自然而真实的话语。但另一方面，戏剧对话又必须具有艺术特性。首先，从语言形式上看，它不能有日常对话中出现的"口误"。对话句子结构要完整得体，符合语法规则，并讲究修辞。从话语功能上看,戏剧对话具有多种功能,并具有递进发展、层层深化的语义,从而推动戏剧冲突达到高潮。戏剧对话还要具有一定的动作性,它既能表达人物自身的心理活动,又能引起强烈的外部形体动作。同时,它又能刺激对方、促使对方产生相应的语言和动作。这样双方相互作用、相互促进,推动剧情不断发展。因此,戏剧人物在舞台上的一言一行都是精心设计的,为表达戏剧冲突和主题服务。剧中人物的对话在剧情发展中具有很重要的意义,有时对话语言本身就是行为动作。

Keir Elam(2002:180)在比较日常会话和戏剧对话时指出,"完整准确地再现日常会话是非常困难的,因为其里面有太多断断续续、缺乏连贯的句子,而戏剧对话中流畅的句子可以保证剧本在演出中得到准确的再现"。沉默、语无伦次或笨嘴拙舌的现象在戏剧对话中也可能出现,但那是为了特别的戏剧效果,或者表现人物性格的艺术手法。可以说,戏剧对话是经过选择和编辑的日常会话。

戏剧作为一种特殊的文学形式,它的语言有文学作品语言的共性,同时又具有戏剧文学的特性。一部戏剧成功的首要条件是:它必须是语言运用的典范,语言要抒发感情,又要朗朗上口。戏剧作为"说"的艺术,具有以口语为主的语言风格,它经过剧作家的精心加工和提炼,与日常用语相比,更具有艺术韵味和审美情趣。

第一节 戏剧语言的特征与戏剧翻译

语言是各种文学体裁的共同媒体,然而不同体裁的语言又各具特征。"抒情与叙事体裁的语言主要来自于独白,戏剧语言则源于以交流互动为特点的对话"。(Veltrusky,1976:558)由于舞台表现的特殊需要,戏剧语言比起其他文学体裁的语言,有着更特别的要求,起着自己特有的作用。

1. 诗性化

戏剧是一门综合表演的艺术,艺术的语言在本质上是一种本真的充满诗性和想象力的话语。它萌生于生命本性的深处,存活在人类精神的家园,它是人对世界的命名、赞美或抗争,也是人对于未来之境的向往和体验。一部戏剧成功的首要条件是它必须是语言运用的典范。戏剧的语言往往和诗歌结下不解之缘,这是戏剧艺术本身的特性所决定的。正如 Bogatyrev 所说,"舞台上演员使用的语言是非常复杂的符号系统。它保留了所有诗学语言的符号,此外,它成为了戏剧动作的成分"(Matejka,1976:36)。

戏剧是最富有激情的诗性化语言之一。剧作家和观众交流的主要媒介是戏剧语言，而只有用激情熔铸起来的语言，才具有真正的审美价值，才能引起观众的强烈共鸣。戏剧语言既要抒写人物的感情，又需要搬到舞台上，在一定的时间和空间内，通过演员之口，完成表演的任务。而诗歌是抒情的、感情色彩浓厚的、富有节奏感和便于朗诵的，同时又是最要求精炼和概括性的一种语言艺术。因此，戏剧是离不开诗的。丰富的诗意正是戏剧对话的必要条件。"诗意不只是对话中可有可无的属性。它是一种不可缺少的特质，否则对话将无法达成它的真正目的。语言把事件的真正的冲击力量通过文字表现出来：它把肉眼看不到的力量戏剧化了。要有效地完成这件工作（使事件成为可见的），必须先具备灼热的语言。这不是一般所谓美不美的问题，而是要求它有现实的色彩和感觉。真正的诗意的对话会使听的人产生一种可见的感觉。"（劳逊，1978：360）

诗性化的语言有两个特征：其一，诗性化语言能给人一种特殊的听觉和视觉效果，而这种视觉和听觉的作用又是互为因果的；其二，诗性化语言具有独特的外部形式，这些外部特点在视觉和听觉上都能产生独特的审美效果，这种效果人们往往称之为音乐感。也就是说，这种分行排列、浓缩的句子结构，富有节奏的语句，以及富有暗示性的修辞，都突出了诗的音乐美感，使人感到生命的节律与诗性化语言的节律产生某种内在的契合。剧作家和戏剧翻译者都应以写诗的态度去创作对话，因为带有诗意的语言给听众以弦外之音，耐人寻味，能对观众产生巨大的艺术感染力。因此，戏剧翻译不但需要戏剧性，更需要语言的抒情性。

无论中外，戏剧在以前都是用诗体写成的。19世纪末之前的剧作家们，包括索福克勒斯和莎士比亚，都是用诗歌来创作剧本的。他们十分讲究语言文字的精炼优美，注重语言的韵律和节奏。剧中那些充满着诗歌韵味和意境的台词往往给人留下深刻的印象和无限的遐想。莎士比亚是善于塑造人物的，他不仅让人物按照自己的性格去说话，而且他写的是诗的对话。尽管在日常生活中那些人物也许并不总是出口成章，但莎士比亚却依据人物的性格，使他们说出提炼过的语言、呕尽心血的诗句。请看莎士比亚四大悲剧之一《柔蜜欧与幽丽叶》中的一句。在"阳台幽会"那场戏中，痛心诀别在即，柔蜜欧痛苦地对爱人说：

> I have more care to stay than will to go.
> 我口里说走，满怀挂牵还是想留。

曹禺的译文充满了语言的节奏感和诗意。短短一句话，译时化为两个短句，一个"说走"，一个"想留"，用词精炼简短，却感情强烈、内涵丰富。"说走"是因为不得不走，天要亮了，凯布夫人要来了，柔蜜欧要被驱逐出境了；"想留"是因为多想与爱人待在一起，哪怕是再多留一会儿。不读原文，读到或听到这样充满诗意的译文，读者和听众同样会受到艺术感染和心灵的颤动，字字句句无不扣人心弦，使人潸然泪下。

戏剧语言的诗意还体现在剧中人用灼热的语句抒发充沛的感情。郭沫若是剧作家也是诗人，他写的《屈原》不仅结构如诗一样浓缩凝练，而且人物的台词也饱含了浓烈的诗意，以下是剧中屈原吟唱的《雷电颂》：

> 但是我，我没有眼泪，宇宙、宇宙也没有眼泪呀！眼泪有什么用啊？我们只有雷霆，只有闪电，只有风暴，我们没有拖泥带水的雨！
> 这是我的意志，宇宙的意志，鼓动吧，风！咆哮吧，雷！闪耀吧，电！
> 把一切沉睡在黑暗怀里的东西，毁灭，毁灭，毁灭呀！

诗人呼唤摧毁黑暗统治的雷电的诗句，喷发出烈火般的感情和力量，曾在1942年初上演时就震撼了整座山城重庆，使人民振奋。杨宪益先生用同样凝练和灼热的文字在译文中再现了原文中的诗意，迸发出火一般的感情和力量，给人以极大的艺术感染力：

> But I, I have no tears. And the universe, the universe has no tears! What use are tears? We have only thunder, lightening and wind, but no weak rain! This is my will, universe's will. Blow, wind! Roll, thunder! Flash, lightening! Destroy all things that slumber in darkness, destroy them utterly!

一出戏里之所以要有感情充沛、富有诗意的句子，还在于这每每是作家在一出戏中所表现的思想精华之所在。如曹禺名作《日出》的结尾，陈白露快要死的时候，她挺起胸走到窗前，拉开帘幕，阳光照着她的脸，她望着外面，低声地念着一本书《日出》：

> "太阳升起来了，黑暗留在后面。
> 但是太阳不是我们的，我们要睡了。" （曹禺《日出》）
> "The sun is risen, and the darkness is left behind.
> But the sun is not for us, for we shall be asleep." （巴恩斯 译）

这两句充满哀怨之情的诗句，既表露了陈白露万念俱灰的心情，也传达了剧作者所要表达的思想，即腐朽的旧社会制度的寿命不长了，寓意含蓄，意味深长。

2. 生活化

戏剧语言的生活化又称口语化，这是戏剧人物语言的特点之一，也是戏剧对白的基本要求。即台词要尽可能地接近生活实际，有生活实感，仿佛是身边的人在讲话。既要通俗易懂，让人一听就明白，又要流畅上口，适于唱、念。戏剧语言如果艰涩费解，必然会影响观众与剧情发展的同步，影响观众的兴趣，因而是不符合戏剧语言要求的。当然，强调台词的生活化，并不是要照搬生活，而是需要加工提炼，使之更精粹、更生动形象。好的台词既要求生活化，又要有文学性，它是生活化和文学性的统一。如莎士比亚的《雅典的泰门》剧中泰门的一段台词和朱生豪的译文：

> Gold? yellow, glittering, precious gold? …
>
> Thus much of this will make black white, foul fair,
>
> Wrong right, base noble, old young, coward valiant.
>
> 嗖，这是什么？金子！黄黄的，发光的，宝贵的金子！……这东西，只这一点点儿，就可以使黑的变成白的，丑的变成美的，错的变成对的，卑鄙变成尊贵，老人变成少年，懦夫变成勇士。（朱生豪 译）

以上的英语原文与译文都是剧中人物符合性格的生活化的对话，它深刻揭示了资本主义社会中金钱万能和对金钱的崇拜，文采斐然，充满了激情。无论是原文还是译文中优美的语言既是诗化的，又是生活化的，可以说它是自然的诗化。

戏剧是一种特殊的文学体裁，它既有文学的一般特征，又有自己独特的艺术风格。从语言构成要素来看，打开一部剧本，绝大部分的篇幅是人物对话。从交流的渠道或方式来看，大部分戏剧作品主要是在上演的过程中实现与观众的交流。也就是说，剧本虽然也是书面的形式，但最终却是要脱离文本，通过演员之口，通过舞台演出的形式，来实现和观众的交流。这种独特的交流方式，决定了戏剧是一种"说"的艺术，具有以口语为主的生活化语言的风格。例如《推销员之死》中一段台词的翻译：

> LINDA: Why don't you go down to the place tomorrow and tell Howard you've simply got to work in New York? You're too accommodating, dear.
>
> WILLY: If old man Wagner was alive I'd been in charge of New York now! That man was a prince, he was a masterful man. But that boy of his, that Howard, he don't appreciate. When I went north the first time, the Wagner Company didn't know where New England was!
>
> LINDA: Why don't you tell those things to Howard, dear?
>
> WILLY: I will, I definitely will. Is there any cheese?
>
> LINDA: I'll make you a sandwich.
>
> WILLY: No, go to sleep. I'll take some milk. I'll be up right away. The boys in?
>
> LINDA: They're sleeping. Happy took Biff on a date tonight.

> 林达：你何不明天一早就到霍华德那儿去，告诉他你非在纽约上班不可。亲爱的，你就是太好说话了。
>
> 威利：要是老头子华格纳还活着，纽约这一摊早归我负责了！那个人真是好样的，有肩膀。可是他这个儿子，这个霍华德，这小子不知好歹。我头一次往北边跑买卖那会儿，华格纳公司还没听说过新英格兰在什么地方呢！
>
> 林达：亲爱的，你干吗不把这些话告诉霍华德呢？
>
> 威利：我是要告诉他，一定告诉他。家里有奶酪吗？
>
> 林达：我给你做个三明治。
>
> 威利：不，你睡吧。我去喝点牛奶，说话就上来。孩子们在吗？
>
> 林达：他们睡了。今天晚上哈皮给比夫约了女朋友，带着他玩去了。
>
> （英若诚 译）

这段台词的翻译采取了归化的策略，用符合译入语观众的思维习惯和文化习俗的语言进行翻译，将陌生的外来信息转化为熟悉的已知信息。译文极具口语风格，通俗流畅，读来倍觉亲切。原作中的 accommodating 表示"肯通融的，乐于助人的"，英若诚将之译为"太好说话了"；that man was a prince 译为"好样的"；didn't appreciate 译为"不知好歹"；将 in charge of 译为"这一摊早归我负责了"；将 I'll be up right away 译为"说话就上来"，都符合汉语生活化的表达习惯，易于引起观众的认同。

3. 节奏性

戏剧以口语为主的语言风格首先对台词的音乐性提出了特别的要求。戏剧的台词是要通过演员念给观众听的，而不仅仅是写给读者看的，因此戏剧台词就必须做到富于节奏、讲究音韵，让演员念着朗朗上口，语言有抑扬顿挫之感，声韵有起有落、抑扬有致。老舍先生也曾指出："所谓全面运用语言者，就是说在用语言表达思想感情的时候，不忘语言的简练、明确、生动，也不忘语言的节奏、声音等方面。这并非说，我们的对话每句都该是诗，而是说在写对话的时候，应该像作诗那么认真，那么苦心经营。比如说，一句话里有很高的思想，或很深的感情，但却说得很笨，既无节奏，又无声音之美，它就不能算做精美的戏剧语言。观众要求我们的话既有思想感情，又铿锵悦耳；既有深刻的含义，又富于音乐性；既受到启发，又得到艺术的享受。"（老舍，1999：88）也就是说，戏剧文学的语言必须让演员说来便于"上口"，在观众听来则易于"入耳"。请比较下列台词的两种译文：

> Lucio:　…Your brother and his lover have embraced;
>
> 　　　　As those that feed grow full, as blossoming time
>
> 　　　　That from the seedness the bare fallow brings
>
> 　　　　To teeming foison, …　　　　　　（莎士比亚《以牙还牙》）
>
> 路奇欧：您的弟弟和他的情人已经合欢同房。
>
> 　　　　正如万物得到滋补就会丰硕饱满，
>
> 　　　　荒芜的田地撒下种子也会
>
> 　　　　茂盛地扬花结实。　　　　　　　　　　　（英若诚 译）
>
> 陆：　　你的弟弟和他的情人私通了，
>
> 　　　　恰似吃东西就要发胖，
>
> 　　　　又好似荒瘠的土地经过播种
>
> 　　　　就会带来开花的季节以至于丰收。　　　（梁实秋 译）

与梁译相比，英若诚的译文不仅传达了原文的语义，而且更便于演员上口。汉语四字结构的使用给演员和戏剧观众都带来了悦耳的音韵效果。

节奏是语言的脉搏，有节奏，演员朗读起来才会朗朗上口，观众听起来才感到悦耳动听。再看老舍《茶馆》中一段对话的英译：

> 吴祥子：那点意思！
>
> 宋恩子：对，那点意思送到，你省事，我们也省事！（老舍《茶馆》）
>
> Wu Xiangz:　　A token of friendship!
>
> Song Enz:　　Right! You'll hand in a token of friendship. That'll save
> 　　　　　　　no end of trouble for both sides.　　　（英若诚 译）
>
> WU XIANGZI:　Little expression of gratitude.
>
> SONG ENZI:　　Right. Just a little expression of gratitude. Save your
> 　　　　　　　time, and save us time.　　　　　　（霍华德 译）

原文中，通过重复"省事"，在句子结尾产生了尾韵的效果。英若诚的译文舍弃了源语的结构和语言特色，只传递了原文的意义，因而语言的音乐美尽失。而霍译通过重复 save…time，不仅成功地再现了原文的含义，而且保留了原文的平行结构和节奏效果，给观众以音韵美。

4. 动作性

戏剧语言必须富有动作性，这首先是戏剧的舞台性所决定的。戏剧语言的动作性也是区别于其他文学体裁语言的特点之一。戏剧是作者、导演、演员共同参与的创作活动，所以戏剧语言必须是行动着的人物的对话，它要启发演员的表演，处处为演员留下表演的余地。

戏剧语言总是和戏剧的动作性密不可分的，它是剧作者创造行动着的人物的手段。作为表现戏剧冲突、刻画人物性格的主要手段。戏剧语言的动作性不仅很好地说明了语言和动作的关系，也体现了戏剧语言自身的性质。因为不仅戏剧台词说明着动作的内容，而且台词本身也是动作，它不仅是动作的注释和说明，而且与人物的形体动作融合在一起，表达人物的内心状态、人物的意向和行动的意义。如果戏剧创作不出有动作性的语言，也就塑造不出行动着的人物来。如果一个剧本的语言动作性不强，那么这出戏仅仅是通过人物的嘴，把故事叙说出来，让观众知道了一个故事，它的戏剧语言只是说明性的，而不是感情的、动作的、性格的，也就往往不能感人。正如美国著名戏剧理论家霍华德·劳逊（1978：359）所指出的"无论对话如何富有装饰性，只要它们不足以推进动作，它们便毫无价值"。虽然随着戏剧情节的发展，紧张程度有所变化，冲突的激烈程度有所不同，台词动作性的强度、深度也有不同。但是任何戏剧台词，不论它处于戏剧发展的哪一个阶段，都是有动作性的，都是有丰富的内心活动为其基础的。

德国戏剧理论家史雷格尔在《戏剧艺术与文学教程》中解释"什么是戏剧性"时认为，戏剧性对话和非戏剧性对话的界限，在于对话本身是否具有动作性。他认为："如果剧中人物彼此尽管表达了思想和感情，但是互不影响对话的一方，而双方的心情自始至终没有变化，那么即使对话的内容值得注意，也引不起戏剧的兴趣。"在他看来，对话的动作性，指的正是让人物在对话中"以各人的见解、情操、情感相互影响，断然决定他们的相互关系"（转引自谭霈生，2009：33-34）。这表明，对话作为戏剧动作的一种方式，不仅应该体现出人物潜在的意愿，而且应该对谈话的另一方具有一定的影响力。对话本身就意味着双方的交往。但真正具有戏剧性的对话，应该是两颗心灵的碰撞。对话的结果，必须使双方的关系有所变化、有所发展，从而成为剧情发展的一个组成部分。

因而，富于动作性的戏剧翻译语言应该具有两方面的作用。一方面，它既能表达人物自身的心理活动，又能引起强烈的外部形体动作；另一方面，它也能刺激对方，促使对方产生相应的语言和动作。这样，对话的双方就能产生相互作用和相互影响，推动剧情的发展。戏剧人物之间的关系、戏剧事件的进展，主要就是依靠动作化的语言来完成的，离开了动作化的语言，戏剧就会显得呆板，甚至没有冲突，不能被称为戏剧。正是有了动作性的语言，才使得人物语言一方面和自己的思想感情相吻合，另一方面又引起其他人物的某种行动或内心反应，从而显示出人物之间的关系。正是有了人物之间的互动关系，才使剧情得到持续的发展，才使戏剧冲突有了可能。试比较下面《推销员之死》中一段台词的两种译文：

Willy:　　　Well, I'll see you next time I'm in Boston.
The woman: I'll put you right through to the buyers.

> Willy:　　　(slapping her bottom) Right. Well, bottoms up!
> 威利：　　得，下回我来波士顿再看你。
> 女人：　　我就直接引你去见买主。
> 威利：　　（拍拍她的屁股）行。好咧，干杯！　　　　　（陈良廷 译）
> 威利：　　那好吧，下回我来波士顿再见。
> 某妇人：　我一定马上叫你跟买主接上线，通上话。
> 威利：　　（拍拍她的臀部）好！还有一条线也得接通。（英若诚 译）

从以上例子可以看出，陈直译原文的字面意思，而英译进行了一些变通翻译。从表面上看，英若诚的译文不如陈译忠实，但是他却保留了原文台词中的动作性。英的译文让观众一听到台词就能想象到演员当时的行为，一下子就明白了他俩之间的暧昧关系。英译更好地保留了原文的动作性。

剧作家曹禺在剧本中非常关注人物语言中隐藏的动作，通过精彩的戏剧语言使人物关系中具有戏剧性的因素得以直观的体现。如《日出》中潘月亭和李石清矛盾的一段台词就极富动作性：

> 潘月亭：我想我这两天很忍了一阵。不过，我要跟你说一句实在话：我很讨厌一个自作聪明的人在我的面前多插嘴，我也不大愿意叫旁人看我好欺负，以为我甘心叫人要挟。最可恶的是行里的同人背后骂我是个老糊涂，瞎了眼，叫一个不学无术的三等货来做我的襄理。
> 李石清：（极力压制自己）我希望经理说话无妨客气一点。字眼上可以略微斟酌斟酌再用。
> 潘月亭：我很斟酌，很留神。
> 李石清：（狞笑）好了，这些名词字眼都无关紧要：头等货，三等货，都是这么一说，差别倒是很有限。不过，经理，我们都是多年在外做事的人，我想，大事小事，人最低应该讲点信用。
> 潘月亭：信用？（大笑）你要谈信用？信用我不是不讲，可是要看对谁。我想我活了这么大年纪，我该明白跟哪一类人才可以讲信用，跟哪一类人就根本用不着讲信用的。
> 李石清：那么，经理仿佛是不预备跟我讲信用了。
> 潘月亭：（尖酸地）这句话真不像你这么聪明的人说的。
> 李石清：经理自然是比我们聪明。
> 潘月亭：那倒也不见得。不过我也许明白一个很要紧的小道理。就是对那种太自作聪明的坏蛋，我有时可以绝对不讲信用的。

李石清原是大丰银行的小职员，靠着拍马、逢迎的本事升为潘月亭的秘书，又乘潘月亭危难之际以要挟的卑鄙手段得到了襄理的职位。潘月亭在危难之时忍气吞声，而当得知银行局面可以稳住时，便向李石清反扑过来。这一段潘月亭和李石清之间的较量，双方并没有强烈的外部形体动作，戏剧的动作性并没有表现为表面上的剑拔弩张。而是通过两个人物在台上你一言我一语，通过台词中的唇枪舌剑来展示人物之间尖锐的心理冲突。在这里，充满动作性的台词正是人物之间你死我活的心理冲突的真实写照。请再看这段台词的译文是如何再现原文的动作性的：

> PAN: I think I've been patient enough these last few days. Let me tell you quite plainly, though. I dislike intensely having a self-opinionated person keep blowing his own trumpet to me; and I don't very much like having people think I'm easy meat, and imaging that I'm going to submit willingly to blackmail. What is most detestable is when my colleagues in the bank call me a blind old fool behind my back because I get an uneducated third-rater as my assistant.
>
> LI (Controlling himself with a great effort): It wouldn't hurt you to be a little more polite, sir. You might weigh your words a shade more carefully before coming out with them.
>
> PAN: I've weighed my words with the greatest care.
>
> LI (With a mirthless smile): All right, then; the actual words you've been using are not so very important. After all, first-raters and third-raters are much the same, very little difference really. The point is, sir, we're both men with a good proportion of public responsibilities, and I think the least one can do, whether on large issues or small ones, is to keep one's word.
>
> PAN: Keep one's word? (Laughing loud) Is that what you're worried about, keeping one's word? It's not that I never keep my word, but it depends who to. And after being around all these years I ought to know who to keep my word to and who not.
>
> LI: Then it appears, sir, that you're not prepared to keep your word to me.
>
> PAN (Acidly): That's not the sort of remark one would have expected from a clever man like you.
>
> LI: Well, of course, you're much cleverer than the rest of us, sir.

PAN: Not necessarily. But it may be that I do have one small streak of common-sense on one important point; I may sometimes utterly refuse to keep my word to self-opinionated scoundrels.

（巴恩斯 译）

为了充分再现原文台词的动作性，突出人物之间尖锐的心理冲突，巴恩斯在译文中使用了 easy meat, blackmail，a blind old fool，scoundrels 等尖刻的词语，加深了人物对白之间的心理动作较量，表现了人物丰富、复杂的内心世界，推动了剧情的发展。

5. 经济性

语言活动中存在着从内部促使语言运动发展的力量，这种力量体现为人的交际和表达的需要和人在生理上和精神上的自然惰性之间的基本冲突。交际和表达的需求始终在不断地发展和变化，要求人们采用更多、更新、更具有特定作用的语言形式，而人在各方面表现出来的惰性则要求在语言活动中尽可能减少能量的消耗，采用比较省时省力、或者具有较大普遍性的语言单位。这两方面作用的结果，使语言处在经常变化发展的状态，并且总能在完成交际功能的前提下，达到相对平衡和稳定。经济原则是支配人们言语活动的规律，它使人们能够在保证语言完成交际功能的前提下，自觉或不自觉地减少言语活动中能量的消耗。

语言的经济性倾向始终贯穿于语言的各个层面和语言发展的各个阶段，经济性也因此被认为是语言普遍性的一个重要方面，对于戏剧语言更是如此。语言学界认为，人类语言的运用趋向于经济和省力的原则。为达到语言配置的最优化，即用最小的语言单位来表达最大的信息量。戏剧艺术受演出时间和空间的限制，要求在有限的时间内，在人物有限的语言里，深刻地表现丰富的思想内容，生动地刻画人物的性格，因此戏剧语言比起其他文学作品的语言，更要讲究精练、简洁，讲究以最少的文字表达最大的容量。此外，戏剧是一种综合性艺术，戏剧语言的动作性又为戏剧语言的经济性创造了条件。以下是戏剧翻译中运用经济性原则的佳译：

宋恩子：你？可惜你把枪卖了，是吧？ （老舍《茶馆》）
Song Enz: You? Pity you sold your gun, right? （英若诚 译）

英若诚的译文用不完整句式代替完整句式，干净利落，而且省略了说话双方所共知的语言单位，实现了动态"均衡"效果。

觉新：我们家的孩子真多！
瑞珏：我，我喜欢！ （曹禺《家》）
Juexin: Sorry about the children.
Jade:　No, I love them. （英若诚 译）

该场景是觉新和瑞珏的新婚之夜，新房内两人始终互不言语，最后发现竟有几个孩子躲在床下，从而打破了他们之间的沉默。尽管源语剧本用了一个完整句式，但英若诚并未拘泥于原文句式，而是大胆挖掘了句中的潜在意思，用 Sorry 引导的不完整句，更能体现戏剧语言的口语化特征，语言节奏简洁明快。如果按照原文字面翻译，不利于演员及观众把握了解人物的内心感受和心理状态。作为戏剧表演家和翻译家，英若诚在戏剧翻译中不仅注意戏剧语言的简洁性，同时将目的语读者难以轻松领会的潜台词翻译出来，实现了剧本服务于舞台表演这一翻译目的。再如：

常四爷：上哪儿？事情要交代明白了啊！

（老舍《茶馆》，本段中文均出自此剧，下略。）

Chang:　Where to? I demand an explanation!　（英若诚 译）

FOURTH ELDER CHANG: Where are we going? I demand explanation.

（霍华德 译）

吴祥子：旗人当汉奸，罪加一等！锁上他！

Wu Xiangz: A Bannerman turned traitor gets a heavier sentence! Chain him!　（英若诚 译）

WU XIANGZI: When a Bannerman turn traitor, the crime is one degree serious. Chain him!　（霍华德 译）

常四爷：甭锁，我跑不了！

Chang:　Don't bother! I won't run away!　（英若诚 译）

FOURTH ELDER CHANG: There is no need to chain me...I won't run away.　（霍华德 译）

宋恩子：量你也跑不了！（对松二爷）你也走一趟，到堂上实话实说，没你的事！

Song Enz: Just you try! You come along too. Tell the truth in court and you won't get into troubles.　（英若诚 译）

SONG ENZI: You are damn right you won't. And you're coming along too. If you tell the truth in court we'll let you go.（霍华德 译）

马五爷：有什么事好好地说，干吗动不动就讲打？

Master Ma: Settle your disputes in a reasonable way. Must you always resort to fisticuffs?　（英若诚 译）

FIFTH ELDER MA: If there's problem, you should settle it in an amiable way. What's the point of going around threatening people?

（霍华德 译）

比较以上两种译文，我们发现所有英若诚的译文都要比霍华德的译文用词要少。这是因为霍译多使用句子，而且长度也相对较长。英译充分利用译语语言优势，采用短语或短句，使语言表达更富简洁、更铿锵有力。试比较"上哪去？"—Where to? / Where are we going?；"甭锁"—Don't bother! / There is no need to chain me；"量你也跑不了！"—Just you try! / You are damn right you won't。显然，这些简短的台词，加上舞台演员的动作，定能使译文产生与原文相同的舞台效果。

6. 性格化

人物语言的性格化，是指戏剧中人物的语言富有个性特征。戏剧语言是创造人物性格的重要艺术手段。在任何一部优秀的戏剧作品中，凡是性格鲜明、形象饱满的人物，都必定具有个性化的语言。可以说，戏剧语言的性格化已成为卓越的剧作家艺术成就的重要因素。从语言学角度看，一个人说话的方式和使用语言的习惯往往会显示出这个人的出身、年龄、职业和受教育程度、与谈话对方的亲疏关系等方面的情况，这些无疑是构成个人语言特点的主要因素。无论是戏剧创作还是戏剧翻译，都应把人物语言的性格化放到首要位置。

戏剧语言不同于小说、散文语言的是，在小说和散文中，作家可以借助诸如叙述、评论、对话、心理描写等多种手段来展开情节、塑造人物，而剧作家赖以塑造人物形象、刻画人物性格的手段却几乎只有台词。因此，戏剧语言应具有明显的性格化特征。戏剧语言的性格化，一方面要求每个人物的语言要符合人物的身份、年龄、性别、职业、经历等特点；另一方面，更重要的是人物的语言要能反映人物的思想感情和个性特征。听到一个人物的语言，就应该大致知道这个人物是个什么样的人。也就是说，所谓的性格化，指的是什么样的人说什么样的话，什么样的话反映什么样的性格。高尔基曾经指出，"要使剧中人物在舞台上，在演员的表演中，具有艺术价值和社会性的说服力，就必须使每个人物的台词具有严格的独特性和充分的表现力——只有在这种条件下，观众才懂得每个剧中人物的一言一行"（高尔基，1958：243-245）。每个剧中人物在舞台上必须根据其社会地位、职业、年龄、经历、生活处境、思想感情、习惯爱好等，说出他自己的话。真正做到老舍先生提出的标准"剧作者须在人物头一次开口，便显出他的性格来，这很不容易。剧作者必须知道他的人物的全部生活，才能三言五语便使人物站立起来，闻其声，知其人"（老舍，2009：411）。戏剧台词最忌一般化、雷同化，一段台词张三李四谁说都行。剧中人物有社会上层人士，也有社会底层人物，有接受过良好教育的人士，也有没有接受过多少教育、文化水平较低的人物。剧作家在写作不同阶层人物的语言时，总是尽力体现出人物的身份和个性，通过语言再现现实生活中的人物性格、修养和情趣，揭示出人物的性格特征和内心世界。例如老舍的《茶馆》，在第一幕里，老舍一下子介绍出二十几个人，这一幕并不长，不允许每个人说很多的话，可是在上演时，这一幕的效果相当好，真正做到了每一个人物开口就响，话到人到。请看第一幕中唐铁嘴和王掌柜的第一次对话，两个人物一开口，各自的性格便跃然而出。

> 唐：（惨笑）王掌柜，捧捧唐铁嘴吧！送给我碗茶喝，我就先给您相相面！手相奉送，不取分文！（不容分说，拉过王利发的手来）今年时光绪二十四年，戊戌，您贵庚是……
>
> 王：（夺回手去）算了吧，我送给您一碗茶喝，您就甭卖那套生意口啦！用不着相面，咱们既在江湖内，都是苦命人！（由柜台内走出，让唐铁嘴坐下）坐下，我告诉你，你要是不戒了大烟，就永远交不了好运！这是我的想法，比你的更灵验！　　　　　　（老舍《茶馆》）

这是戏刚开场，二人初见，第一次对话。一个是既油滑又可怜的江湖相士，一个是年轻能干、世故练达而又心地善良的茶馆掌柜，两个鲜明的人物通过老舍那性格化的语言活现在观众面前。霍华德的译文同样淋漓尽致地再现了人物各自的性格：

> SOOTHSAYER TANG (With a wan smile): Proprietor Wang, show a little kindness to old Soothsayer Tang a bit. Give me a bowl of tea and I'll tell you your fortune. Come on, let me see your palm—won't cost you a cent. (Not waiting for Wang's agreement, takes hold of his hand.) It's 1898, the twenty-fourth year of Emperor Guangxu's reign. And your age…
>
> WANG LIFA (Snatching his hand away): Forget it! There's no need to ply me with that old fortuneteller's gab—I'll give you a bowl of tea. Fortunetelling's useless. In this country people like us are always the underdogs anyway. (Comes out from behind his counter and guides Soothsayer Tang to a seat.) Sit down. You know, if you don't break that opium habit nothing good will ever come your way. That's my way of telling fortunes—much more effective than yours.

又如著名戏剧大师曹禺的剧作《家》中的台词和英若诚的译文：

> 陈姨太：应该关大门，为什么不关上大门？
>
> Chen:　　Why aren't the front doors closed. I'd like to know? They should be closed!
>
> 陈姨太：你叫五老爷快来！
>
> Chen:　　Bring Fifth Master here! At once!

陈姨太原本是奴婢，在高老太太去世后成为姨太太。她一生处在钩心斗角的生存环境中，变得刁滑而恶毒。从这两例可以看出，陈姨太说话尖锐冷酷，颐指气使，口吻强硬，毫无商量余地。前一句中英若诚加人插入语 I'd like to know，并以问句结尾，突出陈姨太对其他人没有在接新娘时把大门关上的强烈不满，带有明显的指责意味。下一例的译文同样运用强烈语气色彩的感叹句，有效地传达了典型人物的个性特征。为了突出人物的个性特点，在营造人物话语语气上，英若诚没有拘泥于原文，而是从字里行间揣摩人物此时此刻的心理感受，在译文中增译了 At once，以恰当的语气将其展现给演员和观众。

7. 含蓄性

戏剧台词是戏剧人物内心活动的表现形式。戏剧语言中的对话和独白，必须具体体现人物的内心活动，但这并不是说，人物必须在台词中把内心活动和盘托出，使观众一览无余。这是因为即便在日常生活中，人们在谈话中也并不总是把潜在的内心活动毫无保留、一览无遗地向对方表白的。有时候，人们可能心里有话不便明说，于是便说出一部分，而隐藏着大部分；有时候，人们说着正面的语言，而心中却掩藏着相反的意思，于是便说东指西，言及此而意于彼；有时候，平常的语气包含着非同寻常的意义；有时候，看似镇静的话语却掩盖着澎湃起伏的感情。这就形成人物语言话里有话、弦外有音的复杂情况。那些潜藏在台词下面的人物的思想、愿望和目的就是那些在讲出来的台词下隐藏着的更为丰富的内心活动，在剧本中就是对话的"潜台词"。潜台词就是言中有言、意中有意、弦外有音。这种潜台词，使戏剧语言除了字面意义之外，还富有更多更深的意义，它寓含着深刻的生活内容和思想感情，能够启发观众的想象和思索。真正具有戏剧性的语言，往往是寄寓着丰富的潜在内心活动的对话。在演出中，观众通过演员对台词的处理以及面部表情，不仅能感受到台词本身的含意，而且可以领悟到话中之话、弦外之音，从而探索到人物灵魂深处的隐秘。戏剧语言的精炼含蓄，往往表现在极其平常朴素的语言中蕴含着丰富的潜台词。潜台词使戏剧的语言不仅明朗动听，充分体现出语言的魅力；而且含蓄深刻，更富于戏剧性，通过它还可以窥见人物丰富的内心世界。这些都要求戏剧翻译应挖掘和保留源语文本蕴含的潜台词，使译文达到与原文异曲同工的表现效果。例如《哈姆莱特》第三幕第一场中哈姆莱特和奥菲利娅之间的一段富含潜台词的对话和朱生豪先生的译文：

> Ham: Ha, ha! are you honest?
>
> Oph: My lord?
>
> Ham: Are you fair?
>
> Oph: What means your lordship?

Ham: That if you be honest and fair, your honesty should admit no discourse to your beauty.

Oph: Could beauty, my lord, have better commerce than with honesty?

Ham: Ay, truly, for the power of beauty will sooner transform honesty from what it is to a bawd than the force of honesty can translate beauty into his likeness. This was sometime a paradox, but now the time gives it proof. I did love you once.

Oph: Indeed, my lord, you made me believe so.

Ham: You should not have believ'd me, for virtue cannot so inoculate our old stock but we shall relish of it. I lov'd you not.

Ohp: I was the more deceiv'd.

哈姆莱特：哈哈！你贞洁吗？

奥菲利娅：殿下！

哈姆莱特：你美丽吗？

奥菲利娅：殿下是什么意思？

哈姆莱特：要是你既贞洁又美丽，那么顶好不要让你的贞洁跟你的美丽来往。

奥菲利娅：殿下，美丽跟贞洁相交，那不是再好没有吗？

哈姆莱特：嗯，真的，因为美丽可以使贞洁变成淫荡，贞洁却未必能使美丽受它自己的感化；这句话从前像是怪诞之谈，可是现在的时世已经把它证实了，我的确曾经爱过你。

奥菲利娅：真的，殿下，您曾经使我相信您爱我。

哈姆莱特：你当初就不应该相信我，因为美德不能熏陶我们罪恶的本性。我没有爱过你。

奥菲利娅：那么我真是受了骗了。　　　　　　　　　（朱生豪　译）

这一幕描写的是哈姆莱特面对父亲死于谋杀、而母亲却与谋杀父亲的叔父结婚的残酷事实，决计复仇，内心却经历着激烈的心理冲突。他一半真疯、一半假疯的话语，表面看来似乎是与奥菲利娅在对话，其实更多地揭示了他复杂的内心活动。在他尖刻咒骂的语言下面潜藏着丰富的潜台词，其中有他对爱情的极度失望，也饱含了他对奥菲利娅的复杂感情。这一切在译文中得到了淋漓尽致的再现。

著名剧作家曹禺的名作《雷雨》中，富含潜台词的人物对白也是俯拾皆是。如第一幕里周萍初次上台和周冲、繁漪的一段对话：

周繁漪：（停一停）你在矿上做什么呢？

周　冲：妈，你忘了，哥哥是专门学矿科的。

> 周繁漪：这是理由吗，萍？
>
> 周　萍：（拿起报纸看，遮掩自己）说不出来，像是家里住得太久了，烦得很。
>
> 周繁漪：（笑）我怕你是胆小吧？
>
> 周　萍：怎么讲？
>
> 周繁漪：这屋子里曾经闹过鬼，你忘了。　　　　　（曹禺《雷雨》）
>
> FAN (after a pause): What will you be doing at the mine?
>
> CH'IUNG: Don't forget, Mother, that Ping specialized in mining when he was at the university.
>
> FAN:　　　Is that the reason why you're going, Ping?
>
> PING (picking up a newspaper): I don't quite know how to put it. I feel I've been at home too long and I'm getting fed up.
>
> FAN (with a smile): I rather think it's because you're afraid.
>
> PING:　　　How do you mean?
>
> FAN:　　　You've forgotten that this room was haunted once. （王佐良 译）

　　为什么繁漪要问"这是理由吗"，要说"我怕你是胆小吧"，要讲"这屋子里曾经闹过鬼"？繁漪和周萍这一对过去的情人为什么不用直白的话语交谈，而要用这些含蓄的比喻和影射呢？那是因为繁漪在自己的儿子面前不能明说，不能挑明她和周萍之间的关系，不能让周冲产生怀疑，所以她只能借鲁贵曾向四凤讲起过的闹鬼来加以暗示。这些看似简单的对话里面蕴含着丰富的潜台词，它向我们揭示了人物复杂的心理状态，也激起了观众对戏剧人物的兴趣，营造出耐人寻味的戏剧效果。对照译作，译者通过繁漪的三个问句的对译和对常规词序的变动，用 haunted once，而不用 once haunted，通过对周萍台词的并列结构 I've been at home too long and I'm getting fed up 的运用和 I don't quite know how to put it 的口语化表达等，使语意更贴近当时场景，人物个性更趋鲜明。还有周冲台词中插入语 mother 的使用和 when he was at the university 的添补，很好地传达并衬托了周繁漪因内心长期压抑而说话克制、含蓄的风格，以及作者通过表现个性化人物的复杂情感而赋予戏剧语言的审美特征。

8. 修辞性

　　戏剧语言源自生活，但并不是日常语言的简单重复。老舍在他的"戏剧语言"一文中就指出，"剧本的语言应是语言的精华，不是日常生活中你一言我一语的录音"（老舍，1999：335）。戏剧台词往往是经过剧作家的精心加工与提炼的日常语言，与日常口语相比，它更具艺术韵味和审美情趣。假如戏剧的语言嚼之无味，如同公文上的用语，人物的对话里没有一丝一毫的诗意，在剧情动作里只是翻来覆去地解释一些一看就明白的东西，那么，读这样的台词，观看这样的演出，就不可能是一种美的享受。

戏剧是靠语言赢得观众的。剧作家在创作剧本的过程中总是充分运用各种修辞手段，力求使语言文字新鲜活泼、意蕴优美，产生更大的感染力和说服力，取得艺术性的表达效果，给读者或观众以深刻难忘的印象。因此，戏剧语言是离不开修辞的。同时，由于戏剧是要揭示生活、探索生活的本质的，因此剧作家在创作戏剧台词时，往往都会运用一些哲理性的语言。这些哲理性的语言，有的已经从戏剧流传到生活中，成为人们广泛使用的格言警句。戏剧语言中，诸如夸张、并列、比喻、讽刺等各种修辞手段可谓应有尽有。戏剧翻译中如能充分复制或运用修辞手段，就能使译文语言意蕴深刻，字里行间妙语泉涌。下面请看戏剧翻译中成功运用修辞手段的一些例子：

（1）夸张

在《哈姆雷特》第三幕第一场中，奥菲丽亚看到她的心上人忽然神态失常，心中感到无比哀痛。她是这样来描绘哈姆雷特在她心目中的形象的：

O, what a noble mind is here o'erthrown!

The courtier's, scholar's, soldier's, eye, tongue, sword,

The expectancy and rose of the fair state,

The glass of fashion and the mold of form,

The observed of all observers, quite, quite down!

(莎士比亚《哈姆雷特》)

啊，一颗多么高贵的心就这样陨落了！

朝臣的眼睛、学者的辩舌、军人的利剑；

国家所瞩望的一朵娇花，

时流的明镜、人伦的雅范、举世瞩目的中心，

这样无可挽回地陨落了！

(朱生豪 译)

以上对白中，莎士比亚对王子的评价采用了夸张的语言：the courtier's, the scholar's, the soldier's, eye, tongue, sword, the expectancy and rose of the fair state, the glass of fashion, the mold of form, the observed of all observers，而译者在译文中也对应地采用了夸张的语言："朝臣的眼睛、学者的辩舌、军人的利剑；国家所瞩目的一朵娇花，时流的明镜、人伦的雅范，举世瞩目的中心。"几乎把世上男子所能具有的最好的品德全部汇聚到了哈姆雷特身上。这种对哈姆雷特人格魅力的极度夸张和当时哈姆雷特的憔悴、悲伤形成了一种强烈的反差，起到了震撼人心的戏剧效果。

（2）重复

> 刘麻子：有什么法子呢！隔行如隔山，……　　　（老舍《茶馆》）
>
> Pock-Mark Liu: Nothing you can do about it. Once in a trade, always in the trade.（英若诚 译）

汉语俗语以铿锵有力、言短意深著称，英译则完全考虑到了这一点。在原文中"隔……"与"隔……"相互对应，而在译文中"in a trade"和" in the trade"对应，译文同样用了重复的手法，与原文一致，体现了原文音、形、意的特征。

（3）双关

> He is a genius. He is success incarnate.　　（米勒《推销员之死》）
>
> 他是一个天才，天生要发财。　　　　　　　　　（英若诚 译）

英若诚的译文从两个语句的密切关系中，找到"genius"和"success"这两个关键词的理想对应词：天才和发财，天衣无缝地营造了一种美妙的谐音双关效果，匠心独具。

在《哈姆雷特》第三幕第二场中，吉尔登斯呑与罗森格兰兹受命前去刺探哈姆雷特心中的秘密，哈姆雷特触景生情，借乐器言明了自己的心声：

> Why, look you now, how unworthy a thing you make of me! You would play upon me, you would seem to know my stops, you would pluck out the heart of my mystery, you would sound me from my lowest note to the top of my compass; and there is much music, excellent voice, in this little organ, yet cannot you make it speak. 'Sblood, do you think I am easier to be played on than a pipe? Call me what instrument you will, though you can fret me, yet you cannot play upon me.
>
> （莎士比亚《哈姆雷特》）

在这一段里，莎士比亚用 fret 和 play upon 构成双关。fret 一词具有双重含义，一意是使烦恼，另一意为以音柱调试乐器。哈姆雷特以笛子自比，指出奸细"想要探出我的内心秘密，从我的最低音试到我的最高音"。play upon 则是双关语的持续，既指演奏乐器，又指利用别人的同情、恐惧、轻信等感情。由于哈姆雷特当时身处险境，不便明说、又不能不说，因而只好采用双关这一修辞手段，刚柔相济、恰到好处地表达出哈姆雷特心中对奸细的愠怒和不屑。请看朱生豪对这一段的翻译：

> 哼，你把我看成了什么东西！你会玩弄我；你自以为摸得到我的心窍；你想要探出我的内心的秘密；你会从我的最低音试到我的最高音；可是在这支小小的乐器之内，藏着绝妙的音乐，你却不会使它发

出声音来。哼，你以为玩弄我比玩弄一支笛子容易吗？无论你把我叫做什么乐器，你也只能撩拨我，不能玩弄我。

对于 fret 和 play upon 这两个双关语中的关键词，译者采用了"撩拨"和"玩弄"这两个在汉语中同样具有双重含义的词来进行最大限度的等值翻译，忠实而又巧妙地揭示出哈姆雷特当时所处的特定情境。

（4）叠言

机械性的重复是修辞之大忌。但是，在有些特定的情境中，作者有意识地进行同义组合却能起到很好的修辞效果。通过反复使用同一词、句、段，往往能够突出作者所要传达的思想，加强语气和感情，加深读者或听众的印象，造成一种特殊的效果。如，在莎士比亚的《李尔王》中，在描写李尔王痛失爱女考狄莉亚，感到痛不欲生这一段时，莎士比亚便采用了一连串的叠词来表达李尔王内心的愧疚和悔恨：

> Lear:　　And my poor fool is hang'd. No, no, no life!
> 　　　　　Why should a dog, a horse, a rat, have life,
> 　　　　　And thou no breath at all? Thou'lt come no more.
> 　　　　　Never, never, never, never, never!
> 李尔王：我可怜的傻瓜被绞死了。没命了，没命了，没命了。
> 　　　　　为什么狗、马、鼠，都有生命，
> 　　　　　唯独你却没有一丝呼吸呢？你再也不会回来了，
> 　　　　　永远，永远，永远，永远，永远不会回来了！　（朱生豪 译）

在这里，李尔王内心的愧疚、痛苦和悔恨迸发为一连串的叠词，每反复一次"no"和"never"，都会使说话者的感情得以进一步的释放，将他内心的愧疚、痛苦和悔恨向纵深推进一步，最终获得了强烈的感情宣泄，传达了极为浓烈的感情色彩，给读者和观众留下了深刻的印象。

（5）反语

反语是指所言与所欲言正好相反，可以是正话反说，也可以是反话正说。反语常常用于嘲弄、讽刺，在表扬或持中立态度的掩饰下提出批评或表示贬责。在莎士比亚的《裘力斯恺撒》一剧中，讽刺的手法得到了近乎完美的运用，请看剧中第三幕第二场安东尼的一段经典道白：

> Antony:　Friends, Romans, countrymen, lend me your ears!
> 　　　　　I come to bury Caesar, not to praise him.
> 　　　　　The evil that men do lives after them,
> 　　　　　The good is oft interred with their bones.
> 　　　　　So let it be with Caesar. The noble Brutus

Hath told you Caesar was ambitious；

If it were so, it was a grievous fault,

And grievously hath Caesar answer'd it.

Here, under leave of Brutus and the rest

  (For Brutus is an honorable man,

So are they all, all honorable men),

Come I to speak in Caesar's funeral.

He was my friend, faithful and just to me;

But Brutus says he was ambitious,

And Brutus is an honorable man.

He hath brought many captives home to Rome,

Whose ransoms did the general coffers fill;

Did this in Caesar seem ambitious?

When that the poor have cried, Caesar hath wept;

Ambition should be made of sterner stuff:

Yet Brutus says he was ambitious,

And Brutus is an honorable man.

You all did see that on the Lupercal

I thrice presented him a kingly crown,

Which he did thrice refuse. Was this ambition?

Yet Brutus says he was ambitious,

And, sure, he is an honorable man.

I speak not to disprove what Brutus spoke,

But here I am to speak what I do know.

安东尼：朋友们，罗马公民，同胞们，请听我说；

我是来埋葬恺撒，不是来赞美他的。

人做的恶事，在他死后不能被人忘记，

人做的善事，往往随同他的骸骨一起被埋在地下；

恺撒现在正是如此。

高贵的勃鲁托斯已经告诉你们恺撒野心勃勃；

果真如此，那诚然是一个严重的错误，

恺撒已为此付出了惨重的代价了。

今天，在勃鲁托斯及其他诸位的准许之下，

——因为勃鲁托斯是一个正人君子，

所以他们当然也都是正人君子
来这儿在恺撒的葬礼中讲几句话。
他是我的朋友，对我忠实而公正，
但是勃鲁托斯说他野心勃勃；
而勃鲁托斯是一个正人君子。
他曾带着许多俘虏回到罗马来，
他们的赎金都充实了我们的国库；
在这一点上恺撒可像是野心勃勃吗？
穷苦人哭的时候，恺撒为之流泪；
野心者是不应当这样仁慈的。
但是勃鲁托斯却说他野心勃勃，
而勃鲁托斯是一个正人君子。
你们大家看见在卢柏克节的那天，
我三次献给恺撒王冠，
他三次拒绝接受：这是野心么？
但是勃鲁托斯却说他野心勃勃，
而勃鲁托斯的的确确是一个正人君子。
我不是要推翻勃鲁托斯所说的话，
我说的只是我自己所知道的事实。

（朱生豪 译）

在这一幕戏中，在恺撒突然遇刺之后，他的追随者安东尼显示出一个成熟的政治家强大的心理承受能力。在取得了勃鲁托斯的同意之后，在恺撒的葬礼上他冷静地登上了讲坛。在演说中，他反复强调"Brutus says he (Caesar) was ambitious. And Brutus is an honorable man"，而他的演说内容又巧妙地向听众揭示了恺撒其实毫无野心，而勃鲁托斯行刺恺撒的行径才是卑鄙无耻的。纵观译文，可以看到译者通过不厌其烦地重复"恺撒野心勃勃"和"勃鲁托斯是一个正人君子"，忠实地再现了原文的讽刺修辞，这样的对恺撒的正话反说和对勃鲁托斯的反话正说，更突出了"恺撒野心勃勃"和"勃鲁托斯是一个正人君子"的寓意。

第二节　戏剧语言的功能与戏剧翻译

著名符号学家 Roman Jakobson 建立了系统描写语言的体系，并区分和定义了语言的六大功能：指称功能、表情功能、言语功能、寒暄功能、诗学功能和元语言功能。Christiane Nord 吸纳了 Jakobson 的语言功能模型，提出了翻译中要实现的四种功能：指称功能（referential function）、表情功能（expressive function）、诉求功能（appellative function）和寒暄功能（phatic function）（Nord，2001：40-44）。信息型文本的翻译主要在于向读者告知真实世界的客观物体和现象，以实现其指称功能，即传递原文的全部指称内容或概念内容；在表达型文本的翻译中，表情功能对信息内容的作用是补充或支配，这里的表情功能主要指"发话者对世界物质和现象的态度"（Nord，2001：41）。因此，这类文本的翻译应采用原文作者的视角，反映原作者的态度和情感，传递原文的美学和艺术形式；呼唤型文本的翻译主要体现的是诉求功能，即呼吁、说服、劝阻文本读者或接受者去采取某种行为，这类文本的翻译应注意接受者产生的预期反应，努力在译文读者中创造同等效果；而翻译的寒暄功能"旨在在信息发出者和接受者之间建立、保持或结束某种联系，……或正式或非正式，或对称或不对称。……这种联系主要通过特定情况下常用的语言的、非语言的以及副语言的传统方式来实现，如关于天气的简短谈话、旅游文本中用于做开场白的谚语，等等"（Nord，2001：44）。这些功能在各种文本的翻译中可能都会有所体现。为了在翻译中体现不同的功能，针对不同的文本，译者所采用的翻译策略也有所侧重。

戏剧语言的话语功能往往同时体现在两个相连的不同层次上。一句台词的话语功能不仅成为剧中人物与人物间传递的语用信息，而且成为剧作者或翻译者与听众之间传递的交际信息。戏剧语言总是在其内在的或外在的交流系统中同时要实现几种功能，尽管某种功能可能支配其他功能。德国戏剧符号学家 Manfred Pfister（1988：105）将其称为"多功能性"（Polyfunctionality）。他以 Kroetz 的戏剧 *Michi's Blood* 中的一句台词阐释了戏剧语言多功能性的特点：

Karl: Ya'd talk different if ya knew the way ya looked.

在此句中，占主导地位的特征是指向受话者的诉求功能：Karl 想要影响 Mary，他希望她重新考虑和改变与他的关系。同时，这个话语还具有表情功能：Karl 的性格在他使用的语言中得到了体现，它反映了 Karl 居高临下的傲气，暗示他其实不必与其貌不扬的 Mary 交友。但他使用的语言又显露出他是一个社会地位较低、受教育程度有限、略带蛮横的人。此外，这句台词也实现了指称功能：Karl 解释了他与 Mary 的关系，表明 Mary 是一个没有诱惑力的女人。

因此，在戏剧话语的翻译中，我们必须清楚地意识到戏剧语言的多功能性，戏剧译文文本必须既能体现每种功能在不同的戏剧话语中占主导地位的不同方式，又要能显示各种功能在同一话语中的相互关系。

在 Roman Jakobson 的语言交际模式中，每种因素——发话人、受话人、内容、言语、渠道与代码——都对应着一种交际功能：表现话语对象的指称功能与话语内容有关；表现某人自身相对于客体的方位的表情功能主要与发话者有关；用来发挥影响的呼吁功能则与受话者相连；而指向特定本体和代码结构的诗学功能又与语篇相连；创造并维持交际内容的寒暄功能与渠道相关；元语言功能通常聚焦于代码，使读者或听者意识到它是与代码自身相连的。一旦我们将这些范畴具体应用于戏剧语言的分析，它们就会显得愈加清晰而明确。同时，在戏剧语言中，这些功能在内外两大交流系统中都产生作用。内在交流系统中各种功能的分层结构以及每句话语之间的相互关系，并不等同于外在交流系统中的同样一句话语。

德国戏剧符号学家 Manfred Pfister 吸收和发展了 Jakobson 的语言功能模式，具体提出了戏剧语言的六大功能：指称功能、表情功能、诉求功能、寒暄功能、元语言功能和诗学功能。

1. 指称功能

指称功能确定信息与它所指对象的诸种关系，其根本作用在于为指称对象建立真实、客观的信息。指称功能支配着以对话形式占主导地位的戏剧语言。在戏剧语言中，几乎每一句话语都含有指称功能。但是，我们必须认识到，即使是指称功能起着主要作用的戏剧语言也同时实现着其他功能。在戏剧翻译中，我们必须时刻注意戏剧语言多功能性的基本原则，处理好各功能之间的层级关系。

剧作《推销员之死》中，威利在与老板交谈时，向他倾诉了社会现象的种种无情：

> Willy: In those days there was personality in it, Howard. There was respect, and comradeship, and gratitude in it. Today, it's all cut and dried, and there's no chance for bringing friendship to bear—or personality. You see what I mean? They don't know me any more.

这段台词在内在交流系统中既具有指称功能，又有表情功能。威利的话语表明，面对复杂多变的无情社会他是何等的无助。他描述了过去与现在两种截然不同的社会，间接地抨击了社会的不公。同时，他婉转地请求霍华德给他一个新的职位。因此，这段话也具有诉求功能。下面我们再来看看其译文是如何再现这些功能的：

> 威利：那年月这一行里讲的是人品，霍华德。讲的是尊敬、义气、有
> 　　　恩必报。现在，光剩下谋利，再谈交情、义气，没人理你……
> 　　　不讲人品了。你明白吗？人家不认我了。　　　　　　（英若诚 译）
> 威利：想当年，这一行出过有名的人物啊，霍华德。这一行里是有相
> 　　　互尊重，相互关怀和知恩报德的啊。到如今，样样都死气沉沉
> 　　　的，也没机会再谈什么友谊交情啦，也不必谈什么出名的人物
> 　　　啦。你懂我意思吗？人家再也不认识我了。　　　　（陈良廷 译）

两个译文都实现了指称功能，但陈译在语义上稍有偏离。原文最后一句 They don't know me any more 指称两层含义：一是他老了，新客户不认识他了；二是他已经不像过去那样受客户喜欢了。陈译"认识"在汉语中只指称原文的第一层意义，而英译"认"可同时指称原文的两层意义。英译不仅较全面地实现了原文的指称功能，也传递了原文隐含的诉求功能。

戏剧语言的指称功能涉及世界的事物和现象，可以是具体的，也可以是虚构的。这种功能主要通过戏剧文本话语的外延意义加以传达，该功能能否实现有赖于对文本的理解。当源语文本和目的语文本不享有相同的知识和经验时，指称功能的实现就会遇到障碍，如：

> 陈姨太：　（不耐烦地叹了一声）是这样，老太爷，几个月前不是闹
> 　　　　　兵变么？克定就是在那时候把她的首饰都骗去了。说是为
> 　　　　　她，为淑贞做了生意。可是啊，他就把首饰换了，在外面
> 　　　　　租间小房子啦。
>
> 高老太爷：（不信自己的耳朵）什么，小房子？　　　（曹禺《家》）
>
> Chen:　　[sighs with exasperation] It's like this. Old master, you
> 　　　　　remember the mutiny of the army a few months ago? On that
> 　　　　　occasion, Keding cheated her of her jewels, saying that he
> 　　　　　would invest them for her and Shuzhen. Actually, he had
> 　　　　　them sold and rented a love nest away from home.
>
> Old Master: (not believing his ears) What, a love—nest?　（英若诚 译）

"小房子"并非指字面意思上的"a small apartment"，而是指中国文化中男人瞒着妻子在外面金屋藏娇的含蓄说法。英若诚巧妙而简洁地把它译成"love nest"，易于观众理解，准确地再现了源语文本的指称功能。

2. 表情功能

表情功能确定的是信息与发出者之间的关系，它表现发出者对事物或现象的态度、喜爱或厌恶、期望或失望。戏剧的表情功能与说话者有关，并在话语中显得极其重要，特别是在外在的交流系统中，因为选择角色的话语内容、言语行为和风格是戏剧塑造人物性格最重要的手段，它直接决定着人物角色能否获得艺术的生命力。即便发话者的主要意图是描述事物的一种状态、说服受话者去做某件事情、建立某种交际联系，也会在外在交流系统中具有表情功能。如德国剧作家歌德的《铁手骑士葛兹·冯·贝利欣根》第五幕中，弗兰茨和魏斯林根的一段对话：

FRANZ (beside himself): Poison! Poison! From your wife!—I! I! (He
        rushed off)
WEISLINGEN: Marie, go after him. He is desperate. (Marie exits) Poison
        from my own wife! God! God! I feel it. Martyrdom and
        death!
弗兰茨：　（失去常态）毒药！毒药！是你女人给的！我！我！（跑开）
魏斯林根：玛丽亚，去追他！他绝望了。（玛丽亚下）我女人下了毒药！
       哎哟！哎哟！我感觉到了！痛苦和死亡！　（钱春绮等 译）

　　为了突出原文的表情功能，译文除了忠实地传递原文的信息外，将原文的两个句号改成了感叹号，以加强人物内心情感的迸发。请再看《推销员之死》中的一段对白：

Willy:　　I got nothin' to give him, Charley, I'm clean, I'm clean.
Charley: He won't starve. None a them starve. Forget about him.
威利：我没的可给他，查利，我穷得当当的，一个子儿没有。
查利：他饿不死，没一个饿死的，别把他放在心上了。　（英若诚 译）
威利：我没什么给他的，查利，我是穷光蛋，我是穷光蛋。
查利：他饿不死。没一个人饿死。忘了他吧。　　　　（陈良廷 译）

　　从剧中我们可以知道，威利很爱自己的儿子，尤其是比夫。即使在梦中，威利都想为比夫的前程付出自己的一切。他宁愿牺牲自己的生命也想为比夫留下点什么。以上的对话极具表情功能，充分表达了威利对自己的不满和自责。两个译文都较好地传达了威利对儿子的关心和热爱、他的歉意和他的绝望。但就译文的表情功能来看，英译"我穷得当当的，一个子儿没有"读来比陈译逊色。陈译通过重复结构"我是穷光蛋，我是穷光蛋"，更能抒发原文所含的表情功能。

　　戏剧语言中经常出现表情功能的另一种语言形式是表现沉思默想的独白。此类话语的表情功能起因于说话者想要表白自我意识、澄清自己的立场态度、证明自己的行为或作出重大的决策等。莎士比亚名剧《哈姆雷特》中"To be, or not to be: that is the question"的著名独白，就是一个很好的例子。

　　戏剧的表情功能可依据表达内容作进一步的划分。如果说话者表达个人的情绪和感受，我们就称之为情感功能；如果是对事物或现象的赞美或讽刺，它就被称为评价功能。表情功能是以话语发出者为导向的，发话者对指称物的态度和观点有赖于发话者和受话者共同的价值体系。因为价值体系是受文化传统和规范决定的，源语文本作者的价值体系可能与目的语文本接受者的价值体系不同。这就是说，戏剧翻译中，源语文本的表情功能的实现必须基于目的语文本的价值体系。

3. 诉求功能

诉求功能确定的是信息与接受者之间的关系。在所有的功能中，诉求功能对戏剧人物对话的依赖性最大，因而它更多地发生在戏剧内在的交流系统中。诉求功能的重要性随着对话参与者的加入程度而不断上升。说话者越是想影响或改变对方的观点，他对后者态度的反应就越大，诉求功能也就越强烈。对他人施加影响或加以说服的一种特定形式是祈使或命令。在诉求功能占主导地位的戏剧对话类型中，戏剧话语作为语言行动的一般性质会变得特别明显。祈使和命令的行动代表着话语行动，无论这种祈使是否奏效，无论命令是否服从，这种行动都会在实际上改变戏剧情境。一旦明白这一点，就不难理解，为什么在戏剧话语中，诉求功能占主导地位是一种特别普遍的现象。戏剧中说话一方企图说服或战胜另一方的对话，实际上一直是戏剧不可或缺的组成部分。而且，诉求功能占主导地位的戏剧对话常被用来作为有着极度悬念的戏剧高潮的标志，请看《推销员之死》中的一段对白：

> Charley: You want a job?
>
> Willy: I got a job, I told you that. What the hell are you offering me a job for?
>
> Charley: Don't get insulted.
>
> Willy: Don't insult me.

查利是威利唯一可靠的朋友，出于好意，他想帮威利找一份工作，但威利总是瞧不起他。即使他的推销业务遇到了麻烦，几乎无法养活家人的情况下，他还是不愿接受查利的帮助。他仍自欺欺人地以为自己找到的是一份优越的工作。他的拒绝表明了他的自尊，也显露了他的个性。以上对话很富有诉求功能，每一方都想极力影响对方。比较下列译文是如何表现原文的诉求功能的：

> 查利：你想找个差事吗？
>
> 威利：我有差事，我早跟你说过。你要给我找差事是他妈的什么意思？
>
> 查利：这有什么伤自尊的！
>
> 威利：你别惹我嘛。　　　　　　　　　　　　　　（英若诚 译）
>
> 查利：你想要找工作吗？
>
> 威利：我有工作，这我对你说过。你究竟为什么要给我找工作？
>
> 查利：别惹不起。
>
> 威利：别惹我。　　　　　　　　　　　　　　　　（陈良廷 译）

英译"你要给我找差事是他妈的什么意思"，具有很强的诉求功能。它表明，威利把查利的帮助视为侮辱，甚至对朋友好意的帮助感到气愤。该译文很好地再现了威利的自尊和他内心的情感。"他妈的"加强了话语的诉求功能。而陈译"你究竟为什么要给我找工作？"只是一个问句，表示威利想要知道查利主动帮忙的原因，但它无法再现威利的自尊和自负，也不能获得与原文相同的表达效果。

4. 寒暄功能

与诉求功能不同的是，寒暄功能主要发生在说话者（演员）和听话者（观众）之间，旨在创造或保持他们之间的联系，因而它更多地发生在戏剧外在的交流系统中。这种联系不仅仅指把信息从发出者传送到接受者这样的纯物理关系，还指双方心理上的相互交流与沟通。寒暄功能通常用于维持与信息接受者的友好关系。所以，寒暄功能借助各种不同的方式出现在外在交流系统中，诸如保证获得最佳视听效果的舞台空间布置和观众席位、能够激发演员和观众兴趣的灯光音响、观众由戏剧悬念而引发的对戏剧的投入程度、戏剧文本内部叙事交流系统的应用，以及对一个或多个角色产生共鸣的可能性，等等。

此外，在戏剧内在的交流系统中，寒暄功能还能帮助营造和强化不同角色之间的对话关系。这样，我们已经包含在诉求功能中的一些现象也可以发挥寒暄功能的作用。当发话者要向受话者发送话语，以加强交流联系，或当他对前一句话作出反应时，交流关系就得到了强化。当交际中断之后需要再次建立联系，或是当保持联系变成了对话交流中首要的或唯一要素时，寒暄功能就显得特别重要。例如以下台词和它的译文：

> Linda: There's little attachment on the end of it. I knew right away. And
> sure enough, on the bottom of the water heater there's a new
> nipple on the gas pipe. (米勒《推销员之死》)
> 林达：管子的一头安着个接头儿。我一看就明白。他打算用煤气自杀。
> （英若诚 译）
> 林达：在橡皮管的一头有个小附件。我马上就明白。果然，在烧水的
> 煤气灶底肚上有个新的小喷头接在煤气管上。 （陈良廷 译）

英若诚的译文虽然删减了部分台词，但他主要考虑的是听话者的接受程度，保留了应有的寒暄功能。陈良廷的译文基本上是复制了原文的语言内容，但由于译文与原文受众的文化背景不同，在瞬间即逝的戏剧演出中，观众即使花较长的时间可能也无法理解原文所隐含的意义。因此，比之英若诚的译文，陈译的寒暄功能就显得较弱。

5. 元语言功能

一种语言解释、命名和批评自身特点的能力叫做元语言功能。元语言功能与

代码相关，而且如同寒暄功能一样，它的形式一般不易察觉。但在戏剧对话中，一旦遇到合适的情境，元语言功能就会凸现出来。也就是说，当所使用的某个语言代码明确地或隐含地发展为中心主题时，元语言功能就出现了。在内在戏剧层面上，如果在交流过程中某处出现了中断，这时就会产生试图将观众的注意力吸引到语言代码上的动机，也就是当代码之间，或更准确地说，当对话者的亚代码之间出现了过多的差异，使得交流无法继续，这样就会促使他们用元语言词汇说出他们想要说的话。这些差异通常来自社会地位和身份的制约。如英国剧作家Peter Nichols 在 *The National Health*（《国民健康》）中的对话：

> ASH:　　…My wife couldn't have children …
>
> LOACH: Was it to do with her underneaths?
>
> ASH:　　I'm sorry.
>
> LOACH: To do with her womb, was it?
>
> ASH:　　Yes.
>
> LOACH: Womb trouble.
>
> ASH:　　That sort of thing, yes.
>
> 亚什：……我妻子不会有孩子了……
>
> 娄奇：是底下的事儿？
>
> 亚什：对不起。
>
> 娄奇：子宫的事儿，对吧？
>
> 亚什：嗯。
>
> 娄奇：是子宫有问题。
>
> 亚什：嗯，就算是吧。
>
> （苏娴 译）

由于受语域差异的影响，娄奇显然想寻找一个合适的词语来指称女人的下身部位，又无损于高雅格调的名词，他灵机一动，找到了一个不太常用的迂回说法"underneaths（底下）"。作为一个男子，亚什对谈论女人性部位这个话题感觉非常尴尬，他要么是没有听懂对方的话，要么是故意回避问题，答道"I'm sorry（对不起）"。为了使对方明白自己的意思，娄奇接着又回过来用了原本想用的词"womb（子宫）"。这次亚什无法回避，但他只简短回答 Yes，表明他不想再继续谈论这个话题，不想讨论他妻子的性学解剖上令人痛苦的细节。而娄奇没有意识到对方的意图，又重复了一遍自己的话。亚什出于礼貌，用"That sort of thing（就算是吧）"结束了谈话。译文很好地再现了原文的元语言功能。

元语言功能的目的在于指出接受者所不理解的符号意义，信息的指向在于代码本身。但是，对代码的元语言指称，无论是隐含的还是明确的，并不总是必须像上面所举的例子那样，与中断了的交流相联系。相反，在戏剧语言中，高度的译文语言技巧还可能促使元语言功能占据主导地位。例如在老舍的名剧《茶馆》第三幕中，小唐铁嘴为小刘麻子的新公司起名，他建议：

> 看这个怎样——花花联合公司？姑娘是什么？鲜花嘛！要姑娘就得多花钱，花呀花呀，所以花花！"青是山，绿是水，花花世界"，又有典故，出自《武家坡》！好不好？

这段台词一共出现了十个"花"字，涉及它的三个词性：花花（形容词）修饰联合公司，让人觉得这是个吃喝玩乐的风流场所。而"鲜花"（名词）比喻那些迫于生计，走投无路的漂亮姑娘。"要姑娘就得多花（动词）钱"，意为要享乐快活，就要花得起银子。从中不难看出，老舍十分注重语言的锤炼，他的戏剧作品里充满了这样的妙言绝句。霍华德对这段台词的译文是：

> How's this? "United Double Blossom Corporation"? Aren't the girls like fresh blossoms? And the more they're used, the more our bank accounts blossom. So—"Double Blossom". "Between green hills and azure seas, the world teems blossom upon blossom." —that's from the traditional opera, *Wu Family Hills*. What do you think?

译者将原文的"花"译成"blossom"，同样利用了话语的元语言功能，即 blossom 的多词性交叉释义。尤其是 And the more they're used, the more our bank accounts blossom 一句，把荷包鼓鼓囊囊的景象描绘得淋漓尽致，突出了他们的丑陋嘴脸和卑鄙行径。这段译文文字精简，没有译得过火的痕迹，使译语观众在上下文中也能领会其中的含义，不愧为戏剧作品的佳译。

6. 诗学功能

戏剧语言的诗学功能指信息与其本身的关系，亦即语言的审美机制，它通常跟艺术地或创造性地使用语言有关，旨在吸引观众的注意力。一般情况下，戏剧的诗学功能只适用于外在的交流系统，而不适用于角色之间的交流。比如莎士比亚的作品使用诗体的对白，并不意味着其中的人物是诗人，也不是说给对话参与者欣赏的，而是为了激起戏剧观众的共鸣。

诗学功能是当一个话语指称自身的时候表现出来的，这样就能将观众的注意力吸引到它的结构和各个组成部分上来。日常语言中不存在诗学功能，因为信息的发送就是自动指称着客观对象的。

曹禺译的《柔蜜欧与幽丽叶》随处可以让人感到其语言音乐般的节奏感和韵律美，并且意味深远。下面是其中的一些佳译：

在"阳台幽会"那场戏中，天将破晓，百灵鸟的歌声惊醒了幽会中的情人，痛心诀别在即，幽丽叶不禁移恨于惊醒他们的百灵鸟，她哀怨地说：

Since arm from arm that voice doth us affray.

Hunting thee hence with hunts-up to the day.

因为这声音从怀抱里惊起我的爱，

像破晓的猎歌追着你离开。　　　　　　　　　　（曹禺　译）

原文中 affray 和 day 押韵，听起来朗朗上口，富有韵味。曹禺译文行尾为"爱"和"开"，同样押韵，保留了原文诗一样的节奏和神韵。

同时，柔蜜欧也万分无奈地说：

More light and light; more dark and dark our woes.

嗯，一点一点地亮，一点一点地黑起来的是我们的灾殃！(曹禺　译)

译文中两个单音节词"亮"与"黑"呼应，语义形成鲜明对比，烘托出悲切、无奈的意味，念起来也清脆有力，同时前句的"亮"和后句的"殃"又押韵，更使这声叹息如诗歌一样凄切婉转。

曹禺创作的《雷雨》的诗学功能格外浓郁，有些场面所创造出来的意境使人回味不已，倾听忘倦，让人感到其语言的诗意美和音乐美，如：

周冲：有时我就忘了现在，（沉醉在梦想里）忘了家，忘了你，忘了母亲，并且忘了我自己，像是在一个冬天的早晨，非常明亮的天空，……在天边的海上，……有一只轻得像海燕似的小帆船，在海风吹得紧，海上的空气闻得出有点腥，有点咸的时候，白色的帆张得满满的，像一只鹰的翅膀，斜贴在海面上飞，飞，向着天边飞，那时天边上只淡淡地等着两三片白云，我们坐在船头，望着前面，前面就是我们的世界。

周冲是周公馆内最纯洁的一个人，就像一颗水晶一样，他憎恨人间的不平，爱上了同样纯朴的下人四凤。在四凤的家里，他有机会向四凤倾吐了对理想世界的向往，从他的口中，谱写了一首热烈呼唤自由与光明的诗。王佐良先生把它译作了一段优美的散文诗：

Chung: Sometimes I forget the present... (with a rapt expression on his face) I forget my home, I forget you, I forget my mother... I even forget myself. It seems like a winter morning with a brilliant sky overhead... On a boundless sea... there's a little sailing-boat, light as a gull. When the sea-breeze gets stronger, and there's a salty tang in the air, the white sails billow out like the wings of a hawk and the boat skims over the sea, just kissing the waves, racing towards the horizon. The sky is empty except for a few patches of white cloud floating lazily on the horizon. We sit in the bows, gazing ahead, for ahead of us is our world.

周冲在描绘海上的风光时，王佐良先生运用了英语中的语音手段来实现这段话语的诗学功能。在这一段中，他用了 boundless, sailing, tang, floating, lazily。这些词的发音都是由双元音或开口较大的元音组成，发音长、节奏缓慢，具有强烈的抒情色彩，切合周冲此时的心情。而后，周冲叙说这只理想之船驶向理想的彼岸时，王佐良先生运用的是 skim, kissing 等发音短促的词，表达出周冲想冲出牢笼、奔向新世界的迫切心情。这一段译文切合原文的节奏感和诗意美，充满了戏剧语言的诗学功能。

然而，戏剧语言的六种功能并不是绝对平等的，它们各自都具有对应的独特功能和作用。戏剧交流的性质完全取决于它把六种功能中占主导地位的那个功能特征据为己有。当交流倾向于语境时，指称功能就占主导地位；当交流倾向于信息的发送者时，表情功能就占主导地位；当交流偏向于信息本身时，诗学功能就占主导地位。有时，考虑到源语和译入语表达习惯的差异，源语和译语的语言功能还可以进行交替变换，以加强译文的语言表现力。请看下面一例：

Willy: ... And when I saw that, realized that selling was the greatest career a man could want. 'cause what could be more satisfying than to be able to go, at the age of eighty-four, into twenty or thirty different cities, and pick up a phone, and be remembered and loved and helped by so many different people? Do you know? When he died—and by the way he died the death of a salesman...

（米勒《推销员之死》）

威利：……看见它我明白了，当推销员是一个人所能要求的最了不起的前途。因为还有什么比这更叫人心满意足的，八十四岁了，还有二十个、三十个城市可去，不管到哪儿，拿起电话，就有那么多人记得你，喜欢你，愿意帮你的忙！你知道吗，他死的时候——他死都像个推销员……　　　　　　（英若诚 译）

威利：……我看到这件事，就认识到做推销员是理想中最好的职业。因为，活到八十四岁，还能去二三十个城市，拿起电话机，就有那么多的各种各样人记得他，喜欢他，帮助他，有什么能比这更叫人称心的事啊？你知道吗？他死的时候——顺便说一句，他临死还是个推销员……　　　　　（陈良廷 译）

我们注意到英语原文中由两个问号，陈译保持不变，而英译将第一个问号转换成了感叹号，把第二个问号译成了逗号。第一个转换表明了威利对理想中的推销员的渴望和追求。一般来说，剧作家不愿让人物提问，他是想通过问句的方式更多地吸引观众的注意力，增强语言的表现力。事实上，原文的指称功能是要表达威利渴求成功的愿望。英译的句式用表情功能代替了指称功能，这正好符合人物的意图，表现了威利想要获得成功的热切心情。

第三节　戏剧的人物语言与戏剧翻译

戏剧是人生在舞台上的缩影，戏剧艺术的核心是人物形象的塑造。没有人物也就没有戏剧，没有成功的人物形象，也不会有好的戏剧。这是因为戏剧作品的主题思想要靠人物形象来表现的，故事情节从属于人物，整个戏剧结构也是为刻画人物而存在的。能使观众感受最深、最能给观众留下印象的也是戏剧人物。人物是戏剧创作的重点和主要价值之所在。正如美国戏剧家乔治·贝克在《编剧技巧》中（1985：234）所说："一部戏的永久价值即在于人物塑造。"我国著名剧作家曹禺从他创作的切身感受中也得出结论说："作为一个戏剧创作人员，多年来，我倾心于人物。我总觉得写戏主要是写'人'，用心思就是用在如何刻画人物这个问题上。"（曹禺，1986：255）无论戏剧观念、风格流派、表演体系有多大差别，塑造具有个性化的人物始终是戏剧共同的美学追求。

戏剧语言是高度性格化的语言，每个不同的人物有不同的语言，反映出他们不同的思想感情。性格化的语言是剧中各个人物在规定的戏剧情境中，在与其他人物的关系中所必然发之于心、吐之于口的语言。这样的语言，不但能显示人物的性格特征，而且可以反映出人与人之间的复杂和微妙的关系。剧作家在创作不同阶层的人物语言时，总是尽力体现人物的个性和身份，通过语言再现现实生活中人们的性格、修养和情趣，使什么样的人说什么样的话，什么样的话反映出什么样的人物性格。面对性格各异的人物语言，戏剧译者在翻译时首先要像演员一样进入角色。但是，译戏和演戏的不同之处在于演员只需进入某一个特定的角色，译者却要进入剧中所有的角色。

此外，戏剧表现手法和其他文学形式不同，尤其是在塑造人物形象方面。在小说、散文等文学作品中，作者可以通过对人物外表、内心的细腻描写，或设定特定的场景中人物特殊的表现，或通过其他人物的烘托来表现人物的内心世界和性格特征。而戏剧中，人物对话是塑造人物性格的主要和重要的手段。戏剧中一切人物形象的塑造都是从对白中凸显出来的，戏剧通过人物与人物之间的对白展开故事情节。它把人物置于舞台的大背景中，通过其合情合理的行动，让观众从其言行举止、喜怒哀乐中窥见其与众不同的内心世界。在戏剧的人物形象塑造中，剧作家总是会按照剧情发展的需要表现人物的社会地位、性格举止、心理个性等特征。因此，在戏剧翻译中，译者必须熟悉人物该有的文化背景、个性特征和生活经验，揭示人物的灵魂、情感和思想，塑造各具特色的人物形象。译语对白要符合人物身份、年龄以及他所处的特定环境，能显示人物独特而鲜明的性格特征，否则就会影响译语文本中人物形象的重现以及戏剧观众对特定人物的理解。

曹禺的名作《雷雨》自诞生以来，至今已有 70 多年了，但它的上演仍经久不衰，表现出巨大的艺术生命力。在曹禺的剧作中，《雷雨》是影响最大的，也是被评论和研究得最多的一部作品。这一切证明了《雷雨》在中国戏剧史上崇高的地位。1958 年，王佐良和巴恩斯（A. C. Barnes）将此剧译成英语，让世界人民有机会欣赏到这一绚丽的中国戏剧的瑰宝。曹禺戏剧中的人物之所以个个刻画得传神尽态、栩栩如生，主要在于他十分准确地把握了人物的个性特征，运用了个性化的语言。例如：

> 鲁贵：（咳嗽起来）他妈的！（一口痰吐在地上，兴奋着）你们想，你们哪一个对得起我？（向四凤同鲁大海）你们不要不愿意听，你们哪一个不是我辛辛苦苦养到大？可是现在你们哪一件事做得对得起我？（对鲁大海）你说？（对鲁四凤）你说？（对着站在中间圆桌旁的鲁侍萍）你也说说，这都是你的好孩子啊？
>
> Lu:　(coughing) God almighty! (Heartedly) Just look at you. There's not one of you can look me in the face! (Turning to Ta-hai and Su-feng) It's no good you pretending not to hear either. I've worked my fingers to the bone to bring you two up, both of you, but what have either of you ever done to show your gratitude? (ToTa-hai) Eh? (To Su-feng) Answer me that! (To Lu Ma, who is standing by the round table in the center) or perhaps you can tell me, seeing that they're your precious children?

这一段台词表现的是鲁贵被周家辞退后，吃过了晚饭，在家里对众人大发脾气的场面。在他大放厥词发泄了一通后，他责问鲁大海、四凤、鲁侍萍三人，说了三次"你说"。王佐良先生没有拘泥于汉语字面意义而将其译为 tell me，而是根据鲁贵平时所表现出的个性特征分别作了处理。鲁大海当时手中正在擦着一支枪，鲁贵向来欺软怕硬，王佐良先生把这个"你说"译作 Eh，表明鲁贵不敢与大海正面交锋；对女儿四凤，鲁贵一向是威逼利诱，所以他穷凶极恶的高叫着 Answer me that! 对妻子鲁侍萍，他不敢过于放肆，语气稍微有些缓和，而译作 Perhaps you can tell me。这三句"你说"的翻译处理，生动地再现了鲁贵卑劣无耻的个性特征。请再看四凤与周萍在客厅的一段对话：

四凤：你看你又扯到别处，你不要扯，你现在到底对我怎么样？

……

四凤：（苦恼地）萍，你别这样对我好不好？你明明知道我现在什么都是你的，你还——你还这样欺负人。

……

四凤：萍，我父亲只会跟人要钱，我哥哥瞧不起我，说我没志气。我母亲知道了这件事，她一定不要我。没有你就没有我，他们也许有一天会不理我，你不能够，你不能够的。（抽泣）

Feng: There you go again, getting away from the subject. Let's get down to the brass tacks. Tell me honestly how you really feel about me.

…

Feng: (unhappily) I wish you wouldn't treat me like this, Ping. You know very well that I'm yours now, all yours, and yet you—you keep on taking the rise out of me.

…

Feng: You know how it is, Ping. My father's only interested in edging money off me; my brother looks down on me because he says I haven't got any character; and my mother, if she found out about us, she certainly wouldn't have anything more to do with me. You are all I have, Ping. They may throw over me one day, but you can't, you can't. (She breaks down sobbing)

在这一段对白中，四凤热切地向周萍表述她将一生都托付与他，说"你明明知道我现在什么都是你的。没有你就没有我"。语气十分肯定，态度十分纯朴。王佐良先生根据四凤说话时的特定背景，将它们译为 You know very well that I'm yours now, all yours. You are all I have。前一句的语气有所递进，强调出四凤的心理活动，后一句表现出四凤除周萍外一无所有的情形。这两句都看似平常，却使四凤说话时的情态跃然纸上，使英语观众和汉语观众一样，能从字里行间体味出四凤天真纯洁的个性。

戏剧中许多生动逼真的艺术形象给观众留下了不可磨灭的印象，这些艺术形象的塑造离不开个性化的语言。个性化的语言不仅能显示各个人物的年龄、性别、职业、地位、情趣和爱好等，而且能推进戏剧情节的发展。因此，在戏剧翻译时，译者要进入人物角色，仔细琢磨人物不同的性格特征与内心世界，最大限度地再现原文人物的个性化语言。请比较下面一段台词的汉译：

Friar Laurence: Here comes the lady; /o. so light a foot/Will ne'er wear out the everlasting flint; /A lover may bestride the gossamers/ That idles in the wanton summer air, /And yet not fall; so light is vanity.　　　　　　　　　　　　　(莎士比亚《罗密欧与朱丽叶》)

劳莲思长老：小姐来了，哦，这样轻巧的脚步/再也磨不烂地上的砖石。 爱人这样轻，/踩着夏天空中飘荡的游丝，也落不下来。/这 样轻是尘世间的一切，虚渺无凭。　　　　　　　　（曹禺　译）

劳伦斯：这位小姐来了。啊，这样轻盈的脚步，是永远不会踩破神龛 前的砖石的；一个恋爱中的人，可以踏在随风飘荡的蛛网上 而不会跌下，幻妄的幸福使他灵魂飘然轻举。（朱生豪　译）

原文是劳伦斯神父描写美丽可爱的朱丽叶的一段台词。比较以上两种译文可知，朱生豪的译文更为成功地移植了人物的个性化语言，如"永远不会踩破神龛前的砖石的"和"使他的灵魂飘然轻举"。因为这样的译文符合神父的职业身份，只有神父才能说出这样具有鲜明个性化的语言。

第四节　戏剧的语言动作与戏剧翻译

戏剧语言总是和戏剧的特殊规律——动作性紧密相连的，它是创造行动着的人物的手段。戏剧语言的动作性是戏剧本质所决定的特殊要求。Jindrich Honzl"把动作看做是戏剧艺术的本质，它好像一股水流，将话语、演员、服装、布景和音乐结合起来，从一个成分流向另一个成分，或同时流过几个成分"（Matejka, 1976: xiii）。George Mounin 也指出，"具有表演性的戏剧翻译不是语言的产物，而是戏剧行为的产物"，否则，"尽管语言翻译得足够完美，但不是戏剧翻译"（转引自 Pavis, 1992: 141）。

戏剧要角色自己行动，要表现人物间的行动冲突。冲突要逐步上升，才能吸引观众全神贯注、饶有兴趣地把戏看下去。人物的动作是构成戏剧的主要因素，戏剧语言应该从属于人物之间的戏剧冲突的动作和行动。语言是人物戏剧行动的一部分，所以，它必须具有动作性。戏剧语言的动作性在于人物语言与舞台动作的完美结合，二者相辅相成，"一方面，这意味着演员在某一时刻的动作决定他们能够说什么样的话；另一方面，这也意味着演员的台词被所伴随的动作强化"（Marco, 2002: 54）。所以，基于舞台表演的要求，戏剧译文的语言不仅要求合辙押韵、平仄变化，而且要干净利落，为演员的台词和舞台动作实现理想的匹配创造条件。

我们说戏剧语言要有动作性，就是说戏剧语言要能表现出人物为达到其目的而采取的行动，做到人物的动作性语言与人物的形体动作相统一，一起推动戏剧冲突的发展。语言是有声的动作，动作是无声的语言。高尔基说得好，"文学家写作的时候，把行动化为语言，同时又把语言化为行动"。他还进一步指出，"把语言化为行动，比把行动化为语言困难得多"（高尔基，1958：242-243）。戏剧翻译者要把纸上语言化为舞台行动，要从台词中看到、感到戏剧动作。

我们说戏剧语言要有动作性，还因为戏剧的思想和观点必须通过符合角色性格的、在特定场合或特定情景中可能会有的行动（包括话语）去表现出来，即通过情节、场面自然流露出来。角色必须按其性格、意志、目的去行动，在行动中与人发生冲突。如果角色不行动，不与人发生冲突，就没有戏剧性。如果角色的语言没有动作性，就等于角色说话时停止了戏剧行动，这时台上也就没有了戏。戏剧冲突是由不同性格的人物，为达到各自不同的目的，而采取的行动之间的矛盾所构成的。人物为了达到自己的目的，必须要行动，戏剧动作一般分为外部动作和内心动作。外部动作表现的是人物做什么和怎样做，内心动作却是表现人物为什么这么做的潜在心理动机。相比之下，心理上的冲突，常常比表面上的动作还要动人。要表现心理冲突，就要揭示人物的内心思想和感情。

戏剧语言不仅说明动作的内容，而且语言本身也是动作，它不仅是动作的注释和说明，而且和人物的形体动作融合在一起，表达人物的内心状态、意向和行动的意义。当人物感情发生急剧变化时，语言思维活动就处于激烈的状态中，给人物产生强烈行动提供精神依据。它是推动情节的动力，是舞台事件在人物内心的反映。在尖锐的戏剧冲突中，需要的是充满激情的戏剧语言，特别是在人物思想感情发生急剧变化时，更需要这种语言。如果戏剧翻译不能再现戏剧的动作性语言，也就塑造不出行动着的人物来。

动作性语言，并不是指可以用形体动作去作注释性配合的语言。完美的动作性语言，必须与形体动作相结合，构成人物行动整体的有机组成部分，一起表现人物在特定时间、地点、场合、情景和关系中为达到某一目的而采取的行动。戏剧语言是针对特定对象采取的行动的一部分，它是人物之间展开矛盾冲突的一种"动作"，起着推动矛盾冲突发展的动力作用。

有些戏剧翻译者常常忽视这一点，他们很注意戏剧语言的华美和流畅，重视一问一答能否接茬，而往往忽视动作性这一根本要求，以至造成人物语言往往是静态的、说明性的，而没有鲜明、强烈、积极、活跃的动作性。戏剧语言的动作性恰恰表现在，其语言本身就是人物在戏剧冲突中必须采取的行动的一部分。

同其他文体不同，戏剧译文语言的节奏除了一般意义上的声韵美学效果外，一个重要的因素便是人物台词与戏剧动作的相互匹配。Josep Marco（2002：54-58）

在总结戏剧翻译者所面临的这一难题时，特别提到影响语言与动作匹配的两个重要因素：上口性和节奏感。他指出，由于戏剧翻译的最终目的是付诸舞台表演，剧本是被说出来的，所以必须符合目的语口语表达的常规。此外，话语的节奏取决于人物的心理和形体动作。作为一个戏剧剧本的译者，"一定要弄清人物在此时此刻语言背后的动作性是什么。作为译者，我们的任务常常是要去捕捉那隐藏在佳句后面的'动作'，为表演者提供坚实的土壤"（英若诚，1999：3-4）。因此，戏剧翻译者要竭力探寻戏剧文本的动作语言，既要使舞台行动具有语言那样鲜明的表现力，同时又要把语言化成人物在戏剧冲突中的行动的一部分。

因此，从宽泛的意义上讲，戏剧动作的外延包括"形体动作"、"内心动作"和"语言动作"这样三种动作，这是戏剧语言在艺术创作和翻译中的基本原则。戏剧语言作为一种"语言动作"，是形体动作与内心动作的有机统一的体现，是戏剧动作在剧本中的载体。这就是戏剧语言的"动作性"的涵义。具体地说，戏剧语言的"动作性"原则大体上包含着这样由浅及深的五个层面：第一，从剧本语言（主要指台词）中要能够显示出形体动作；第二，从剧本语言中要能够揭示出人物发出某个形体动作时的环境、气氛和心情；第三，从剧本语言中要能够透露出行为动机和目的；第四，剧本语言（对话）要具有刺激对方的功能，从而具有推动"动作与反动作"的力量，即推动冲突发展的力量；第五，剧本语言要能够表现内心动作和情感意志，即表现心理活动（包含潜意识的情绪）。下面我们依次来讨论戏剧翻译中如何实现戏剧语言动作性原则的这五个层面。

第一，显示形体动作。这是动作性原则的最浅近的层面。但要做到这一层也不容易，那些译得好的台词甚至不用加上舞台指示（所谓"舞台指示"是指在括号里注明人物在说这话时做出什么形体动作或表情、语气）。例如莎士比亚的剧本就极少用舞台指示，几乎全凭台词就可让观众感受到戏剧场面中的形体动作，这是需要很深的戏剧语言功力的。下面举出几例来说明这一点。莎士比亚的《罗密欧与朱丽叶》第一幕，戏一开场就是两大家族的械斗场面，这场纠纷是这样引起的：

> GREGORY: I will frown as I pass by, and let them take it as they list.
> SAMPSON: Nay, as they dare. I will bite my thumb at them; which is a
>   disgrace to them, if they bear it.
> 葛莱古里：　我走过去向他们横个白眼，瞧他们怎么样。
> 山普孙：　　好，瞧他们有没有胆量。我要向他们咬我的大拇指，瞧他
>   们能不能忍受这样的侮辱。　　　　　　　　（朱生豪 译）

从这几句简朴的台词中，可以看出一副活灵活现的挑衅架势。朱译把原文所含的动作性一览无遗地展现在我们面前。朱译恰当地使用了"横"和"瞧"这两

个动词，准确地再现了原文语言的挑衅行为。请再看莎士比亚《哈姆雷特》中的一段：

> Pyrrhus at Priam drives, in rage strikes wide,
> But with the whiff and wind of his fell sword
> Th' unnerved father falls: then senseless Ilium,
> Seeming to feel this blow, with flaming top
> Stoops to his base, and with a hideous crash
> Take prisoner Pyrrhus' ear. For lo, his sword,
> Which was declining on the milky head
> Of reverend Priam, seem'd i'th' air to stick;
> So, as a painted tyrant, Pyrrhus stood,
> And like a neutral to his will and matter,
> Did nothing.
> But as we often see against some storm
> A silence in the heavens, the rack stand still,
> The bold winds speechless, and the orb below
> As hush as death, anon the dreadful thunder
> Doth rend the region; so after Pyrrhus' pause
> Aroused vengeance sets him new awork,
> And never did the Cyclop's hammer fall
> On Mar's armour, forg'd for proof eterne,
> With less remorse than Pyrrhus' bleeding sword
> Now falls on Priam.

这一段是演员甲应哈姆雷特之请，背诵了鲜为人知的一个剧本中一段激越的台词。其中 Pyrrhus 王子复仇的心理历程正好与哈姆雷特当时的心理体验暗合。两个收尾的短节在比较整齐的诗文形式的簇拥下，显得十分引人注目。剧作者常常按照观众期望的三个阶段：预示—等待—实现的模式来营造悬念，拉大戏剧张力。"Pyrrhus at Priam drives, in rage strikes wide" 第一次激起观众的期望，而在观众的等待过程中，第一个短节（Did nothing）的出现引起观众期望突然受挫（defeated expectancy）。仅由两个词组成的这一诗行骤然停顿，配合着挥剑的动作戛然而止。然后，一段荷马式的长段比喻紧随其后，跨越十行之长，才以另一个短节干脆收尾。观众早被激起的期望，跟随着复仇者一段令人屏息的心灵斗争之后，终于在万钧的剑力中得以满足。戏剧的张力表现得淋漓尽致。请看这一戏剧效果在下列三个不同译文中的处理：

（1）瞧！
　　他的剑还没砍下普利阿摩斯
　　白发的头颅，却已在空中停住；
　　像一个涂朱抹彩的暴君，
　　对自己的行为漠不关心，
　　他兀立不动。
　　在一场暴风雨未来之前，
　　天上往往有片刻的宁寂，
　　一块块乌云静悬在空中，
　　狂风悄悄地收起它的声息，
　　死样的沉默笼罩整个大地；
　　可是就在这片刻之内，
　　可怕的雷鸣震裂了天空。
　　经过暂时的休止，杀人的悬念，
　　重新激起了皮洛斯的精神；
　　库克罗普思为战神铸造甲胄，
　　那巨力的锤击，还不及皮洛斯
　　流血的剑向普里阿摩斯身上劈下
　　那样凶狠无情。
　　　　　　　　　　　　　　　（朱生豪 译）

（2）看哪！他的那把刀，刚要向浦爱阿姆的白头砍下，现在好像钉在半空；皮鲁斯像是图画中的猛将一般站立着，举着刀要砍又不砍的在那里发呆。但是暴风雨将到之前，天空往往是一阵的沉寂，密云不流，狂风不语，大地和死一般的静，不久便是震裂天空的一声霹雳，所以皮鲁斯宁静一下之后，敌忾愈发激愤了，鲜血淋漓的宝刀照直的砍在浦爱阿姆头上，当初独眼巨神挥起铁锤给马尔思炼护身金甲，都没有这一击来得凶恶。
　　　　　　　　　　　　　　　（梁实秋 译）

（3）哎呀看！他的剑
　　本来向普赖姆雪白的头顶上直落下，
　　却忽然好像在半空里给什么粘住了。
　　皮勒斯站住了，俨然是画里的暴君，
　　在意图和实行之间保持了中立，
　　什么也不干。
　　然而啊，我们常见到暴风雨以前，

天上是一片寂静，云也静止了，

风也不言语，大地是全然沉默，

简直像死了，忽然间一声霹雳

震裂了天空；皮勒斯一停顿以后，

杀心也就激起他重新动作；

塞克罗皮斯锤打战神的铠甲

管保它万世都结实，落手无情

也不及此刻皮勒斯抢起血花剑

狠命的直劈了普赖姆！

（卞之琳 译）

比较三段翻译，朱译在第二个短节的处理上位置略微前移，致使表演者剑已劈下之时，口中仍念念有词，语言和动作脱节了，万钧剑力硬是削弱了几分。而梁译对两处短节的效果均未给予关注，第一处拖沓的节奏给人一种软绵绵之感，第二处由于较大幅度地调整了字序，在宝刀砍下之后仍留下长段比喻。如果演员如此朗读的话，恐怕对演员来说是个很大的难题，猛力落刀的动作该配合哪一句台词呢？只有卞译在变异的形式上最为忠实，话音落时刀正劈下，充分再现了莎翁原剧中的戏剧动作张力，同时也照顾到了戏剧需适应于表演的特点。

第二，揭示伴随形体动作的环境、气氛和心情。这是动作性原则的较深层面。戏剧译文语言不但要表现形体动作，而且要把形体动作的内心根据也揭示出来了。例如，《哈姆雷特》第一幕戏刚开场时，站岗的卫兵向霍拉旭说鬼魂的一段台词：

Ber: Last night of all,

When yonder same star that's westward from the pole

Had made his course t'illume that part of heaven

Where now it burns, Marcellus and myself,

The bell then beating one—

Enter Ghost.

Mar: Peace! Break thee off! Look where it comes again!

贝：就在昨儿夜里，

当时，就在北极星西边的那颗星

刚好转过去照耀西天的一角，

恰好就是它现在照亮的那边，

玛塞勒斯和我刚听见打了一点钟——（鬼魂上）

玛：别作声！不要再讲了！看它又来了！

（卞之琳 译）

这段台词翻译得很有特色，有意地让这个卫兵用了冗长的开头来讲这个"昨夜"的故事，连说了几个"刚好"、"恰好"、"刚听见"之类的时间词语，还没有来得及讲出这个"昨夜"的故事，鬼魂就出现了，这段描述"昨夜出鬼魂"的台词传达了一种神秘、恐怖而又静悄悄的气氛，而且把这几个人在这种环境与气氛中被震慑住的神态和不安的形体动作，也都揭示了出来。

第三，透露行为动机和目的。戏剧中的对话，不能仅从它字面上的含义去理解，同样一句话在不同场合说出口就可能具有不同的含义，关键要看说话的人物说这句话是为了达到一个什么目的。所以剧本台词不同于书面语言，它本身就是一种行为，就是人物为了达到某个目的而采取的行动、动作。让我们以戏剧《雷雨》中的一段对话为例来说明这个问题：

> 鲁侍萍：（见周萍惊立不动）糊涂东西，你还不跑？
>
> 鲁大海：（顿脚）妈！你好糊涂！
>
> 鲁贵：　　他走了？咦，四凤呢？
>
> 鲁大海：不要脸的东西，她跑了。
>
> 鲁侍萍：哦，我的孩子，外面的河涨了水！你别糊涂啊！孩子！（跑）
>
> Ma: (realizing that Chou Ping is still standing there rooted to the spot) Run, you fool! Don't just stand there!
>
> Hai: (stamping his feet) Mother, mother! What an idiotic thing to do!
>
> Lu: Has he gone? Whew—Where is Sufeng?
>
> Hai: She's bolted, the little bitch.
>
> Ma: Oh, my child! The river's flood out there! You mustn't do it! Sufeng! (She goes to run out. ...)
>
> 　　　　　　　　　　　　　　　　　　　　　　　　（王佐良 译）

在这一段台词中，汉语出现了三次"糊涂"，可这三句话都有各自不同的含义，可谓话中有话、意蕴深刻。鲁侍萍说周萍是糊涂东西是指他不知四凤是自己同母异父的妹妹，却与她发生爱情关系，自己又不能明说，自然痛苦万分，所以骂他是"糊涂东西"；鲁大海责怪母亲糊涂是指她不该让周萍逃脱，认为这样做是一件愚蠢的事，而他又只能含蓄地责怪母亲；第三句，鲁侍萍高叫着"你别糊涂啊！"是母亲担忧四凤在羞愧之中自寻短见而发出的哀号。因此，同样的三个"糊涂"各有所指。王佐良先生准确理解了对话中人物各自的行为动机，分别将其译为fool，idiotic，You mustn't do it，恰当地表达了几个"糊涂"的所指意义，而且 fool 和 idiotic 在英语中属近义词，与原文中前两个"糊涂"同出一辙。You mustn't do it 一句也未指明四凤要去干什么，需要观众自己去体味、咀嚼，与原文一样只有联系上下文才能体会到四凤去自寻短见的可能，这样的翻译同样做到了含蓄而意味深长。

第四，刺激对方，推动"动作与反动作"的发展。这样，剧本中的对话就成了情节和冲突发展的动力，对话就活了，成为有生命力的东西了。例如，莎士比亚的《奥瑟罗》第三幕伊阿古就是通过一段对话，挑起了奥瑟罗对妻子的疑心和嫉妒：

IAGO: My noble lord—

OTHELLO: What dost thou say, Iago?

IAGO: Did Michael Cassio, When you wooed my lady, know of your love?

OTHELLO: He did, from first to last. Why dost thou ask?

IAGO: But for a satisfaction of my thought; No further harm.

OTHELLO: Why of thy thought, Iago?

IAGO: I did not think he had been acquainted with her.

OTHELLO: O, yes, and went between us very oft.

IAGO: Indeed?

OTHELLO: Indeed! Ay, indeed. Discern'st thou aught in that? Is he not honest?

IAGO: Honest, my lord?

OTHELLO: Honest? Ay, honest.

IAGO: My lord, for aught I know.

OTHELLO: What dost thou think?

IAGO: Think, my lord?

OTHELLO: Think, my lord! Alas, thou echo'st me, as if there were some monster in thy thought too hideous to be shown. Thou dost mean something; ...

伊阿古：尊贵的主帅——

奥瑟罗：你说什么，伊阿古？

伊阿古：当您向夫人求婚的时候，迈克尔·凯西奥也知道你们在恋爱吗？

奥瑟罗：他从头到尾都知道。你为什么问起？

伊阿古：不过为了解释我心头的一个疑虑，并没有其他用意。

奥瑟罗：你有什么疑虑，伊阿古？

伊阿古：我以为他本来跟夫人是不相识的。

奥瑟罗：啊，不，他常常在我们两人之间传递消息。

伊阿古：当真？

奥瑟罗：当真！嗯，当真。你觉得有什么不对吗？他这人不老实吗？

伊阿古：老实，我的主帅？

奥瑟罗：老实！嗯，老实。

> 伊阿古：主帅，照我所知道的——
>
> 奥瑟罗：你有什么意见？
>
> 伊阿古：意见，我的主帅！
>
> 奥瑟罗：意见，我的主帅！天哪，他在学我的舌，好像在他的思想之中，藏着什么丑恶得不可见人的怪物似的。你的话里含着意思……
>
> （朱生豪　译）

伊阿古说话越是这样吞吞吐吐、欲言又止，他就越是刺激了奥瑟罗内心里对自己这段婚姻可能有过的种种疑虑，也就越使这位摩尔人统帅觉得这个"忠实可靠"的旗官话里有话，可能真有许多实情还没有说出来！这样，剧本中由伊阿古主动挑起的这些对话就成了悲剧情节一步步向着高潮发展的动力了。

第五，表现内心动作和情感意志，即表现心理活动（包含潜意识的情绪）。"言为心声"，这一点在戏剧中体现得特别充分。有的优秀戏剧译本能把"心声"传达得很曲折，能把人物复杂微妙的心理活动通过译文语言的字里行间表现出来。例如在《雷雨》的第四幕中，周萍和四凤向鲁侍萍请求，允许两人离开的一段台词：

> 鲁侍萍：（不做声，坐着，发痴）我是在做梦。我的儿女，我自己生的儿女，三十年的工夫——哦，天哪，（掩面哭，挥手）你们走吧，我不认得你们。（转过头去）
>
> ……
>
> 鲁侍萍：（回头，不自主地）不，不能够！
>
> ……
>
> 鲁侍萍：（回转头。）没有什么。（和蔼地）你起来，你们一块走吧。
>
> MA (sitting there in a daze, unable to speak for a moment): I must be dreaming. My children, my own children, after thirty years—oh, my God! (She buries her face in her hands and bursts into tears, then waves them away.) Go away! I don't know you! (She turns her face away.)
>
> …
>
> MA (unable to control herself): No, you can't do it!
>
> …
>
> MA (turning her face away): It doesn't matter. (Gently.) Now get up. And go. Both of you.
>
> （王佐良　译）

鲁侍萍的语言中包含着两个相互矛盾的内心动作，一方面四凤已经怀有周萍的孩子，所以她想让两人离开。另一方面，她知道周萍和四凤是同母异父兄妹，两个人不应结合在一起，所以又不由自主地想挽留。"掩面哭，挥手"，"转过头去"

是她决定隐瞒这个秘密，让两人离开这里开始新生活的内心表露。"回头"挽留是因为她无法面对两人是兄妹的事实。最后的语气"和蔼"是她决意一个人承受命运安排后的释然，让两人再也不要回来。这样一连串的形体动作将语言中相互矛盾的内心动作，外在地展现了出来，把鲁侍萍内心的纠结表现得淋漓尽致。王佐良的译文较好地把鲁侍萍复杂微妙的心理活动通过译文语言表现了出来，特别是最后几个短句的处理：Now get up. And go. Both of you.，既表现了鲁侍萍由于内心痛苦而显露的急促语气，又表达了她决意一人承受命运安排的坚强决心。

第七章

戏剧非语言符号与戏剧翻译

"戏剧语言表达是一个符号结构，不仅由语言符号组成，而且还有其他的符号。"（Matejka，1976：41）这就是说，戏剧表演不只是传递一种语言，而是许多语言，发出"密集的符号"（Barthes，1967：262）。戏剧对白是剧作家刻画戏剧人物和展开剧情的主要媒介和重要手段。Mick Short（1996：179-180）认为，不论是日常会话还是戏剧对白，我们都是通过观察说话人的话语行为来判断其要表达的意思，推断出与说话人（戏剧人物）相关的信息。Nancy Schweda（1987：194-205）曾指出，对话语的理解"不仅依赖于话语的言语特征，同时还取决于特定语境内的非言语特征"。

非语言符号的功能往往需要由不同的非语言符号来承担。从微观的方面研究非语言符号与戏剧翻译的关系通常会涉及一些具体的问题，如非语言符号的分类、非语言符号的理解、非语言符号的转换等。值得注意的是，非语言符号的翻译越来越引起戏剧翻译者的重视。许多研究者都认为，译文能否产生各种非语言的效果是决定戏剧翻译成败的关键。Snell-Hornby（1997：189）就指出，"基本的戏剧符号是视觉和/或听觉的，而不是语言的"。根据这一观点，构成戏剧翻译中重要组成部分的还有副语言、超语言和时空学等非语言符号。这些符号系统能够产生的信息和作用，同舞台剧本的可演性密切相关。El-Shiyab（1997：212）也强调，"非语言成分构成了戏剧文本的真正特征；必须要辨别这些特征并翻译到目的语文本，但不能逐字逐句地翻译"。这就意味着，让目的语观众在译文中获得源语观众在原文中得到的非语言符号的效果，这样的翻译才能真正体现出戏剧文本的特色。

第一节　戏剧的副语言符号与戏剧翻译

"副语言"（paralanguage）又称类语言或伴随语言，是 George Leonard Trager
（1958：13-14）在 1958 年出版的 *Language in Culture and Society* 一书中首先提
出的。他认为在语言交际中，一些可以适用于不同语言情景中的语音修饰成分自
成系统，伴随正常交际的语言而使用，因而称之为副语言。戏剧的副语言符号是
一种有声而无固定语义的语言，包括音量、音质、音速、语调以及哭声、干咳声、
叹息声、口哨声等。它们在交际中，同样能传达思想感情，是一种与语言相伴相
随的辅助性交际符号。从交际所凭借的载体来看，副语言符号可以说是言语交际
中的有声交际符号。

戏剧的副语言符号类似于语言符号，但又不同于语言符号。说它类似于语言
符号，是因为它也是有声的。说它不同于语言符号，是因为它无固定的语义，即
根据不同场合、不同交际主体和发声的具体方式，副语言符号表达的意义可以各
不相同。比如一声假意的干咳嗽在表达语义时，既可以是对某种行为的赞同和鼓
励，也可以是制止某个行为。更多的时候，副语言符号是作为常规语言符号的辅
助形式出现，与常规语言符号共同表达一种明确的语义，而且有时候，副语言符
号的表意功能甚至可起到非常关键的作用。比如夸奖某人说"你真能干"，单从常
规语言符号的角度理解，其意义非常明确。但是如果是某人夸夸其谈，大肆吹嘘
自己的时候，旁听的人感到厌烦时再说同样的话，意义就完全相反了。这时候，
上下文语境、语气、语调等副语言符号的表意作用就至关重要了。由此可见，副
语言符号的意义往往是隐晦的。在戏剧翻译中，如果不注意副语言符号因素的作
用，就会大大降低戏剧文本的表意功能。具体而言，戏剧副语言符号包括发声方
式系统和功能性发声系统两大类。

发声方式系统指在运用常规语言符号时所表现出来的可以传递语义信息的声
音要素，主要有音高、音量、音质、音调、音变、音速、鼻音等。这类副语言符
号往往与常规语言符号相伴，与常规语言符号共同表达某种特定的语义。而功能
性发声系统又称语言外符号系统，如哭声、笑声、呻吟声、叹息声、假咳声、口
哨声、口头语、沉默和停顿等。功能性发声系统不仅是一种特殊声音的刻画，而
且也是传递语义信息的一种方式。需要特别指出的是，作为副语言符号的口头语、
沉默和停顿在戏剧表情达意中各有作用。口头语，又称口头禅，指说话时经常不
自觉说出来的语句。从常规语言角度看，它的语义是固定的，但使用者将它作为
口头语时，仅是用它来表达某种语气或情感，其语义并不固定，故可视作副语

言的一种。比如一些佛教信仰者口中的"阿弥陀佛"，撇开其宗教意义不论，则可表达惊讶、惊喜、惋惜等多种意思。而沉默和停顿，又叫语空，指在运用常规语言交流时出现的话语停顿和沉默。语空实际上是副语言中的特例。副语言符号是无固定意义而有声的，而沉默和停顿则是既无固定意义又无声的。但它们毕竟与声音密切相关，如果考虑音量这个特定因素，其音量值为零，而且它们只能在其前后语句音量值的变化比较中才能体现出来。从这个角度讲，语空也是有声的。

戏剧的副语言符号一般与常规语言符号成线性排列，是戏剧话语不可缺少的组成部分。Trager（Knapp，1978：18-19）认为，戏剧副语言符号包括以下几个方面：

（1）音质，包括音幅、声调控制、韵律控制、音速、发音控制、共鸣、声门控制、声唇控制。

（2）发音，包括以下几个部分：

①声音特点，包括笑声、哭声、叹息声、呵欠声、吞咽声、粗重的吸气声或呼气声、咳嗽声、清嗓子声、打嗝声、呻吟声、哼哼声、啜泣声、嚎叫声、低语声、喷嚏声、呼噜声等。

②声音的修饰，包括声强（从强到弱）、声高（从高到低）和声音的长度（从长音到声音短促）。

③声音分隔，如：uh、huh、um、uh、ah 等。

此外，还有沉默、停顿、插话声音、话语失误等。

根据 Crystal（1997）所提出的从语音、语义和功能综合角度来区分副语言因素的原则，戏剧副语言符号可分为语音替代、语音分隔、语音区别和语音修饰四个部分。在剧场交流系统中，副语言符号虽然没有固定的语义，但其所含语义十分丰富。正因为戏剧副语言符号的语义缺乏固定性，因此在戏剧翻译中，如何判断和再现剧中人物的副语言符号所包含的意义，就显得更为重要。

1. 语音替代符号与戏剧翻译

语音替代符号是指那些能够较为准确地将特殊的意义表达出来的副语言符号，其作用是取代某些词或话语。如英语中的一些语气词 uh,huh, yes, yup, um, yep, ah, yeah, yea, ay, aye, sure, yah, ya, nope, na, naw, nah, uh-uh 等。汉译时可根据不同的语境，翻译成相应的汉语感叹词。"哦"、"哎呀"、"噢"、"啊"、"呀"、"哎哟"、"天哪"、"嗯"等，既可表示惊讶、指责、痛苦、称赞、懊恼等，也可表示惊奇、高兴、讨厌、懊悔、藐视、威胁等；"喂"、"好吧"、"说吧"、"得啦"等可表示鼓励、不耐烦、引起注意、安慰等；"嘿"、"哇"、"哼"、"怎么样"等可表示高兴、兴奋、惊奇等。这些语音替代符号在特定的语境中具有特定的意义。

请看下例：

> WILLY: You picked me, heh?
>
> THE WOMAN: Sure. Because you're so sweet. And such a kidder.
>
> WILLY: Well, I'll see you next time I'm in Boston.
>
> THE WOMAN: I'll put you right through to the buyers.
>
> WILLY (slapping her bottom): Right. Well, bottoms up!
>
> THE WOMAN (slaps him gently and laughs): You just kill me, Willy. (He suddenly grabs her and kisses her roughly.) You kill me. And thanks for the stockings. I love a lot of stockings. Well, good night.
>
> WILLY: Good night. And keep your pores open!
>
> THE WOMAN: Oh, Willy!　　　　　　　　　（米勒《推销员之死》）
>
> 威利：嘿，你看上我的？
>
> 女人：可不。因为你真可爱。而且真会逗乐。
>
> 威利：得，下回我来波士顿再看你。
>
> 女人：我就直接引你去见买主。
>
> 威利：（拍拍她屁股）行。好咧，干杯！
>
> 女人：（轻轻拍他，格格笑着）你真要我命，威利。（他突然一把揪住她，粗野地吻她。）你真要命。谢谢你送的丝袜。我真爱丝袜呢。好吧，再见吧。
>
> 威利：再见。睁开眼！
>
> 女人：喔，威利！　　　　　　　　　　　　　　　（陈良廷　译）

威利是戏剧《推销员之死》中的主人公，该剧运用意识流手法生动地再现了一位美国普通推销员的悲剧原型。戏剧对白中的女人是威利的情妇，她是一个买主的秘书。这段对白是威利的意识流动，在威利的白日梦中，他沉浸在对另一段往事的回忆中，回忆他和那女人在一个旅馆的房间里调情。她夸奖威利风趣可爱并感谢威利送给她长筒袜，还答应下次见到他就直接让他去见买主。威利喜欢她的夸奖，因为他总是用崭新的丝袜和庸俗的笑话博得情妇的欢心。这里的"喔"是那女人的放声大笑，那富有穿透力的笑声久久回荡，不绝于耳。这里的语音替代微妙而又传神地表达了那女人的笑声中蕴涵着的粗野、低俗和放浪，并把她夸张的笑声溢满着的自鸣得意刻画得淋漓尽致。再如：

> HOWARD: Sorry to keep you waiting. I'll be with you in a minute.
>
> WILLY:　　What's that, Howard?

HOWARD: Didn't you ever see one of these? Wire recorder.

WILLY: Oh. Can we talk a minute?

HOWARD: Records things. Just got delivery yesterday. Been driving me crazy, the most terrific machine I ever saw in my life. I was up all night with it.

WILLY: What do you do with it?

HOWARD: I bought it for dictation, but you can do anything with it. Listen to this. I had it home last night. Listen to what I picked up. The first one is my daughter. Get this. (He flicks the switch and "Roll out the Barrel" is heard being whistled.) Listen to that kid whistle.

WILLY: That is lifelike, isn't it?

HOWARD: Seven years old. Get that tone.

WILLY: Ts, ts. Like to ask a little favor if you. （米勒《推销员之死》）

霍华德：对不起,让你久等了。我一会儿就和你谈。

威　利：那是什么？霍华德？

霍华德：难道你没见过这玩意儿？钢丝录音机。

威　利：噢。咱们谈一下好吗？

霍华德：录音用的东西。昨天刚到。搞得我快中邪了，我这辈子从没见过这么妙的机器。我整整玩了一夜。

威　利：你要这干吗？

霍华德：我买来记录我口授的话,不过这个什么都能录。听听这个。我昨晚带到家里。听我录下的音。先是我女儿。听好。(他轻轻一按电键,就听到用口哨吹奏的《酒桶滚滚》。)听这小妞儿吹的口哨。

威　利：声音逼真,是吗？

霍华德：才七岁。听那音调。

威　利：啧,啧。想求你办点事,要是你…… （陈良廷 译）

威利因年老体衰难以胜任旅行推销员的工作。这段对白是威利去向老板霍华德请求一个不用旅行的工作,于是小心翼翼地走进霍华德的办公室。而霍华德正摆弄着刚买来的钢丝录音机,播放着家人的录音。首先放的是他女儿吹的口哨声。当威利几次试图对录音表示赞美时,霍华德都打断他,让他欲言又止,同时也拒绝了他的工作请求。译文中的"啧,啧"声表示"真了不起",是威利赞叹霍华德七岁的女儿口哨吹得那么好。这些语音替代成分与话语一起构成戏剧中的对白,

第七章　戏剧非语言符号与戏剧翻译

133

符合当时的语境要求，也是一般的言语难以替代的。

2. 语音分隔符号与戏剧翻译

副语言中的节奏和韵律，由于沉默或犹豫，而有意识地长时间的停顿，被称为语音分隔符号。它们在交际中同样具有丰富的含义，对语境的构建起着重要作用。正如 Patrice Pavis 所言，"源语文本和舞台表演文本的节奏和韵律的对等，或至少它们的转换，常常被认为是优秀译文所必不可少的。实际上，我们需要考虑译文的形式，尤其是节奏和持续的时间，因为舞台话语的持续时间是其意义的一部分"（Pavis，1992：143）。如果别人对你提出的要求很快地作出了回应，那很可能表明他愿意满足你的要求。相反，如果他在答应你的要求前有些迟疑和停顿，那就说明他十有八九不太情愿。戏剧对白中沉默和停顿有时也是很耐人寻味的，恰到好处的停顿能产生惊人的效果，具有"此时无声胜有声"的艺术魅力。戏剧副语言中的语音分隔主要有两类，一类是有声符号，诸如"嗯"、"吧"等；一类是声音的停顿。语音分隔的基本功能是在话语中形成停顿。不难想象，一个口齿再伶俐的人，说话也得停顿，没有适当的停顿，必然造成话语或戏剧对白理解上的困难。实际上，无论在日常会话中还是在戏剧对白里，停顿是一种很自然的现象。在形式上，停顿有两种，一种是绝对停顿，另一种是相对停顿。绝对停顿时声音完全静止，相对停顿时则仍伴有有声符号等副语言行为的发生。戏剧对白关注更多的是句法、语义之外的停顿现象，即因为犹豫而产生的停顿，或将停顿作为话语策略。如对剧作家 Harold Pinter 来说，戏剧对白中的停顿和沉默是重要的艺术表现手法。有些剧作家会在剧本中用省略号、破折号或者文字来表示对话中出现的停顿或沉默，而有些剧作家则很少在剧本中做出说明，而是将停顿的处理留给导演和演员。如美国剧作家奈戈·杰克逊的《远去的家园》中考黛拉的一段对白：

> 也许你们只需要耐心（停顿），也许你们只需要给我一个机会。也许他不会在这儿待很久，也许会待上几年。你们眼里他是个病人，我眼里他是个崭新的人。他仍旧是个人。他还是埃略特·布莱恩博士，还是。等到那个转折的时刻到了，等到他的身体再也支撑不住的时候，我们送他走——不，我们帮助他去一个等待的地方。我会跟他一起等待。年轻的照顾年老的，简单点的人都明白的道理，我们反而忘了。
> （停顿，突然间，艾尔玛眼泪涌了出来）　　　　　　　　　　（吴朱红 译）

戏剧《远去的家园》讲述了一位老年痴呆症患者引发的家庭问题。主人公埃略特·布莱恩博士曾是一位大学教授，从事莎士比亚的研究与教学，退休后患上了老年痴呆症。他有三个女儿，三个女儿面对思想混乱的父亲，各自态度不一。

考黛拉是老人的小女儿，深受父亲宠爱，但她酗酒吸毒，四处漂泊。在两个姐姐看来，她最不可能承担起照顾父亲的责任。可就是她发现了姐姐没发现的东西，那就是在别人看来，父亲是个老年痴呆症患者，可在她眼里父亲又获得了新的生命，用与正常人不一样的方式在生活着。她决定留下来照顾父亲，因此有了上面的对话。在这段对话中有两次停顿，第一次停顿是期待，因为姐姐眼里的考黛拉生活放荡堕落。为了博取姐姐的信任，她期待两个姐姐相信她会留下来照顾父亲，并照顾好他。第二次停顿是她温暖的话语把大姐艾尔玛感动得流泪了。尽管故事讲述的是老年痴呆症患者家庭面临的种种困难和无奈，但考黛拉在父亲面前的出现，每每涌动着温馨的画面，使全剧充满温情和人文关怀。这里的第一次停顿是绝对停顿，而第二次停顿仍伴有有声符号，是相对停顿。再如罗伯特·鲍特的戏剧《公正的人》（*A Man for All Seasons*）中的一段对白：

CRANMER: (Clears his throat fussily) Sir Thomas, it states in the preamble that the King's former marriage, to the Lady Catherine, was unlawful, she being previously his brother's wife and the-er-"Pope" having no authority to sanction it. (Gently) Is that what you deny? (No reply) Is that what you dispute? (No reply) Is that what you are not sure of? (No reply)

NORFOLK: Thomas, you insult the King and His Council in the person of the Lord Archbishop!

MORE: I insult no one. I will not take the oath. I will not tell you why I will not.

克兰默：（煞有介事地清清嗓子）托马斯爵士，法案的前言里说，国王与前妻凯瑟琳王妃的婚姻是不合法的，她曾经是国王兄弟的妻子，而——呃——"教皇"本来就没有权力认可这桩婚事。（轻声地）你是不是否认这一点呢？（没有回答。）你是不是觉得这一点有争议呢？（没有回答。）你是不是对这一点拿不定主意呢？（没有回答。）

诺福克：托马斯，你蔑视大主教大人，就是蔑视国王和国王的枢密院！

莫尔：　我没有蔑视任何人。我不会对这个法案起誓，我也不会告诉你们什么。

（朱靖江译）

在戏剧《公正的人》中，英王亨利八世想与王后凯瑟琳离婚，另娶美貌的安妮，因而他要求大法官托马斯·莫尔在他的离婚法令上签字。托马斯·莫尔是一个讲原则而又富于理性的人，拒绝在上面签字。在这段对白中，审判官们提审大法官托马斯·莫尔，试图搞清楚他不赞成法案里的哪些内容。大主教克兰默向莫尔提出三个问题，莫尔都沉默不做回答。从克兰默的措辞中，我们可以看出克兰默对莫尔保持沉默是如何理解的。从"否认"到"争议"，再到"拿不定主意"，克兰默显然在小心翼翼地降低问话中与国王对抗的严重性，因此他猜测莫尔不说话，可能是对他的措辞不满。当莫尔继续保持沉默的时候，公爵诺福克将沉默解释为对国王和枢密院的蔑视。这时，莫尔打破沉默，反驳了这种解释。从这里的语音分隔的停顿中，我们不难领悟到沉默不语所隐含的意义。这里的"无声"赋予了不同的含义，包含着令人回味的信息内容。

3. 语音区别符号与戏剧翻译

语音区别符号主要由音高和响度的变化来加以表现。在戏剧表演中，声音响度、音高、音量和音速的变化以及对发音器官加以控制而产生的特殊语音效果都属于语音区别符号。戏剧话语的意义会随着声音响度、音高、音量和音速等方面的变化而产生变化。例如：

BIFF:　　Dad, I flunked math.

WILLY:　Not for the term?

BIFF:　　The term. I haven't got enough credits to graduate.

WILLY:　You mean to say Bernard wouldn't give you the answers?

BIFF:　　He did, he tried, but I only got a sixty-one.

WILLY:　And they wouldn't give you four points?

BIFF:　　Birnbaum refused absolutely. I begged him, Pop, but he won't give me those points. You gotta talk to him before they close the school. Because if he saw the kind of man you are, and you just talked to him in your way, I'm sure he'd come through for me. The class came right before practice, see, and I didn't go enough. Would you talk to him? He'd like you, Pop. You know the way you could talk.

WILLY:　You're on. We'll drive right back.

BIFF:　　Oh, Dad, good work! I'm sure he'll change it for you!

WILLY:　Go downstairs and tell the clerk I'm checkin' out. Go right down.

BIFF:　　Yes, sir! See, the reason he hates me, Pop—one day he was late for class so I got up at the blackboard and imitated him. I crossed my eyes and talked with a lithp.

WILLY (laughing): You did? The kids like it?

BIFF: They nearly died laughing!

WILLY: Yeah? What'd you do?

BIFF: The thquare root of thixthy twee is... (Willy bursts out laughing;
           Biff joins him.) And in the middle of it he walked in!

（米勒《推销员之死》）

比夫：爸，我数学不及格。

威利：不是学期考试吧。

比夫：是学期考试。我学分不足，不能毕业。

威利：你是说伯纳德不肯给你答案。

比夫：他给了，他出过力了，可我只得了六十一分。

威利：他们就此不肯给你四个学分？

比夫：伯恩鲍姆死也不肯。我求他了，爸，可他就是不肯给这个学分。
　　　趁学校还没放假，您一定得去跟他说说情。因为他要是看出您
　　　是什么人，您就尽量跟他磨嘴皮子，管保这一说他准帮我忙。
　　　他的课老是排在练球时间的前面，弄得我常常旷课。您跟他说
　　　说情好吗？他会喜欢您的，爸。您能说会道。

威利：放心吧。咱们马上开车回去。

比夫：哎呀，爸，真太好了！他管保会看在您份上改变主意！

威利：下楼去，告诉旅馆职员我结清账就走。快下去。

比夫：是，遵命！您瞧，爸，他见我就恨的原因是——有一天他上课
　　　迟到了，所以我就站在黑板前学他那副腔调。我就斜着眼睛，
　　　大着舌头讲话。

威利：（笑）真的啊？孩子们喜欢吗？

比夫：他们差点笑死了！

威利：哦？你怎么学的？

比夫：柳丝儿（六十二）的冰（平）方根是——（威利哗的一声笑了
　　　出来；比夫陪着大笑）正巧学到一半他走进来了！（陈良廷 译）

　　在《推销员之死》中，威利忽视了对孩子的人格教育和道德品质的培养，导
致大儿子比夫学习不用功，数学考试不及格。比夫平时还有小偷小摸行为，这使
他丢了一个又一个工作。在这段戏剧对白中，比夫因为数学考了 61 分，差 4 分没
能通过，因此恳求他爸爸威利去向他的数学老师说说情，并告诉他爸爸没过的原
因是课前模仿老师斜着眼睛，大着舌头说话。原文使用了语音区别符号 thquare
root of thixthy twee，通过语音手段来表现发音器官加以控制而产生的特殊语音效
果，使语言诙谐幽默，产生了一种出其不意的喜剧效果。陈译将其译为"柳丝儿

（六十二）的冰（平）方根"，同样再现了原文的发音效果，把家教不严、没有出息的比夫表现得酣畅淋漓。

4. 语音修饰符号与戏剧翻译

夹杂在戏剧对白中的笑声与哭喊、尖叫与低语、呻吟与悲叹、打嗝与哈欠等副语言符号都属于语音修饰符号。这些符号提供了说话者心理和生理状态方面的信息，对话语语义具有修饰作用，是构成语义的一个重要成分。这些语音修饰符号可以抒发一系列丰富的情感，也可以唤起观众的注意。在戏剧表演中，为了加强信息传递的效果，语音修饰符号经常伴随着面部表情，表达说话人的情感和态度，如叹气声直抒愁苦，口哨声表露欢快，咳嗽声唤起注意，哼声表示鄙视，而嘘声表达不满与抗议。这些副语言符号与面部表情的结合，常产生绘声绘色、声情并茂的效果，对深化戏剧人物对话意义起着辅助性的作用。如田纳西·威廉斯的著名剧作《欲望号街车》（*A Streetcar Named Desire*）的第十幕中，布兰奇和斯坦利有这样一段争吵：

STANLEY: I've been on to you from the start! Not once did you pull any wool over this boy's eyes! You come in here and sprinkle the place with powder and spray perfume and cover the light bulb with a paper lantern, and lo and behold the place has turned into Egypt and you are the Queen of the Nile! Sitting on your throne and swilling down my liquor! I say—Ha!— Ha! Do you hear me? Ha—ha—ha! [He walks into the bedroom.]

BLANCHE: Don't come in here!

[Lurid reflections appear on the wall around Blanche. The shadows are of a grotesque and menacing form. She catches her breath, crosses to the phone and jiggles the hook. Stanley goes into the bathroom and closes the door.]

Operator, operator! Give me long-distance, please.... I want to get in touch with Mr. Shep Huntleigh of Dallas. He's so well-known he doesn't require any address. Just ask anybody who—Wait! I—No, I couldn't find it right now... Please understand, I—No! No, wait! ... One moment! Someone is—Nothing! Hold on, please!

[She sets the phone down and crosses warily into the kitchen. The night is filled with inhuman voices like cries in a jungle.]

[The shadows and lurid reflections move sinously as flames along the wall spaces.]

斯坦利：我一开始就注意你！你一次也骗不过我这个小子的眼睛！你来这里之后，到处洒香粉，喷香水，把灯泡罩上纸罩；嗨，你瞧，这地方都变成埃及了，你就成了尼罗河王后！你坐在宝座上大喝特喝我的酒！我看——哈！哈！不听见我说了吗？哈——哈——哈！（走进卧室）

布兰奇：别进来！（布兰奇周围的墙上映出憧憧黑影，离奇古怪，好像有人在斗殴。她喘了一口气，跑到电话旁，摇动挂钩。斯坦利走进洗澡间并把门关上）接线员，接线员！我要挂长途，请你——我要找达拉斯的谢普·汉特莱说话。他那么有名，不需要地址。随便问一下人就——等一下！！不，我现在找不来……对不起，你明白，我——不！不，等着……等一会儿！有人——没事！请别挂上！（把电话放下，谨慎小心地走进厨房）（传来夜间的种种噪音，像林莽中野兽的嗥叫。憧憧黑影在空墙上像火舌那样错综复杂地闪动。）　　　　　（奇青 译）

　　布兰奇是《欲望号街车》中的女主角，她在相继失去亲戚和密西西比的祖居后，来到位于新奥尔良的妹妹家。她个性脆弱，逃避现实，宁愿生活在自己的幻想中。随着剧情的发展，她的精神也因种种不幸而开始逐渐崩溃。斯坦利是布兰奇的妹夫，他没有理想，得过且过。随着剧情的发展，他逐渐变成一个腐化堕落的人，他殴打妻子，强奸妻子的姐姐布兰奇。上述对白是布兰奇被强暴的一幕，这一幕是全剧的高潮，也是最为激烈的一幕。剧作者威廉斯没有对它进行正面的描写，而是用各种语音修饰符号，如夜间的种种噪音、林莽中野兽的嗥叫声，以及突然传来的警笛声，等等，将这些不和谐的噪音效果结合起来，生动地体现了斯坦利对布兰奇身体的侵犯，使她精神开始失常，以致最后崩溃。威廉斯的这种采用语音修饰的处理方式更加深了读者对斯坦利的憎恶。

　　在戏剧对白中，副语言是非语言交流系统中一个十分重要的方面，它对话语意义起着替代、确立、强化和修饰等作用。研究戏剧副语言符号并将其与戏剧文本结合起来，可为剧作家和戏剧翻译者通过语言以及非语言系统中的副语言符号等设置人物对白、刻画人物形象提供有价值的帮助，也能为戏剧对白的解读以及剧中人物相互关系的剖析提供新的视角，对戏剧对白的翻译研究和赏析都具有重要意义。

第二节　戏剧的超语言符号与戏剧翻译

戏剧的超语言符号泛指话语或文字背后的信息，包括语境、背景知识、文化因素、比喻含义，等等，其信息量丝毫不亚于话语或文字本身所表达的内涵。戏剧的超语言符号涉及语用学、语义学、修辞学、词源学、词汇学、社会学、心理学、文学、历史学等许多方面，如社会学中的文化习俗、文学历史中的典故等。戏剧的超语言符号与文化因素有所区别，超语言符号的覆盖面比文化因素更广，或者说前者包括后者。戏剧的超语言符号包括超语言本身的一切信息，而文化信息是其中最重要的，也是出现率最高的因素之一。

翻译理论发展到今天有一个明显的倾向，就是把翻译看做是跨文化交际活动。跨文化交际学是 20 世纪 70 年代兴起于美国的一门新兴学科，R. Daniel Shaw 还专门创造一个词 transculturation，即跨文化交际。贾玉新先生（1997：23）在《跨文化交际学》一书中指出："跨文化交际是指不同文化背景的人们（信息发出者和信息接受者）之间的交际；从心理学的角度讲，信息的编、译码是由来自不同文化背景的人所进行的交际就是跨文化交际。"

翻译与文化关系密切，这已是不争的事实，因为翻译归根结底是语言文字的转换，而语言不仅是人类交流思想感情的工具，还是文化的组成部分和载体，是文化的主要体现者和依据，是一定区域内国家、民族和人群在生态地域、物质文化、社会宗教乃至语言文字本身等诸多方面独特而客观的描述与现实的反映。王佐良在"翻译与文化繁荣"一文中对此有过论述，"翻译里最大的困难是什么呢？就是两种文化的不同。在一种文化里有一些不言而喻的东西，在另一种文化里却要费很大的力气加以解释。对本国读者不必解释的事，对外国读者得加以解释"（转引自郭建中，2000：20）。刘宓庆（1999：5）在谈到文化对翻译的重要性时指出，"事实上缺乏文化元素的译文等于缺乏了灵性的翻译"。戏剧翻译中涉及的文化因素要比其他体裁的作品多得多，戏剧作品中的文化转换也比其他文学形式的作品要难。这是由戏剧表演的瞬间性和无注性所决定的。对于戏剧演出文本来说，不能像其他文学体裁的作品那样通过加注的方法向读者解释，而且舞台上角色的对白是转瞬即逝的，因此，如何对原文特有的文化信息进行转换是戏剧翻译者面临的一项重要任务。美国翻译理论家 Eugene Nida 把翻译中涉及的文化因素分为五类：生态文化、语言文化、宗教文化、物质文化、社会文化（Nida，1964：91）。这些文化现象在戏剧作品中均留下自己的痕迹（参阅第五章第五节）。

"戏剧系统是一个活的有机体，共存于与其他社会和文化系统共生的关系中"

（Aaltonen，2000：5）。"在戏剧舞台上，文化影响着表演的每一个因素"（Aaltonen，2000：11)，或者说，"戏剧作为一种艺术形式是社会的，建立于集体的经验之上。它在特定的时间、特定的地点针对特定的人群。它直接来自于社会，来自于社会的集体想象和符号象征，来自于社会的思想和价值体系"（Aaltonen，2000：53）。

法国戏剧翻译家 Patrice Pavis（1989：25；41）指出，对翻译的思考证实了戏剧符号学家所熟知的一个事实：文本只是表演的所有因素之一，在翻译活动中，文本远远超越一连串的文字。依附于文字的还有思想的、民族的和文化的因素。要概括戏剧和舞台演出翻译所特有的问题，我们需要考虑两个因素：（1）在戏剧中，译文是通过演员的身体传给观众的。（2）我们不能只是对文本的语言进行翻译，而是要面临和传递异族的文化，以及分布于空间和时间的阐释的场景。

第三节　戏剧的时空限制与戏剧翻译

戏剧作为一种视听艺术，是同时占有时间和空间的，"戏剧的时间和空间是各种戏剧符号系统向观众呈现的轴"（Esslin，1987：42）。认识和把握好戏剧的时空意义及其相互关系，才能正确、深刻地认识和研究戏剧这种独特的艺术形式。

每种文学形式都有其特定的存在条件。一本小说，读者可以独自在家中，坐在沙发里舒舒服服、消消停停地看。小说的创作不同于要在数百名观众前演出的剧本。小说家不受时间和空间的限制，情节可以写得枝蔓旁逸。只要小说家高兴，分析一个人物可以花上数页篇幅，环境描写爱铺陈就铺陈，叙事要压缩就压缩，写过的可以旧事重提，地点也可以不停地变换。剧作家则不同，他的创作受到严格的限制，要遵循种种规则。剧作家必须考虑剧本面对的不是单一的读者而是成群的观众，还必须考虑剧作的欣赏有其特定的时空限制。

戏剧演出必须在特定的戏剧时间和空间中进行，在有限的时空内完成其艺术表现的任务。戏剧演出的局限性首先表现为时间上的局限性。戏剧呈现在舞台上的内容包括故事情节、人物命运、矛盾冲突，等等，而这些都是一种时间意义上的发展过程。剧作家不能像小说家那样想写多长就写多长，但同时又不能写得太短。剧作写得太长则无法搬上舞台，写得太短便成了小品。一出戏的标准长度是两至三个小时。这种时间上的局限性是剧作家需要面对的挑战，他们必须在有限的时间内把人物、剧情向观众交代清楚。他们没有时间向观众做仔细的解释，也不能像小说那样让观众重读前面的章节，因为舞台上的时间是不能倒退的。其次，舞台上整个演出过程所经历的时间单位，往往要比戏剧所要讲述的故事和情节本身发展所经历的时间单位更加凝练。这就要求戏剧艺术在有限的时间里，要表现出远远丰富于这段时间单位的内容。由此可见，戏剧是人类现实生活在时间意义上的高度提炼。

戏剧演出的另一个局限性是受到空间的约束。剧中所描述的一切只能发生在舞台上，所有的剧情发展只能通过舞台布景的变化来表达，这是戏剧具有空间意义的第一层含义。其次，戏剧在舞台上要呈现一个或者多个集中的空间来作为戏剧情节发生的空间，从而帮助演员完成对情节的展现。这些空间或许是现实生活的逼真再现，或许是戏剧艺术高度的凝练和抽象，抑或者是一种梦幻的展现，等等。但无论是哪一种，都是一种舞台上的特定空间，这是戏剧空间的第二层含义。除了上述两点外，戏剧艺术对于舞台布景、道具、演员表演的要求，以及舞台调度、造型的要求，无不体现为一种空间的意义。舞台上的演员无时无刻不在呈现着新的空间，每个人物的动作都在起着空间形成的作用。同样，舞台上每一样道具和布景的变化都是一种空间意义的变化。此外，舞台上人物的心理世界同样也是戏剧空间的一个重要构成部分。因此，可以说戏剧文本是时间与空间的连续统一体。

戏剧演出的时空限制决定了戏剧具有"即时性"的特点。戏剧与小说、传记乃至绘画、雕塑都不一样。这些艺术的完成形式就是其最终结果。小说讲述的多半是过去发生的事情，而戏剧则总是发生在"此时此刻"。舞台上发生的一切与观众息息相关，剧院里的观众是在有限的时间和有限的空间内理解和欣赏戏剧的。Griffiths 曾经提出了"戏剧＝剧本＋形象＋实时的动作"的定义（Griffiths，1985：162）。在这个定义中，"实时"指的是戏剧演出的瞬间性。澳大利亚戏剧理论家Roger Pulvers（1984：23）指出，"戏剧必须在演出的瞬间被演员和观众所共同分享。如果思维滞后情感太多，那么这一瞬间就有可能失去意义"。在戏剧文本的翻译过程中，译者必须时刻想着戏剧的时空特点：即戏剧对白的篇幅不宜过长，演员的话语转瞬即逝，因此戏剧的翻译是原作时空的再现，应该尽量做到简洁明了，使演员读来顺口，让观众一听就懂。从下面几段戏剧台词的不同翻译中，我们就能领悟到戏剧文本翻译体现戏剧时空特点的重要性：

【例一】

Biff: A team of horses couldn't have dragged me back to Bill Oliver!

（米勒《推销员之死》）

比夫：八匹马拽着我也不愿意再去见奥立弗！　　　　　（英若诚 译）

比夫：要我回到比尔·奥立弗那儿去，就是一队骏马也休想拖得动我！

（陈良廷 译）

在该例句中，陈良廷的译文在舞台演出时所花的时间明显要多于英若诚的译文。而且，陈译将 a team of horses 译为"一队骏马"，听起来令人怪异。汉语中，我们要描述一个人非常固执，通常会说"八匹马都拉不回来"。而英译则不仅表达简洁明了，演员读来顺口，而且观众一听就懂，体现了戏剧时间的高度凝练性。

【例二】

A window opens onto the apartment house at the side.

（米勒《推销员之死》）

卧室有窗，窗外就是旁边的公寓大楼。　　　　　　（英若诚 译）

一扇窗子正好朝着公寓房子的侧面。　　　　　　　（陈良廷 译）

【例三】

Before the house lies an apron, curving beyond the forestage into the orchestra.　　　　　　　　　　　　　　（米勒《推销员之死》）

在房子前面是一片台口表演区，越过舞台前部，伸展到乐池上方，呈半圆形。　　　　　　　　　　　　　　　　　　（英若诚 译）

屋前是台口，弯出前台，直通乐池。　　　　　　　（陈良廷 译）

例二和例三是对舞台空间位置的描述。例二中，陈良廷将原文译为一个句子。这个句子不仅读起来稍感冗长，而且其具体的空间方位仍含糊不清。英若诚则将原句译为两部分"卧室有窗，窗外就是旁边的公寓大楼"，译文语言不但简洁流畅，而且观众听后马上能在脑海中形成舞台场景的形象。

例三中，原作者使用了许多舞台术语，如 apron、forestage 和 orchestra。陈译"屋前是台口，弯出前台，直通乐池"，令观众对舞台各部分的准确关系不能明了，而且他还漏译了一个重要的词 curving。舞台场景的合理安排能更好地再现原剧作者的意图与目的。英译"在房子前面是一片台口表演区，越过舞台前部，伸展到乐池上方，呈半圆形"，表达自然清晰，忠实地呈现了原文的舞台场景的空间布局。

第四节　戏剧观众的接受度与戏剧翻译

"在戏剧研究中，关于观众对戏剧表演接受性的关注还是近来的事。只有从60年代起，在一些研究戏剧的主要文献中，观众才被看做是演出所不可分割的一个部分。Paul（1971）指出，表演和观众不应该被看做是一个事物的两个因素，而是相同的事物。从科学上说，戏剧研究的对象应该被看做是演出和观众之间具体的交际过程"（Hess-Luttich，1982：108）。

戏剧演出是以观众在场为先决条件的，没有观众，就没有戏剧。观众构成了戏剧传统与戏剧艺术的重要组成部分，是戏剧功能得以实现的重要途径。在众多艺术类型中，戏剧无疑是最贴近观众、最容易与观众产生共鸣的艺术。正是因为有了相对独立的观众，戏剧才摆脱了它的原始状态或初级阶段，而逐步走向成熟。更重要的是，观众已成为戏剧艺术的一个必要的构成要素。可以说，它既是戏剧的开端，也是戏剧的目的和归宿，更是戏剧艺术生命得以存在的基础。正是有了观众的存在，才有可能构建一个观演交流的剧场氛围。Martin Esslin（1976：22-23）曾指出，"戏剧可以看成是一种思维形式，一种认识过程，一种方法；通过这种方法，我们可以把抽象的概念转变为具体的人和人的关系，可以设置一个情境并表现出结果"。如果把戏剧活动视为一个完整的过程，那么剧作家、导演和演员都不可能完全控制这一过程，因为，"作家和演员只不过是整个过程的一半；另一半是观众和他们的反应。没有观众，也就没有戏剧"。英国戏剧家 Peter Brook（1996：157）也明确指出，"戏剧艺术的最后一个创作过程是由观众完成的"。观众，作为戏剧艺术的最终的完成者，在戏剧艺术诸要素中不可或缺。一方面，戏剧创作的一个重要目的就是要在观众中产生效果，集中他们的注意力，引起他们的兴趣和同情；另一方面，也只有在观众接受并能从中获得愉悦的过程中，戏剧才有可能获得其存在的价值。

在传统的戏剧研究中，观众所扮演的角色被理解为只是消极被动的。戏剧是包括演出者和观众等所有参与者在内的活动，是一个完整的交流系统。戏剧符号只有被戏剧观众所接受才能产生其意义和价值。观众是根据生活中的符号系统去理解戏剧的。观众在解读演出符号时，必然要运用他的全部生活经验，利用戏剧活动以外的文化的、意识形态的、伦理的和认知的框架。如果不理解特定社会群体中决定戏剧符号的信息和常规，观众就无法理解这些符号的信息和意义。只有当戏剧文本、演员和观众处于共同的经验范围内时，戏剧符号才能完成它的交流功能。

作为审美对象，戏剧是通过语言、动作、表情、道具、布景乃至灯光等媒介来传达关于情感与思想的某种信息，而观众也正是在这些媒介的诱导、暗示之下，调动自己的文化心理积累，领悟媒介后隐含的意蕴。戏剧创作与观众对戏剧艺术的接受，实际上是方向相反的两种审美创造。戏剧创作把生活形象改造成艺术家的经验与心灵相融合的舞台形象，而观众则把舞台形象经过经验与心灵的过滤，刷新为心灵化、主观化之后的形象。作为戏剧艺术家的创造物，舞台形象已是一种源于现实的内在审美意识的外在物化。然而戏剧接受是一个审美创造的动力系统，每个观众都不是机械地、被动地接受艺术家所传达的信息的，而是以它所提供的经验与感情的形式对戏剧符号进行审美再创造，来抒发自己的内在情感。此外，戏剧符号所含的意义并非凝固而确定的，观众要接近戏剧深层的东西，就必须超越舞台形象的不确定性，调动自己人生经验，利用经验与想象来理解和补充戏剧符号的信息。

由于演员的话语和动作都是在观众面前直接完成的，因此，演员在完成每一个动作的过程中，必定要与观众进行直接交流。这里所说的"直接交流"，包含着演出过程中演员与观众的相互影响。一方面，演员完成的每一个动作，都会直接影响观众，使观众直接受到感染。通过演员的动作再现的矛盾关系和事件的发展过程，往往会使观众有身临其境、亲身参与的感觉，这种艺术效果是其他艺术所难以获得的。另一方面，由于演员的表演是当着观众的面进行的，观众在看戏过程中的各种反应，又必然会直接影响着演员。来自演出现场的积极反应，会使演员的创作受到鼓舞；来自观众席的消极反应，对演员至少是一种现场的提醒。有人把这种情况称之为演员与观众之间的"反馈"作用。这种现场发生的"反馈"作用，不仅使戏剧有别于文学，也使它有别于电影、广播剧和电视剧。作家创作一部小说，是独自在案头完成的，他们的创作过程是封闭的。小说出版之后，读者在欣赏过程中也会有各种各样的反应，即使他们把自己的反应告诉给作家，也只能供他在进一步修改作品时参考。电影、广播剧、电视剧也都有演员的表演，但是，由于观（听）众所直接看（听）到的只是机械录制的作品，也就不可能与演员直接进行交流，所谓现场"反馈"作用也就不可能发生。正因为如此，观众直接参与就成为戏剧艺术的重要特征之一。这种特性表明，观众不仅是戏剧演出的欣赏者，也成为它的参与者。也可以说，没有观众，就没有戏剧；没有观众的参与，也就谈不上真正的戏剧演出。

当代西方兴起的"接受美学"，把文学看做是一个过程。这个过程由两部分组成：其一是作家—作品，即创作过程；其二是作品—读者，即接受过程。这两部分合在一起，便构成一个完整的文学过程，即作家—作品—读者。这三者之间的相互作用和反作用构成了一个有机的、完整的系统。作家和作品创造着读者，读者也创造着作家和作品。同样，戏剧艺术也可以被视为一个相互作用和反作用的系统。因为在戏剧活动中，创作者（包括剧作家/翻译家、导演、演员、舞美等）—作品（舞台演出）—观众，是一个自然的、完整的动态过程，缺一不可。观众之于戏剧，参与这个"动态过程"的方式和所起的作用，与读者之于文学相比，具有不可忽视的独特之处。

因此，戏剧的形象性和直观性是其他文学形式所不具备的。而戏剧的这个特点，使其比其他类型的文学艺术对观众更具有感染力，这是第一点。第二，观众观看戏剧是以群体出现的，其欣赏活动是在同一时间、同一空间中进行的，不像阅读文学作品那样，读者是单独、分散进行的。也就是说，戏剧观众的欣赏活动具有"共时空"的特点，这也是文学欣赏活动所没有的。第三，作为创作者的演员，与作为欣赏者的观众，两者之间是在同一时间、同一空间中建立起特殊的审美关系的。第四，在戏剧中，演员与观众之间进行着人与人的交流。舞台上艺术创作的优劣，剧场效果的好坏，在真实的交流中随时都处在消长状态。这就是说，观众参与艺术创造，不仅像读者那样在作品的诱发下，通过联想和想象在头脑中进行艺术形象的再创造，而且通过观赏时产生的情绪反应（有声的和无声的，正的和负的）造成情绪的冲击，反映到舞台，当场直接影响演员的创作活动（或激发演员的创造热情、强化演员的创造力，或相反）。第五，观众这种情绪反应不是单独的、孤立的。作为一个群体，他们也是互相作用的。有时，某种情绪在一些观众中刚一露头，很快就席卷整个剧场。这种汇合而成的情绪气氛，与以个体面貌出现在文学作品面前的读者的情绪反应相比，是以几何级数增长的。因此，它的影响不仅是现场的、直接的，而且对舞台演出的冲击力是阅读活动不可比拟的。有人把观众与演员之间、观众与观众之间这种相互作用的现象，称作"交叉感染"，这是很有道理的。第六，戏剧演出是一次性完成的，具有不可重复性。随着演出结束，作品亦即消失。如再演出，则需重新创造。而以后的创造进行得如何，当然首先与演员主观因素直接有关，但每一次都要受到不同观众层次、不同情绪反应而形成的不同"冲击波"的影响。因此，戏剧作品不可能做到每一次演出都如出一辙，绝对相同，而演员也因此可以根据观众的反应，对自己的表演不断地进行加工修改。

通过以上戏剧符号与观众两者关系的动态的、综合的考察，我们可以清楚地看出，观众在戏剧内部的交流过程中的重要作用及其地位是不容忽视的。在由演员与观众、观众与观众之间心神交汇而构成的剧场物理和心理时空中，观众的作用不仅是可感的，而且是可测的。观众的检测作用，主要来自观众的接受意识。所谓观众的接受意识，其实就是观众的审美意识。它是观众的思想水平、文化素养、欣赏能力、艺术趣味、精神需求等多种因素的综合表现。一部戏剧翻译作品社会效果的好坏，归根结底应当表现在译作是否适应了观众正当的审美需要。把观众的直接参与看做是戏剧艺术的重要特性，就要求戏剧翻译者在翻译实践中应该充分重视这一特性。在翻译戏剧文本时必须以观众的接受度为先决条件，必须将观众的文化、宗教信仰等的期待视阈考虑在内，必须考虑观众的可理解性和戏剧效果，因为"戏剧翻译的行为是随着接受者的理解而结束的"（Pavis，1989：28）。

如在戏剧《推销员之死》中，亚瑟·米勒用的是典型的 20 世纪 40 年代的纽约方言，如果把许多的词语和习语直译过来，不了解 20 世纪 40 年代美国历史背景和纽约人的生活的中国观众就不可能理解。80 年代，英若诚先生冒着风险演出了这出戏，结果大获成功。这与他适合舞台演出的优秀戏剧翻译不无联系。他考虑的不是怎样将原文毫无遗漏地翻译过来，而是关注如何在功能上忠实于原作，考虑戏剧演出的需要，重视戏剧演出的效果（参阅附录：戏剧翻译研究实例）。

此外，翻译戏剧文本时，翻译者还必须关注译文对观众产生附加交际信息的线索。正如 Esslin 所指出的，"戏剧中，所有的话语都会在几个层面产生意义。当一个角色向另一个角色传达意义时，同一个句子可能会向观众额外传送更为重要的意义。对观众来说，人物之间的对话总是包含着其他的意义"（Esslin，1987：82）。请看下面一段戏剧台词的翻译：

> 瑞珏：不过冬天，也有尽了的时候。　　　　　　　（巴金《家》）
> Ruijue: But winter will come to an end, too.　　　（英若诚　译）

这是戏剧《家》中主人公瑞珏留给觉新，也是留给这个世界的最后一句话。虽然她的生命即将结束，但她从没放弃过希望与梦想。对于这句话的翻译，英若诚先生采用直译法，但这已经足够了，西方观众完全可以通过认知语境中的相关知识加以联想推断。众所周知，此译仿拟了著名诗人雪莱的《西风颂》中的名句：If winter comes, can spring be far behind?（冬天来了，春天还会远吗？）由此，英若诚在译文中通过附加的非语言符号信息，瑞珏说的这句话对观众所隐含的重要意义自然就不言而喻了。

第八章

戏剧翻译的策略与方法

　　纵观翻译发展史，翻译中的策略与方法从最初一丝不苟地模仿原文句法的"质"，发展成允许在句法上有一定自由度的"信"，最后在"信"的基础上，演变成充满创造精神的"化"，无论何时，它一直是翻译理论的核心问题。直至今天，翻译界仍然没有完全一致的定论。正如余光中先生（2002：55）所说，"翻译如婚姻，是一门两相妥协的艺术"，要在众多的翻译策略与方法中进行选择变通，提高可译程度，以求译文的至善至美，翻译者就必须关注原文及译文遣词造句的规律，使译文不仅在语义上合意，而且在语用上合宜。译文除了要信守原文的内容意旨、遵从译语的语言习惯之外，还必须切合原文的语体语域，只有这样才能达到译作与原作的最佳等值。

第一节　戏剧翻译的策略

　　关于什么是翻译策略的问题，古今中外历来说法不一，仁者见仁，智者见智。通常说来，由于翻译的文本类型和翻译目的等的差异，翻译的策略就自然有别，因而具有什么样的文本类型和翻译目的，就有什么样的翻译策略。

　　根据 Mona Baker（2004：240）在其 *Routledge Encyclopedia of Translation Studies* 一书中的说法："翻译策略包括的基本任务是，选择要译的外国文本和制订翻译这个文本的方法。这两项任务是由各种因素决定的：文化因素、经济因素和政治因素。然而，自古以来所出现的许多不同的翻译策略或许可以分为两大类型。一项翻译计划可能要与时下目的语文化中的主流价值观念相一致，对外国文本采取一种保守而公开的民族同化的方法，尽量利用这种方法来适应本土的文学规范、出版趋势和政治组合。与此相反，一项翻译计划也可能要凭借边缘价值观念对主流价值观念进行抵抗和修正,恢复被本土主流文学规范所排斥的外国文本,发掘早期文本和翻译方法中残留的价值观念,从而培育新兴的价值观念(如新的文化形式)。翻译文本的过程中,必然会出现与本土文化情境相一致的翻译策略。但是,有些翻译策略是有意地对外国文本进行归化翻译;而另一些翻译策略则可以称为异化翻译,这种翻译策略受到一种感情冲动的激励,它要通过背离本土主流价值观念来保留语言和文化的差异。"

就翻译策略和方法的概念而言,Baker 对翻译策略和方法是不加区分的,在他看来,二者是相互交融的,翻译策略是翻译方法的指导思想,翻译方法是翻译策略的具体表现。尽管翻译策略与翻译方法在翻译实践中有着较大的区别,如翻译方法通常包括许多具体的翻译技巧,但是这种不加区分的认识在翻译界不仅普遍存在,而且影响较大。如我国学者张今在从哲学角度论述翻译策略和翻译方法时就只使用了"方法"一词。张今(1987:201-205)认为:翻译方法可以按两个标准划分:(1)译者对再现原作艺术意境的美学态度。(2)译者探求译文时所采取的途径。在翻译方法问题上,是三家争鸣——自由主义的翻译方法、现实主义的翻译方法和形式主义的翻译方法。究竟是按照原作艺术意境的本来面目如实地加以再现呢,还是给原作艺术意境蒙上一层非固有的社会和审美色彩?这是现实主义的翻译方法和自由主义的翻译方法之间的分水岭。究竟是把原作意境作为探求译作语言形式的出发点,从内容走向形式呢,还是把原作语言形式作为探求译作语言形式的出发点,从形式走向形式呢?这是现实主义的翻译方法和形式主义的翻译方法的分水岭。张今从社会审美的高度对翻译方法进行的明确区分是颇有见地的,但显而易见的是,他谈及的翻译方法也在一定程度上模糊了策略与方法的概念与功能,因为"译者对再现原作艺术意境的美学态度"并非一般的翻译方法,而是表现一定翻译策略的某种价值取向;而"译者探求译文时所采取的途径"才是翻译过程中所用的具体方法。刘艳丽、杨自俭(2002:24)认为,"直译、意译是翻译方法,而归化、异化是翻译策略。二者不在一个层次上,后者指导前者"。

张美芳(2004)认为,翻译策略就是指直译与意译、语义翻译与交际翻译、异化翻译与归化翻译等能够包含多种方法的术语,而在翻译教学中常说的词义选择,引申和褒贬,词类的转译法,增减词法,省略法,正反、反正表达法,分句、合句法,被动句的译法等翻译过程中具体的操作方法都应称做翻译方法。翻译策略的论争一向被二分法。其中传统译论中讨论最多的是直译与意译。自 20 世纪 60 年代以来,在西方又出现了其他的一些翻译概念,如 Nida(1993)提出的"形式对等"和"动态对等",其在本质上与直译和意译有相似之处。还有 House(1977)提出的"显性翻译"与"隐形翻译";Toury(1980)的"适当性"与"可接受性";Newmark(1981,1988)提出的"语义翻译"与"交际翻译";Venuti(1995)的

"异化翻译"与"归化翻译";等等。下面主要介绍一下翻译界争论较多的三组翻译策略,即直译与意译、语义翻译与交际翻译、异化翻译与归化翻译。

1. 直译与意译

一直以来,无论是在西方还是在中国,直译与意译都是翻译讨论的中心话题。此争论至少从公元前就已经开始。到了 19 世纪初,很多译者倾向于意译,即译其神韵而不是译字母;译意义而不是译词汇;译信息而不是译形式;译事实而不是译方式。

关于直译与意译之争持续了几个世纪,赞同直译者毫不动摇,赞同意译者亦坚持己见,互不相让。直译和意译是就语言表达形式而言的翻译策略。用 Nida 的话来说,直译相当于"形式对应",而意译相当于"功能对等"。Nabokov 是文学翻译中直译的高手,在他看来,"只有直译才是真正的翻译"(Shuttleworth & Cowie,1997:96)。然而,在现代文学翻译中,赞同直译的人为数不多,其中的主要原因之一是"因为没有哪两种语言是完全相同的,无论是符号所指的意义或语言符号的排列方式都会有差异。可以说,语际之间没有绝对的一致。因而,也就没有绝对准确的翻译"(Nida,1964:156)。

20 世纪 80 年代初,张培基等学者在当时的统编教材《英汉翻译教程》中这样给直译下定义:"所谓直译,就是在译文语言条件许可时,在译文中既保持原文的内容,又保持原文的形式——特别指保持原文的比喻、形象和民族、地方色彩等。但直译不是死译或硬译。……应当指出,在能够确切地表达原作思想内容和不违背译文语言规范的条件下,直译法显然有其可取之处。直译法一方面有助于保存原著的格调,亦即鲁迅所说的保持'异国情调'和'洋气',另一方面又有助于不断从外国引进一些新鲜、生动的词语、句法结构和表达方法,使我们的祖国语言变得日益丰富、完善、精密。"(张培基,1980:13)后来出版的翻译教程,对直译又有了不同的阐释,如"直译指翻译时要尽量保持原作的语言形式,包括用词、句子结构、比喻手段,等等,同时要求语言流畅易懂"(范仲英,1994:90)。一般说来,采用直译所产生的译文看起来会留下一些翻译的痕迹,读起来也不是那么通顺。如果直译也"要求语言流畅易懂"的话,说明译者心目中的直译与意译的界线已经开始模糊,二者不再是对立的两种策略。意译法通常有以下一些特点(Shuttleworth & Cowie,1997:62-63):(1)以目的语为导向;(2)用规范的目的语语言把原文的意思表达出来;(3)注重译文的自然流畅,不一定保留原文的结构及修辞手段。

现在人们普遍认为,直译和意译各有优劣,不会形成二元对立,因为翻译策略不是一成不变的。因此,主张直译者并不见得不采用意译,提倡意译者亦不会拒绝直译。最恰当的观点是要根据不同的文本类型、翻译目的和读者对象来制订不同的翻译策略。直译和意译是翻译过程中表达阶段所采用的两种最基本的方法。正如张培基等学者（1980：14-15）所说，"不同的语言各有其特点和形式，在词汇、语法、惯用法、表达方式等方面有相同之处，也有相异之处。所以翻译时就必须采取不同的手段，或意译或直译，量体裁衣，灵活处理"。在源语与目的语有相通的表达方式时，直译是最快捷有效的方法。当源语在目的语中找不到对应词，直译又无法把原意传递出来时，意译是解决问题的有效方法之一。

2. 语义翻译与交际翻译

语义翻译和交际翻译是英国翻译理论家 Peter Newmark 提出的两种翻译模式。这两个概念的提出扩展了传统的直译和意译的概念，为翻译研究指出了新的思路和方向。Newmark 认为，自公元前 1 世纪直到现在，直译和意译争论的焦点都集中在字面形式/思想内容、词/意义或形式/信息的矛盾上，忽略了翻译应当考虑翻译目的、读者的特点和文本的类型。语义翻译的目的是 "在目的语语言结构和语义许可的范围内，尽可能准确地再现原作的上下文意义"（Newmark，2001：22）。语义翻译重视的是原文的形式和原作者的意图，而不是目的语语境及其表达方式，更不是要把译文变为目的语文化情境中的东西。由于语义翻译把原文的一词一句视为神圣，因此有时会产生前后矛盾、语义含糊甚至是错误的译文。Newmark 本人也认为，语义翻译并非是一种完美的翻译模式，而是与交际翻译模式一样，在翻译实践中处于编译与逐行译之间的"中庸之道"（（Newmark，2001：45）。交际翻译有两个重要的概念。第一，交际翻译指的是视翻译为 "发生在某个社会情境中的交际过程" 的任何一种翻译方法或途径（Hatim & Mason，1990：3）。虽然所有的翻译途径都在某种程度上视翻译为交际，而这里所说的交际翻译却完完全全地以目的语读者或接受者为导向。沿此途径的译者在处理原文时，旨在传递信息而不是复制一串串的语言单位，译者所关心的是如何保留原文的功能和使其对新的读者产生作用。交际翻译和逐句逐行翻译或直译的不同之处在于，它把原文中的遣词造句的形式仅视为译者应考虑的部分因素。第二，交际翻译的目的是"努力使译文对目的语读者所产生的效果与原文对源语读者所产生的效果相同"（Newmark，2001：22）。这就是说，交际翻译的重点是根据目的语语言、文化和语用方式传递信息，而不是尽量忠实地复制原文的文字。译者在交际翻译中有较大的自由度去解释原文、调整文体、排除歧义，甚至修正原作者的错误。由于译者要达到某一交际目的，有了特定的目标读者群，因此他的译文必然会打破原文的局限。通常采用交际翻译的文本类型包括新闻报道、教科书、公共告示和其他一些非文学作品。交际翻译所产生的译文通常是通顺易懂、清晰直接、规范自然、符合特定的语域范畴的。

3. 异化与归化

对异化和归化问题的争论实际上是直译和意译争论的延伸和扩展。直译和意译主要讨论的是翻译中语言的表达方式问题，异化和归化主要争论的是翻译中文化因素的移植问题。异化译法主张译文应以源语或原文作者为归宿，归化译法则主张译文应以目的语或译文读者为归宿。主张异化的人认为，翻译是一种文化交流的手段，应该让译文读者尽可能多地了解异国文化和异域风情，这也体现了译文读者阅读译作的目的。此外，保留源语文化还能丰富目的语文化。因此，译文如果不能传达源语的文化，就不能算是忠实于原作。主张归化的人则认为，翻译不仅要跨越语言的障碍，而且要克服文化的障碍。译者的任务之一就是避免文化冲突。归化译法可使读者更好地理解原文，消除隔阂，真正达到文化交流的目的。

美国翻译理论家 Lawrence Venuti 可以说是异化的代表人物。他把异化翻译法归因于 19 世纪德国哲学家 Schleiermacher 的翻译论说，"译者尽量不惊动原作者，让读者向他靠近"（Venuti，1995：19）。Venuti（1995：20）指出，在盲目自大地使用单语并把归化翻译法作为标准的文化社会（如英美社会）中，应提倡异化翻译法。在这种情况下采用异化法，表明这是一种对当时的社会状况进行文化干预的策略，因为这是对主导文化心理的一种挑战。主导文化心理是尽力压制译文中的异国情调（或异物）。Venuti 把异化翻译描述成一种"背离民族的压力"，其作用是"把外国文本中的语言文化差异注入目的语之中，把读者送到国外去"（Venuti，1995：20）。Nida 可以说是归化的代表人物。他提出了"最切近的自然的对等"的概念。他从社会和文化的角度出发，把译文读者置于首位，并仔细分析源语信息的意图。Nida 在各种场合重复他的这一观点，即"译文基本上应是源语信息最切近的自然的对等"。

国内有学者认为，"归化是翻译的歧路"，"是对原文的歪曲"（刘英凯，1987：58-64）。许崇信（1991：29-34）认为，从文化交流的角度看，归化"整体上来说是不科学的，无异于往人身上输羊血，得到的不是文化交流，而是文化凝血"。冯建文（1993：11-14）则认为，"文学翻译中译文归化与保存异域情趣并不矛盾"。

笔者认为，如果考虑到作者的意图、文本的类型、翻译的目的和读者的层次和要求，异化和归化的译法均有其存在和应用的价值。两种翻译策略各有其优越性，它们服务于不同的翻译目的和不同类型的读者，适用于不同作者的意图和不同性质的文本。两者并非矛盾，而是相辅相成、并行不悖的。

以上对翻译界争论较大的三组翻译策略，即直译与意译、语义翻译与交际翻译、异化翻译与归化翻译进行了讨论。直译、语义翻译和异化翻译三者之间的共同之处是比较靠近原文；意译、交际翻译和归化翻译三者之间的共同点是比较靠近目的语或目的语读者。虽然它们有交叉重叠的地方，但是也存在明显的区别。笔者认为，这三者之间最大的区别是：当人们讨论直译与意译时，其焦点重在具体的操作方法；当人们讨论语义翻译与交际翻译时，强调的是语言的意义及其交际功能；而人们讨论异化翻译与归化翻译时，关注的是抵制外来文化还是引入外来文化。

　　就戏剧翻译而言，制约其翻译策略的因素主要有戏剧翻译的特点、戏剧翻译的性质与任务、戏剧语言的特点，以及综合这些因素而确定的戏剧翻译的原则、戏剧的翻译对象和戏剧翻译的单位等。由于戏剧翻译的特殊性，如受简洁性、即时性、动作性、可演性和大众性等的制约，译文内容与原文一致的重要性相比于形式对等更显突出。但是，这并不意味着只顾内容而完全放弃形式。所谓内容忠实原则是指，戏剧翻译的译文首先要力求忠实于原作内容。这是戏剧翻译的基本要求。这里所说的内容包括：（1）人物语言虽然包括对白、独白和旁白等几个部分，但是，只有对白是人物语言的主体。因此，戏剧翻译的主要研究对象是人物对白；（2）戏剧翻译的特殊性要求在具体的翻译实践中兼顾演员的表情、动作，以及观众的接受度；（3）戏剧翻译必须考虑戏剧表演有其特定的时空限制。

　　戏剧区别于其他文学体裁的本质属性便是以舞台演出为目的。所以，戏剧文学作品中，演员、观众同读者一样成为需要考虑的、重要的和不可或缺的部分。在戏剧翻译过程中，译者要始终以演员的表演和观众的接受能力作为翻译策略选择的依归。正如 Sirkku Aaltonen 所说，"因为在戏剧翻译中，有些符号需进行诠释和改道才能表示目的语社会的符号。这就有助于说明，为什么会优先使用某一种翻译策略，为什么在某个地方可能会摒弃一种翻译策略，而在另一个地方它却可能被我们所接受"（Aaltonen，2000：2-3）。

第二节　戏剧翻译的方法

　　所谓翻译的方法是指译者在翻译过程中解决具体问题的办法，也称翻译技巧。戏剧翻译的方法与其他文学作品翻译的方法具有共性，即用形象化的语言来表达形象思维中高超的艺术意境，但戏剧翻译又独具有别于其他文本类型翻译的特殊性，即其译文要做到能见之于文、形之于声、达之于人。也就是说，戏剧翻译者要充分理解戏剧作品的内涵和预期效果，悉心照顾演员舞台表演的需求，充分考虑译语观众的心理期待。下面介绍几种常见的戏剧翻译的方法与技巧。

1. 加词法

由于剧本舞台表演的即时性，翻译中一般不宜采用文后加注的方法。在这种情况下，很多戏剧翻译者偏好于文内增译，或称文内加词法。由于文化背景的差异和戏剧语言本身的特点，剧作家对于一些他认为源语观众共有的无须赘言的语境信息经常略去，而这种文化缺省经常会成为目的语观众的理解障碍，因此译者有必要在译文中做一些语境信息的补偿。用简短的几个词或词组来弥补源语中省略的复杂的文化信息。当然，对译者来说，这种翻译方法比文外加注提出了更高的要求。但经验告诉我们，经文内增译法处理后的译文一般比较简洁明了，适合于舞台演出，因此往往更能被目的语观众所接受。试看：

【例一】

梳着个霜雪般白鬓髻，怎戴那销金锦盖头。 （关汉卿《窦娥冤》）

Now your hair is as white as snow,

How can you wear the bright silk veil of a bride?

（杨宪益、戴乃迭 译）

【例二】

又无羊酒段匹，又无花红财礼。 （关汉卿《窦娥冤》）

He never sent you wedding gifts:

Sheep, wine, silk or money.

（杨宪益、戴乃迭 译）

在此两例中，"金锦盖头"指的是中国古代新娘的特有装饰，而"羊酒段匹"和"花红财礼"都是传统的结婚聘礼。这些对中国观众来讲都是常识性的知识，因而不会成为理解的障碍。但对于不谙中国文化传统的外国观众，可能会产生理解上的困难。为了弥补这个文化信息，杨宪益、戴乃迭分别增译了两个上义词组 of a bride 和 wedding gifts，这样就很好地填补了目的语观众的文化空白。

【例三】

乡妇拉着个十来岁的小妞进来。小妞的头上插着一根草标。

（老舍《茶馆》）

The Peasant Woman enters, leading in her hand the Little Girl, with a straw stuck in her hair, indicating that she is for sale.

（英若诚 译）

Peasant Woman enters with ten-year-old Little Girl. The girl has straw stuck in her hair, indicating that she is for sale. （霍华德 译）

"插草标"是一种中国传统，人们通常在待售的物件上插上草标，以引起路人注意。即使是今天，我们也能经常在文学作品或影视作品中读到或看到同样的情节。然而，直接将"插草标"翻译成 with a straw stuck in one s hair，并不能在译文读者的认知语境中产生足够的语义效果，因为译文读者无法从字面了解该话语的隐含意义。在这种情况下，译者有义务为译文读者提供必要的背景知识。在此例中，两位译者都不约而同地采用了加词法，即通过现在分词短语 indicating that she is for sale，为读者提供了必要的背景知识。

多年来，人们一直以为翻译就是译义。但有时译义并不能解决翻译中的语用问题。从关联理论的角度来看，翻译不仅是译义，更是译意。也就是说，为了保证翻译交际活动的成功，译者要传达出原文的交际意图。当两者不可求全时，则取其交际意图。因为在关联理论看来，交际意图一旦得到了满足，交际也就成功了。因此，在翻译戏剧对白时，进行文内加注不可违背原作者的交际意图，有时候必须采用其他的翻译方法才能保证对原文的忠实。如：

【例四】

周秀花：大婶，您走您的，谁逃出去谁得活命！喝茶的不是常低声儿说，想要活命得上西山吗？ （老舍《茶馆》）

Zhou Xiuhua: Auntie, you're got to look after yourself. Getting out of here means a new chance to live. Aren't our customers always whispering: if you want to live you should go to the Western Hills? That's where the Communist Eighth Route Army is.

（霍华德 译）

Zhou Xiuhua: Now, aunt, you just go ahead. You'll have a chance to live if you go away. Customers are always whispering to each other, "If you want a chance to live, go to the Western Hills."

（英若诚 译）

这里霍华德采用了文内加注的方式，虽然说清楚了"西山"在当时指八路军共产党所在地，使观众一听就懂，但此译违反了剧情。因为在当时的国民党统治下，剧中人物是不能公开谈论八路军的。原文作者间接委婉地表达手法是有用意的，所以英若诚在翻译"西山"时，采取的是与原文相同的暗射方法，这样更忠实于原作者的交际意图。

2. 替代法

有时，源语中所包含的某些对白文字的文化区域性特征过强，在译语观众固有的认知结构中缺乏，而在有限的戏剧时空中又无法补充，同时该内容又是不可或缺的组成部分。这时，译者就可考虑使用替代法的翻译方法，将原句中这些文字"化"去，而采用译语观众可以理解的词语取而代之。

替代法是戏剧翻译中常用的方法，它是一种归化译法，即用本民族观众能理解的事物或说法去替代异文化中特有的事物。试看下面的翻译：

【例一】

苏连玉：三石芝麻。　　　　　　　　　　　（锦云《狗儿爷涅槃》）

Su Liangyu: Eight bushels of sesame seeds.　　　　　　（英若诚 译）

【例二】

苏连玉：嫂子，这是五十斤豌豆，先凑合吃。（锦云《狗儿爷涅槃》）

Su Liangyu: Sister, here's a sack of beans, twenty-five kilos, take it.

（英若诚 译）

【例三】

Maryk:　　We crawled under the boilers and pulled out the lead ballast
　　　　　blocks, two hundred pounds apiece. （赫尔曼·沃克《哗变》）

玛瑞克：连锅炉底下都爬到了，把那些压船用的、每块九十公斤的铅
　　　　　块都搬出来。
　　　　　　　　　　　　　　　　　　　　　　　　（英若诚 译）

在人类漫长的历史中，不同的民族形成了自己的度量衡制。西方国家有英里、英尺和英寸，中国有丈、尺、寸等。当这些不同的度量单位出现在戏剧对语中时，为了使戏剧观众尽快理解话语的意义，替代法是最直接和实用的翻译方法。

3. 变通法

在戏剧的交际功能上，原文和译文应取得某种相似的交际效果。只要实现了原文的交际功能，译文的目的在某种程度上也就实现了。因此，戏剧翻译中如遇到特具文化特征的概念，或一字半句难以解释的词语，可以根据自己对源语观众和目的语观众认知环境的了解，采用变通翻译的方法，选择适合于译入语观众的表达方式来示意作者的交际意图。例如：

【例一】

Ham:　　　Look here upon this picture, and on this,

　　　　　The counterfeit presentment of two brothers.

　　　　　See what a grace was seated on this brow;

　　　　　Hyperion's curls, the front of Jove himself,

　　　　　An eye like Mars, to threaten and command,

　　　　　A station like the herald Mercury

　　　　　New lighted on a [heaven] kissing hill,

　　　　　A combination and a form indeed,

　　　　　Where every god did seem to set his seal

To give the world assurance of a man.

This is your husband.　　　　　　　　　（莎士比亚《哈姆雷特》）

哈姆雷特：来看，看看这张画像，

　　　　　再看看这张，这是两个兄弟的肖像。

　　　　　你看看这位眉宇之间何等的光辉；

　　　　　有海皮里昂的卷发；头简直是甫父的；

　　　　　眼睛像是马尔士的，露出震慑的威严；

　　　　　那姿势，就像是神使梅鸠里刚刚降落在吻着天的山顶上；

　　　　　这真是各种风姿的总和，美貌男子的模型，

　　　　　所有的天神似乎都在他身上盖了印，

　　　　　为这一个人做担保一般：这人便曾经是你的丈夫。

　　　　　　　　　　　　　　　　　　　　（梁实秋　译）

哈姆雷特：瞧，这一幅图画,再瞧这一幅，

　　　　　这是两个兄弟的肖像。你看这一个相貌多么高雅优美；

　　　　　太阳神的卷发；天神的前额；

　　　　　像战神一样威风凛凛的眼睛，像降落在苍穹的山巅的神使
　　　　　一样矫健的姿态；

　　　　　这一个完善卓越的代表，真像每一个天神都曾在那上面打
　　　　　下印记，

　　　　　向世界证明这是一个男子的典型，这是你的丈夫。

　　　　　　　　　　　　　　　　　　　　（朱生豪　译）

　　在这段台词中，哈姆雷特描述了自己父亲的英伟形象，其中 Hyperion 指希腊神话中的太阳神海皮里昂，Jove、Mars 和 Mercury 则分别指罗马神话里的主神朱庇特、战神马尔士和神使梅鸠里。由于中西文化的巨大差异，中国读者和观众对此并不熟悉。梁实秋的译文采用了文内直译、文外加注的方式，但是由于注释长而复杂，观看演出的观众无法一边专心看戏，一边细查注释。朱生豪的译文采用了灵活的变通方式，把不为中国观众所熟知的名字转换成了这些名字所表达的实际意义，较好地实现了交际功能的等值。

【例二】

Howard: Kid, I can't take blood from a stone.　　　（米勒《推销员之死》）

霍华德：我从石头里可挤不出水来啊，老兄。　　　　　　（英若诚　译）

霍华德：老兄，石头里可榨不出油来。　　　　　　　　　（陈良廷　译）

　　由于威利年迈体弱，无法继续从事推销的业务，他的老板霍华德拒绝给他发放薪金。英文 I can't take blood from a stone，表明了霍华德冷酷无情的态度。以

上两位译者都放弃了对原文 blood 的字面直译，而分别译为"水"和"油"。但比较这两种变通翻译，陈译比英译更胜一筹，因为中国人更习惯于用"油"来指钱和财富，如"富得流油"、"揩油"等，因此，陈译更易于被目的语观众所理解。

4. 省略法

"戏剧对话的简洁是受有限的表演时间制约的，也就是受观众坐着看表演的心理时间制约的。这种简洁随文化的差异而不同，并促使文本内容的增减"（Perteghella，2004：17）。

戏剧文本中有时会出现这样一些信息内容，它们对译语观众在有限时空中的认知活动无关紧要，甚至毫不相关，或者在译语观众固有的认知结构中缺乏这些知识。对于这些信息，译者可以采取删译或者弃译的方法，以凸显相关性更强的信息。例如：

【例一】

吴祥子：逃兵，是吧？有些块现大洋，想在北京藏起来，是吧？有钱就藏起来，没钱就当土匪，是吧？（老舍《茶馆》）

Wu Xiangz: Deserters, right? Trying to hide in Beijing, with a few silver dollars in your pockets, right? When the money runs out, become bandits, right? （英若诚 译）

删繁就简，不译多余累赘的话。此例中，在吴祥子的话中，两次出现了有钱就想藏起来的说法，倘若完整地译出，势必多余。英若诚将第二个分句中的"有钱就藏起来？"略而不译，译文显得干净利索。

【例二】

Linda: Biff, you can't look around all your life, can you?

Biff:　I just can't take hold, mom. I can't take hold of some kind of a life.

Linda: Biff, a man is not a bird, to come and go with the springtime.

（米勒《推销员之死》）

林达：比夫，你总不能一辈子老是到处看看不是？

比夫：我就是待不住，妈。让我一辈子就干一件事，我办不到。

林达：比夫，人不能像鸟似的，整天飞。（英若诚 译）

这段对话的关键点在林达的台词中。她对比夫四处游逛的生活习惯很是不满，带着忧伤劝告儿子，人不是飞来飞去的鸟。英译用"整天飞"三个字非常完美地再现了原文的含义。这个精练的译文也符合舞台戏剧语言的需要。试想，此句如译为"春天来了就飞来，春天去了就飞去"，就会失去戏剧语言的简洁美。

5. 补偿法

使用与源语文本不同的形式，在目的语中复制源语文本的效果，补偿源语文本失去的重要信息，这是戏剧翻译的另一种有效的翻译方法。Hervey 和 Higgins（1992：35）把补偿法分为四类：类别补偿、位置补偿、合并补偿和分离补偿。类别补偿指用目的语的另一种文本效果补偿源语文本的某一种文本效果。位置补偿是在目的语文本的前部或后部重新创造相应的效果来补偿源语文本某处失去的特殊效果。如译者可以在目的语文本不同的位置使用双关语或其他词语来补偿源语文本中无法翻译的双关语。合并补偿指把源语文本中相对较长的单位，如复杂的短语，浓缩成信息容量较大、相对较短的文本单位，如一个单词或简单的短语等。当目的语文本找不到一个能涵盖源语文本单个单词意义的词时，可使用分离补偿的方法，在目的语文本中用两个或两个以上的词来表达与源语相同的概念。例如：

> **【例一】**
> 方六：这可画得不错！六大山人、董弱梅画的！　　　（老舍《茶馆》）
> Fang Liu: It's so well painted. Even better than the original!
>
> 　　　　　　　　　　　　　　　　　　　　　　（英若诚　译）

英若诚处理这句对白时，没有加注解释"六大山人""董弱梅"是何人，而是舍弃了这富有文化蕴涵的台词。同时，他对这句话进行了补偿翻译：Even better than the original！让观众了解到，方六鼓吹的画实际上是假画，避免了情节缺漏，刻画了方六市井小人奸诈圆滑的丑陋形象。如此补偿改译，回避了中西文化转换冗长的加注解释，更重要的是，起到推动故事情节连贯发展的作用。译文表现了以茶馆为代表的黑暗旧社会中，形形色色人物互相倾轧，不择手段谋私利的丑陋嘴脸。

下面一句是王尔德的《不可儿戏》中 Algernon 突然听到门铃响时说的一句台词：

> **【例二】**
> Algernon: That must be Aunt Augusta. Only relatives, or creditors, ever
> 　　　　　ring in that Wagnerian manner.

剧中 Wagner 是指 19 世纪的歌剧大师 Richard Wagner。了解此知识的人，十分明了台词语言之幽默，但大多数中国观众对此未必了解。因此，余光中在翻译时舍弃了这个文化词语，把它译为"只有亲戚或者债主上门，才会把电铃揿得这么惊天动地"。"惊天动地"这四字结构读来响亮有力，而且语义夸张，多少是对原文效果损失的一种补偿。

6. 释译法

由于源语和目的语在文化、历史、社会等方面的差异，源语戏剧台词中会出现某些含有特定文化意义的词语，它们为译语文化观众所不知、不熟悉，甚至难于理解和接受。如果直译这些词语不利于译语观众的理解，从而导致源语意图的歪曲。此时，译者就需要采用释译的方式，使译文的意义明朗化。请看以下例句：

【例一】

唐铁嘴：我改抽"白面"啦。(指墙上的香烟广告) 你看，哈德门烟是又长又松，(掏出烟来表演) 一顿就空出一大块，正好放"白面儿"。大英帝国的烟，日本的"白面儿"，两大强国侍候着我一个人，这点福气还小吗？　　　　　　　　　(老舍《茶馆》)

Tang the Oracle: I've taken up heroin instead. (Pointing at the cigarette advertisement on the wall) Look, see that "Hatamen" brand of cigarettes. They're long and the tobacco's loosely packed. (Taking out a cigarette to demonstrate his point) by knocking one end gently you get an empty space, just right for heroin. British imperial cigarettes and Japanese heroin! Two great powers looking after poor little me. Aren't I lucky?

　　　　　　　　　(英若诚 译)

SOOTHSAYER TANG: Actually, I've switched to heroin. (Points to the cigarette advertisement on the wall.) Look, "Hatamen Cigarettes—for length and an easy draw." (Takes out cigarette to demonstrate.) Deftly remove a little tobacco, and you've got a perfect place to put the heroin. British Imperial Cigarettes and Japanese heroin—I'm being looked after by the big boys. Now, wouldn't you call that good fortune?

　　　　　　　　　(霍华德 译)

在戏剧翻译中，有关吃、穿、住、行的文化词语所包含的文化特定所指更为广泛。尤其是"吃"这类用语，在中国的文化中词语丰富、种类繁多，是汉英翻译中经常需要解决的瓶颈。在本例中，江湖骗子唐铁嘴是那个特定时代塑造出来的社会渣滓，他的身上集中了地痞流氓的共性：坑蒙拐骗、投机钻营、为非作歹、自甘堕落。他对自己吸毒"抽白面儿"，不以为耻，反以为荣，竟然恬不知耻地向别人炫耀为"福气"，其嘴脸之丑恶，令人作呕。原文中的"白面"如直译成英语，恐难以被西方观众所理解。英若诚和霍华德都不约而同地将其释译为 heroin，消除了西方观众的理解障碍。

【例二】

莫不是前世里烧香不到头，这前程事一笔勾。 （关汉卿《窦娥冤》）

Did I burn too little incense in my last life

That my marriage was unlucky? （杨宪益、戴乃迭 译）

【例三】

莫不是八字儿该载着一世忧。 （关汉卿《窦娥冤》）

Is it my fate to be wretched all my life? （杨宪益、戴乃迭 译）

随着人类历史的不断发展，不同的民族逐渐形成了具有本民族特色的宗教文化。宗教色彩词语在汉语戏剧文本中出现频率较高，如因缘、净土、西天、三生、化缘、罪业、极乐世界、洗礼、远罪、忏悔等。译者在处理这类宗教词语时，一般应采用便于译入语观众接受的方法，运用英语国家人们熟知的典故和表达方式来再现源语中色彩浓厚的宗教词语，或者直接将原文的意义释译出来。例二和例三是窦娥独自在感叹自己人生的万种不幸。作为劳苦大众的一员，窦娥同样深受着当时社会的主流宗教——佛教的影响。因此，从她口中听到"烧香"、"八字"等词语并不为奇。但是将这些宗教词语译介给西方观众时，我们必然会发现，多数信仰基督教的西方观众对佛教中的某些礼仪概念是没有多少了解的，因此窦娥口中所述的词语对他们来说可能是不可思议的。显然，例三的译文对"八字"作了释译，而例二中 burn incense 的翻译是不太能为西方观众所接受的，此句似可释译为：Did I pray too little in my last life that I am so miserable in this life?

戏剧作为文学的一种特殊表现形式，具有不同于其他文学形式的特殊性，它反映社会各阶层形形色色人物的生活。无论是平民百姓，还是达官贵人，通过戏剧语言的表达，其人物形象立刻就展现在戏剧舞台上。戏剧语言的特殊性决定了戏剧翻译方法的特殊性，戏剧翻译更注重语言的直接效果。因此，戏剧译文语言不仅要简练准确，雅俗共赏，更需要丰富的艺术内涵。作为戏剧翻译者，只有充分熟悉戏剧语言的特点和戏剧文体对翻译产生的影响，掌握戏剧翻译的宏观策略和基本方法，才能在翻译的策略和方法的选择上游刃有余，在最大程度上再现原文语言的意义与功能。

附　录

戏剧翻译研究实例

一、英译汉：阿瑟·米勒《推销员之死》两个中译本的对比研究

　　《推销员之死》是美国剧作家阿瑟·米勒（1915—2005）的代表作，创作于
1949 年。《推销员之死》可以当之无愧地被称为"第二次世界大战以来的最佳美
国戏剧"（汪义群，1992：90）。

　　剧本叙述了 20 世纪 40 年代美国下层阶级的一个推销员在生命最后 24 小时中
的痛苦经历。年过花甲的推销员威利·洛曼把自己的一生都倾注到推销商品的事
业上，以求在社会获得成功。后因年老体衰被老板辞退，深受打击，于神经错乱
中驾车外出，最后在绝望中自杀身亡。

　　该剧于 1949 年 2 月在纽约摩洛斯科剧院首演，盛况空前，在美国戏剧界引起
轰动，曾连续上演 742 场。观众和评论家都被剧本强烈的激情和悲壮的结局震撼
了，大幕降落后仍久久不愿离开。

　　《推销员之死》主要有陈良廷和英若诚两个中译本。陈良廷的译本 1979 年发
表在外国话剧研究资料，英若诚的译本完成于 1983 年。就年代上来看，这两个译
本的时间相差不大。20 世纪 80 年代，英若诚的译本首次在北京成功上演，并成
为北京人民艺术剧院的保留剧目。王佐良在《推销员之死》的观后感中曾这样
写道，"我一向怕看外国人在戏里演中国人，也不大热心看中国人在戏里——特
别是现代戏里——演外国人，因为通常总是演得那样夸张、荒唐、漫画式，不
仅角色本身无真实感，而且把整个剧本的气氛也破坏了。所以当我踏进首都剧
场去看《推销员之死》的时候，我是颇有戒心的。但是演出开始不久，我就感到
不必过虑了。演员的化装和姿势都不过火，台词使你听了感觉不出是翻译……"

（王佐良，1986：237）。

英若诚的译本注重口语化，特别适合舞台演出，获得了巨大的成功和广泛的好评。原文剧本中有大量的典故和成语，还有涉及美国公众人物和一些美国特色体育活动的用语，翻译时如果不以观众为中心进行变通，就难以获得观众的认同，也就会因此失去观众。英若诚以观众为中心，遵循戏剧翻译的"可演性"原则，提出戏剧翻译要考虑"舞台直接效果"。当英若诚先生被问及为什么放弃已有译本而要重新翻译时，他答道，"我为什么要另起炉灶，再来一遍呢？这里面的难言之隐就是，这些现成的译本不适合演出，因为有经验的演员都会告诉你，演翻译过来的戏，要找到真正的'口语化'的本子多么困难"（英若诚，1999：1）。由此我们可以看出，英若诚在戏剧翻译中十分强调舞台的直接效果，即译文语言的动作性和口语化。下面我们通过比较英若诚和陈良廷翻译的两个版本的《推销员之死》，分析一下戏剧表演所具有的一些特性应该怎样在译文中得到体现。

1. 口语性

阿瑟·米勒本人导演该剧的中译本时提出了这样的要求："要把它演得美国味十足，办法就是把它演得中国味十足。"《推销员之死》描写"二战"后的美国社会，语言以纽约布鲁克林的方言为基础，为了表现这一语言特色，英若诚经过细心揣摩，决定使用北京天桥一带方言的某些词汇，赋予译文以原作的风韵，同时还能体现出不同人物的个性。英若诚曾说，"《推销员之死》的语言特征十分鲜明，它不是上层社会所特有的那种咬文嚼字的语言。我极力回忆 40 年代末的情形，当时有一些美国教师在清华大学任教。因此我尽力寻找既能表辞达意又不失原著语言风格的、对应的汉语表达方式"（志达，2003：84）。"因为原剧用的是四十年代末纽约的中下层社会的语言，其中不乏某些土语，因此译文中也大胆地用了不少相应的北京土语。这样做是否得当，自然还需要观众的批准"（英若诚，1999：封二）。英先生的这番话不仅表明了他本人对这部剧原著语言风格的个人见解，同时也明确地展示了自己在翻译过程中把握的原则和所付出的艰辛劳动。

【例一】

Happy: Sure, the guy's in line for the vice-presidency of the store. I don't know what gets into me, maybe I just have an overdeveloped sense of competition or something, but I went and ruined her, and furthermore I can't get rid of her. And he's the third executive I've done that to. Isn't that a crummy characteristic? And to top it all, I go to their weddings!

哈比：可不，那家伙就要当上店里的副董事长了。我不知道自己怎么

> 竟然鬼迷心窍，也许我就是有股特别发达的竞争心，可我去了，还糟蹋了她，更糟的是偏甩不掉她。她是我如此对付的第三个董事了。这岂不是一种卑鄙龌龊的特性吗？更有甚者是我还要参加他们的婚礼！
>
> （陈良廷 译）
>
> 哈比：真的，而且那个男人很快就要提拔成副经理了。我不知道我是犯了哪股劲儿，也许是我的竞争思想发展过头了吧，反正我是把她毁了，而且现在我也甩不掉她了。让我这样坑了的已经是第三位经理了。你说我这脾气混蛋不混蛋？不但如此，我还要去参加他们的婚礼！
>
> （英若诚 译）

剧中的哈比出生在纽约下层阶级家庭，说起话来自然满是方言和粗俗的脏话，作者写作时也是通过这一点间接反映哈比的性格特点的。例如：I don't know what gets into me 便是美国方言，陈良廷把它翻译成"我不知道自己怎么竟然鬼迷心窍"，意思上是正确的，但读起来比较书面化。英若诚则把这句方言译成相应的北京土语"我不知道我是犯了哪股劲儿"，巧妙地传达了原文包含的意思。后面 Isn't that a crummy characteristic，英若诚的译文"你说我这脾气混蛋不混蛋"显然要比陈良廷的"这岂不是一种卑鄙龌龊的特性吗"更具口语化，更像是出自哈比之口。

【例二】

Linda: …You called him crazy–

Biff: I didn't mean–

Linda: No, a lot of people think he's lost his–balance. But you don't have to be very smart to know what his trouble is. The man is exhausted.

…

Linda: Are they any worse than his sons? When he brought them business, when he was young, they were glad to see him. But now his old friends, the old buyers that loved him so and always found some order to hand him in a pinch–they're all dead, retired …

林达：……你骂他疯——

比夫：我没这意思——

林达：不，不少人以为他精神失常。不过用不着很聪明你就能知道他的毛病出在哪里。他这个人只是心力交瘁罢了。

……

林达：难道他们比他亲生儿子更不是东西吗？在他为他们拉到生意的时候，在他年轻的时候，他们倒还挺欢迎他呢。可如今，他的老朋友，那些打心底里喜欢他，碰到紧要关头总是交给他一些订货单的老主顾——早都死的死，退休的退休了。……

（陈良廷 译）

林达：……你刚才说他神经病——

比夫：我不是那个意思——

林达：别说了，好多人认为他现在——不正常。可是用不着多大学问
就能知道他毛病出在哪儿。他累垮了。

……

林达：你这亲儿子也不比别人强！他年轻的时候，能给他们拉生意，
他们对他可亲呢。可是现在，他那些老朋友，那些跟他有交情
的老主顾，遇到他为难总能帮他一把的老买主——不是死了，
就是退休了。……

（英若诚 译）

在此选段中，林达告诉比夫有关他父亲威利的遭遇，责备比夫对父亲不敬。
作为一个普通的家庭主妇，林达的话语满是口语、方言和非正式的语言。这也表
明了她的社会地位。在翻译林达的台词时，英若诚尽力在目的语中使用相似的口
语和非正式语体，如：神经病、不正常、用不着多大学问、毛病、累垮了、拉生
意、有交情、为难、帮他一把，等等。英若诚的译文拉近了演员和观众的距离，
因为演员的台词就是普通人日常所讲的话语。相比之下，陈译所使用的词语比较
正式，如：精神失常、很聪明、心力交瘁、紧要关头，等等。这些译文更适合于
文学读物，而不是舞台表演。

在上面的例子中，英若诚把英语中的口语化词语翻译成了汉语口语，听起来
自然妥帖，毫无翻译腔。像这样的例子在英若诚先生的译本中比比皆是，又如：

What the hell do you know about it? 你懂个屁！

Screw the business world! 去他妈的商业界！

Ah, you're counting your chickens again. 嗨，又是八字没一撇儿就
想发财。

The world is an oyster, but you don't crack it open on a mattress! 这
个世界有的是宝贝，可是得动硬的，软的不行！

I got nothin' to give him, Charley, I'm clean, I'm clean. 我没的可给
你，查利，我穷得当当的，一个子儿没有。

2. 通俗性

因为戏剧的演出和欣赏具有不可重复性，如果观众未能理解某句台词，他不
可能像读小说一样再回过去重读一遍。这就要求译文的每一句台词都要通俗清晰，
让观众一听就懂，不至于反复思考而不得其解。句式上要尽量使用简单句，避免

附录 戏剧翻译研究实例

使用长句和复杂的句子。只有观众一听到台词就懂得台词背后的言外之意，观、演之间的交流才能到达应有的直接效果。例如：

【例一】

Willy: And then all of a sudden I'm goin' off the road! I'm tellin' ya, I absolutely forgot I was driving. If I'd've gone the other way over the white line I might've killed somebody. So I went on again—and five minutes later I'm dreamin' again, and I nearly … (He presses two fingers against his eyes.) I have such thoughts, I have such strange thoughts.

威利：不料一下子我竟离开了车道！说真的，我完全忘记了自己在开车。要是我超出了白线开到对面的道上，不定会压死什么人呢。所以我就再开下去——过了五分钟我又做梦啦，我差点——（他用两个指头贴住眼睛）我有那么种想法，我有那么种奇怪的想法。

（陈良廷 译）

威利：可是突然间，我的车朝这公路外边冲出去了！我告诉你，我忘了我是开车呢，完全忘了！幸亏我没往白线那边歪，不然说不定会撞死什么人。接着我又往前开——过了五分钟我又出神了，差一点儿——（他用手指头按住眼睛），我脑子里胡思乱想，什么怪念头都有。

（英若诚 译）

陈译将"I'm dreamin' again"直接翻译成"我又做梦啦"，这似乎让观众很费解，是威利睡着了么？英译将其译为"我又出神了"，准确地译出了原文的涵义。下一句 I have such thoughts, I have such strange thoughts，陈良廷直接译成，"我有那么种想法，我有那么种奇怪的想法"。观众也许会纳闷，"那种奇怪的想法"到底是什么想法。而英译将其翻译成"我脑子里胡思乱想，什么怪念头都有"。虽然原文中没有具体说明是什么想法，但想法用了复数，说明脑子里想法多而乱，翻译成"胡思乱想"既符合台词的字面意思，也符合当时威利的心境。

由于目的语观众所处的文化背景和思维模式不同，有些知识是观众没有掌握或难以理解的。再者，由于舞台时间的限制，没有多余的时间来介绍背景知识，所以对于一些深奥的文化信息，剧本译者通常通过直接的补充说明来表达其意义，例如：

【例二】

Willy: Sure. Certain men just don't get started till later in life. Like Thomas Edison, I think. Or B. F. Goodrich.

威利：那还用说。有些人就是大器晚成。我看，像爱迪生。或者古德

里奇。（注：古德里奇：美国物理学家和橡胶制作商，橡胶公司的创始人。）　　　　　　　　　　　　　　　　　　（陈良廷 译）

威利：那当然。有些人就是大器晚成嘛。像爱迪生，好像就是。还有
　　　那个橡胶大王，古德里奇。　　　　　　　　　　（英若诚 译）

对于美国观众，古德里奇的知名度几乎家喻户晓。然而，中国观众却很少有人知道古德里奇是何人。陈译的版本采取了文外加注的方法，自然无法适应舞台演出。英若诚则采取了增译，直接补充说明"那个橡胶大王"，这样观众就了解了古德里奇是个橡胶行业的成功人士。

【例三】

Linda: Well, you'll just have to take a rest, Willy, you can't continue this
way.

Willy: I just got back from Florida.

林达：得了，你非歇会儿不可。威利，你不能再这样下去了。

威利：我刚从佛罗里达回来。　　　　　　　　　　　（陈良廷 译）

林达：好吧，你就是得歇一阵子了，威利，你这样子干下去不行。

威利：我刚从佛罗里达修养回来。　　　　　　　　　（英若诚 译）

此例中，威利健康状况不佳，妻子林达建议他休息一阵再工作，威利辩解说自己刚从佛罗里达回来。可能美国观众都知道，位于美国南部的佛罗里达州是著名的度假胜地，但这个信息可能不为中国观众所了解。如果不稍加处理，有些观众便会纳闷，威利怎么答非所问。于是英若诚先生在佛罗里达后面添加了"修养"二字，原句的意思就易于理解了。

3. 动作性

戏剧语言的一个典型特征是其语言背后常隐藏着动作性。戏剧是行动的艺术，它必须在有限的舞台演出时间内迅速展开人物的行动，并使之发生尖锐的冲突，以此揭示人物的思想、性格、感情。这就要求台词服从戏剧行动，具备动作的特性。英若诚（1999：5）曾讲：作为一个翻译者，特别是在翻译剧本的时候，一定要弄清楚人物此时此刻语言背后的"动作性"是什么，……翻译必须为表演者提供坚实的土壤，……所谓坚实的土壤，就是人物此时此地的合乎他本人逻辑的语言和行为。

【例一】

Willy: Well, I'll see you next time I'm in Boston.

The woman: I'll put you right through to the buyers.

Willy: [slapping her bottom] Right. Well, bottoms up!

> 威利：得，下回我来波士顿再看你。
> 女人：我就直接引你去见买主。
> 威利：（拍拍她的屁股）行。好咧，干杯！ （陈良廷 译）
> 威利：那好吧，下回我来波士顿再见。
> 某妇人：我一定马上叫你跟买主接上线，通上话。
> 威利：（拍拍她的臀部）好！还有一条线也得接通。 （英若诚 译）

由以上例子可以看出，陈良廷直译原文的字面意思，而英若诚则将之进行改译。表面上看，英译不如陈译忠实，但是英译保留了原台词中的动作性，让观众一听到台词和看到演员当时的行为，一下子就明白了他俩之间的暧昧关系。英译更好地体现了戏剧的动作性。

所谓台词的动作性，包含两层内容：一是表现人物的形体动作（又称外部动作）；二是表现人物的心理动作（又称内部动作）。具体来说，台词的动作性体现在以下三个方面。（1）台词要能推动剧情发展，深入展开剧中人物之间的矛盾冲突；（2）台词要展示人物的内心活动；（3）台词要为演员创造角色的戏剧动作留下广阔天地。

> 【例二】
>
> Linda: you didn't smash the car, did you?
> 琳达：你没撞坏汽车吧？ （陈良廷 译）
> 琳达：你不是把汽车撞坏了吧？ （英若诚 译）

威利上了年纪，工作又不顺利，致使他有些精神恍惚。威利一出门林达就开始为他担心，见威利回来时气色很差，林达马上想到丈夫是不是撞车了，于是非常急切地询问丈夫的情况。陈译的句子是一般疑问句，只起到普通的询问作用。而英译的句子是反义疑问句，充分表达林达内心的忐忑和担忧。表达了人物内心的情感，使译文具有心理动作性。

> 【例三】
>
> Linda: Don't you care whether he lives or dies?
> 林达：他的死活你都不在乎吗？ （陈良廷 译）
> 林达：他是死是活你放在心上吗？ （英若诚 译）

在剧中，威利在外推销很不顺，他的推销工作已经干不下去了。而他的儿子却不能理解他的苦楚。林达的这句原话充分体现出她对丈夫的体贴关爱，同时对儿子的所作所为、对儿子的漠不关心表示气愤与不满。言语的针对性很明确，包含着强烈的意动功能，很具动势。陈译"他的死活"是个名词性的偏正词组，不如英译的"他是死是活"的言语包含的意动功能强烈，后者的动作性更明确。因此英若诚的译文更好地传递了原文的意动功能和动作性。

4. 人物性

在戏剧中，人物对话是塑造人物性格的重要手段。戏剧的人物对话并非仅仅是叙述事件过程的工具，它重要的任务就是揭示人物的灵魂、感情和思想，塑造性格。戏剧的对话可直观地表现人物的性格，由于剧作家创作的富有人物性的语言，加上演员准确地把握和表演，不同人物的性格就能活灵活现地展现在舞台上，从而产生巨大的艺术魅力。戏剧的人物性要求戏剧翻译者同样要用译文语言展示出不同人物的不同特征来，诚如老舍先生所说"话到人到"，"闻其声知其人"。

【例一】

Charley: Who is Red Grange?

Willy: Put up your hands. Goddam you, put up your hands!

Willy: Who the hell do you think you are, better than everybody else? You don't know everything, you big, ignorant, stupid … put up your hands!

查利：雷德·格兰奇是什么人？

威利：举起手来。他妈的，举起手来！

威利：你到底算老几，比谁都了不起吗？你什么也不懂，你这个自高自大，无知无识，蠢头蠢脑的……举起手来！　　（陈良廷 译）

查理：葛兰芝是谁啊？

威利：我要揍死你，你个该死的，我要揍死你！

威利：你他妈的算老几，老觉得你比谁都强，是不是？你屁也不懂，你没知识，还要犯浑……我要揍死你！　　（英若诚 译）

充满着不现实幻想的威利是一个自负、粗鲁的人。当查理与他开玩笑时，刺伤了他的自尊和骄傲。原文中，威利使用了一连串非常粗鲁的话语肆意辱骂查理。翻译时，英若诚同样在汉语中选用了"该死的"、"算老几"、"屁也不懂"、"犯浑"等词语，淋漓尽致地再现了威利的性格特征。

【例二】

Happy: Mom, all we did was follow Biff around trying to cheer him up! (To Biff) Boy, what a night you gave me?

哈比：妈，我们只是到处跟着比夫转，想办法逗他乐罢了！（对比夫）哎呀，这一夜你让我折腾得真够呛的！　　（陈良廷 译）

哈皮：妈，我这是跟比夫遛遛弯儿，想给他解解闷就是了！（对比夫）好家伙，你折腾得我够呛！　　（英若诚 译）

附录　戏剧翻译研究实例

威利的小儿子哈皮的生活态度与其父亲背道而驰。他从来不把现实当一回事，不管是他的工作，还是他的女朋友。哈皮追求女友是为了逗乐他的兄弟比夫。英译使用"遛遛弯儿"、"解解闷"等词语，较好地刻画了哈皮随心所欲、恣意妄为的人物性格。相比而言，陈译只译出了原文的意义。

戏剧评论界给予《推销员之死》一剧的评价是，一出动人心弦、催人泪下、意义深刻的美国悲剧。该剧在中国的成功上演，除了导演、演员，以及各方的通力合作协调之外，剧本的成功翻译起到了至关重要的作用。英若诚翻译的《推销员之死》以戏剧的可演性为目标，明确分析了戏剧语言的各种表达功能，在具体翻译中加以区别对待，保证了译文文本功能的发挥。考虑到译入语观众的期待和接受能力，采用不同的翻译方法，使剧本更适合于舞台演出，并最终获得成功。英若诚翻译的《推销员之死》的中译本堪称戏剧翻译中的佳作和典范。

二、汉译英：老舍《茶馆》两个英译本的对比研究

三幕剧《茶馆》写于 1957 年，它不但是剧作家老舍的经典之作，同时也是中国现代戏剧史上的一个里程碑。故事发生在一个北京茶馆——裕泰茶馆。全戏跨越 50 年，分为三个时期，将三个不同社会阶段的主要方面淋漓尽致地展示在世人面前。第一幕发生在 1897 年早秋。那时的茶馆生意兴隆，来自各行各业的客人都在那里喝茶。王利发是位年轻的老板，精明能干，他在茶馆里到处都贴上标语写着"莫谈国事"。但"国事"在茶馆里到处都是。第二幕是在十多年后，茶馆经历了巨大的改变，前半部分卖茶而后半部分改成了一个学生公寓。虽然茶馆里的一切都变了，但是茶馆的命运却没有改变。警察、特务都想从王利发的收入中分到一杯羹，所以茶馆里从来没有片刻的安宁。第三幕是抗日胜利后。美国军队和国民党特务称雄的时候，茶馆的境况变得越来越差。虽然王利发一直都很温顺，但是最后他还是无奈地选择了为自己撒纸钱，上吊自杀了。

《茶馆》中所反映的复杂的历史背景、鲜明的北京地方文化、独特的风俗习惯和京韵十足的北京方言，对于今天的读者来说并不是那么熟悉，更何况是对北京文化不胜了解的外国观众。因此，如何将原文中的语言文化特征准确而生动地传达给译文的观众，就为译者出了一个难题。

《茶馆》的英译本主要有两个。一个是英若诚 1979 年翻译，并由中国翻译出版公司于 1999 年出版的译文。英若诚是翻译家、演员和当时中国的文化部副部长。另一个是约翰·霍华德（John Howard）翻译，由外文出版社于 2001 年出版的译

文。约翰·霍华德是加拿大人。虽然他是一个外国人，但在台湾和中国内地工作多年，很了解中国和中国文化，也希望通过翻译向世界传播中国文化。由于译者国籍和文化背景的不同，因而他们所采取的翻译策略不尽相同。英若诚先生是为了把《茶馆》搬到国外的舞台上来表演，让更多的外国人士认识这部话剧和了解当时的中国社会，而约翰·霍华德作为目的语的使用者，是为了让英语读者更好地了解中国的社会和文化。由于两位译者的目的不同、对原文的理解不同和目标受众等不同，使得两个译本在具体的翻译处理中，既存在共同之处，也存在着较大的差异。

1. 语言的口语化

口语化是戏剧语言最突出的特征之一。口语化的戏剧语言源于舞台表演的三个特点。第一是社会性。舞台表演是社会化活动，需要引起观众的共鸣。观众并非只是文化水平较高的群体，而是包括各个层次、各种文化程度的普通大众。如果戏剧仅为一部分人提供艺术享受，则未能达到戏剧取悦大众的根本目的。第二是即时性。每一次舞台表演都是独一无二、不可重复的，观众对于戏剧语言的理解具有即时性。小说读者遇到难以理解的文字可以反复推敲，对自己无法理解的文字还可以请教智者。而戏剧观众对于剧本台词的理解则需要一次完成。第三是舞台语言的无注性。剧作者无法在演员表演的同时对其语言进行注解和说明。这三点都要求戏剧翻译者选用易于大众理解的文字来翻译剧本，而作为人民大众智慧结晶的口语化语言无疑成为最佳选择。

口语化语言在戏剧演出中可以帮助观众迅速理解台词内容，拉近演员与观众的距离，进而引起观众共鸣。戏剧译本的语言同样需要遵循这一原则，从而使译本在译入语文化中能被大众理解、接受和喜爱。《茶馆》的中文剧本是口语化语言的经典之作，这就更需要译者选取口语化的词汇与句子来体现这一特征。《茶馆》两个英译本的译者在选词造句上都力图体现口语化的特征，并且各有千秋。

【例一】

马五爷：有什么事好好地说，干吗动不动就讲打？

Master Ma: Settle your disputes in a reasonable way. Must you always resort to fisticuffs?　　　　　　　　　　　　　　　（英若诚 译）

FIFTH ELDER MA: If there's a problem, you should settle it in an amiable way. What's the point of going around threatening people?

（霍华德 译）

此例中，英译使用的语言更为口语化。Settle... 和 Must you ...两个祈使句不仅使句子读起来干净利落，而且语势清脆有力。霍译使用的 if 从句显得冗长繁琐。

因此，两者比较，英译更能突出体现戏剧口语化的特色，也更接近源语剧本的风格。在翻译人物对白时，简洁明快的口语句式和简单句有时比完整句更容易引起观众的共鸣。

【例二】

宋恩子：你？可惜你把枪卖了，是吧？……

Song Enz: You? Pity you sold your gun, right?   （英若诚 译）

SONG ENZI: You? I'll bet you've sold your guns...   （霍华德 译）

尽管源语剧本用了一个完成句式，但英若诚并未拘泥于原文句式，而是大胆使用了一个 Pity 引导的不完整句来表现戏剧语言的口语化特征，干净利落、节奏明快。该句型正好将原句的词眼"可惜"放在句首，恰到好处地体现了该句的核心含义。此外，这种句式带有讽刺语气，活灵活现地再现了特务宋恩子的淫威。作为戏剧表演家和翻译家，英若诚巧妙地把戏剧创作的语言普遍规律运用于剧本的再创作（即翻译）中，使其翻译活动更好地服务于戏剧翻译的目的。

像这样的口语化例子在英若诚先生的译本中用得非常多，又如：

【例三】

松二爷：那，有话好说，二位请坐！

Song: We can easily settle this. Please take a seat.

【例四】

常四爷：甭锁，我跑不了。

Chang: Don't bother! I won't run away.

【例五】

黄胖子：得啦，一天云雾散，算我没白跑腿！

Tubby Huang: Well, we've done it again! All been smoothed over! I never
　　　　come here for nothing.

2. 语言的动作性

戏剧表演中，演员不仅通过对话表现人物，还运用适当的身体语言表现人物的内心活动。由于不能像小说那样使用旁白、内心细节描述等方式表现人物心理活动，剧作者必须把所要表现的全部生活转化为人物的语言和动作。因此，戏剧语言具有丰富的动作性，使得演员可以通过阅读剧本选择恰当的身体语言来表现人物。Susan Bassnett 把这个称为剧本的"动作文本"（gestural text），即决定演员表演动作的"潜在文本"（undertext）。Bertolt Brecht 等表演理论家将动作文本定义为"书面文本中所体现的、演员可以通过表演解释和表现的内容"（丁扬忠，1990：92）。因此，戏剧译本的语言应当具备丰富的动作性，即动作化的语言。

语言的动作性不仅包括身体动作，还包括暗含于对话中的行为意图、心情、心理状态、感情、感觉等。动作化的人物语言饱含人物丰富而复杂的思想活动，是情节集中和性格突出的保证。"能够集中概括地说明人物内心复杂细致的思想活动的台词，才叫有动作性；能够叫人听了一句台词，就懂得了很多句存在于他心里而并未说出来的话，这才叫语言有动作性"（焦菊隐，1979：19）。

　　因此，译者在翻译剧本时应选用动作化的语言，使原剧本的动作文本在译本中得以体现，使人物的内心活动能够通过语言活灵活现地展现在观众眼前。

【例一】

康六：刘大爷，把女儿给太监做老婆，我怎么对得起人呢？

Kang Liu: But Master Liu, please, how could I ever face my daughter again if I sold her to be the wife of eunuch?（英若诚 译）

SIXTH-BORN KANG: How could I face my daughter if I sold her to be a eunuch's wife?（霍华德 译）

　　此处，康六哀求人贩子刘麻子不要把自己的女儿卖给太监做老婆，整句台词饱含哀怜乞求的语气与神情。两位译者都采用了 How could I...? 的疑问句式表现哀求和无奈的语气，不失为很好的选择。英若诚大胆增加了 please 一词，加强并集中凸现了康六绝望、无奈和哀求的神态及语气，突出了人物形象的悲剧色彩，充分发挥了动作文本的作用，既有助于演员更准确地理解康六此时的心情，也为演员更生动地演绎这一人物提供了手段。

【例二】

唐铁嘴：……送给我碗茶喝，我就先给您相相面吧！手相奉送，不取分文！（不容分说，拉过王利发的手来）

Tang The Oracle: Offer me a cup of tea, and I'll tell your fortune for you. With palm reading thrown in, it won't cost you a copper!（英若诚 译）

SOOTHSAYER TANG: Give me a bowl of tea and I'll tell you your fortune. Come on, let me see your palm—won't cost you a cent.

（霍华德 译）

　　唐铁嘴急于讨好王利发，以此讨碗茶喝。原文中的短语"手相奉送"清晰表现唐铁嘴的赖皮嘴脸，这里面隐含着唐铁嘴急欲抓住王利发的手这一动作。总体讲，两个译文都将原文的基本意思译出，都保留了原文的动作行为。但是，相对而言，英若诚的翻译 With palm reading thrown in 听起来更像是舞台指导，而不是台词。相反的，霍华德的译文将字词和动作自然地结合在一起，当演员朗读这句台词时，观众的脑海中会浮现唐铁嘴巴结并讨好王利发这个有趣的场景。

3. 语言的简洁性

简洁是戏剧的主要特征之一。所谓的简洁并不是局限于剧本的长短或文字的多少，而是主要体现在以下两个方面：第一，与小说相比，戏剧的情节发展较快，戏剧中的伏笔、悬念很快就得以解开；第二，戏剧中人物的语言表达格外清楚明了，不像散文那样的含蓄唯美，也不像小说那样有很多的内心描述或悬疑，戏剧中的情节发展和人物内心活动主要是通过人物对话得以表现。戏剧这种简洁清晰的表现方式也是为了适应戏剧表演的时间限制。通常来说，一部剧本的表演时间是2—3小时，时间过长观众容易疲劳，无法集中注意力。这就要求剧作者在短短的2—3小时内向观众完整地展现故事情节和丰富的戏剧冲突。要做到这一点，剧作者只能将大量信息压缩在简短的人物对话中。因此，戏剧是简洁的艺术形式。

作为剧本的再创作者，译者在翻译时不仅要忠实传达对话的内容，还要尽量保留原文对话的节奏和速度，否则将破坏整个剧本的进展速度和上演效果。试比较下列两个译文：

【例二】

马五爷：二德子，你威风啊！

二德子：（四下扫视，看到马五爷）喝，马五爷，您在这儿哪？我可眼拙，没看见您！（过去请安）

马五爷：有什么事好好说，干吗动不动就讲打？

二德子：嗻！您说得对！我到后头坐坐去。李三，这儿的茶钱我付啦！（往后面走去）

常四爷：（凑过来，要对马五爷发牢骚）这位爷，您圣明，您给评评理！

马五爷：（立起来）我还有事，再见！（走出去）

Master Ma (without getting up): Erdez, you're quite an important person, aren't you?

Erdez (looking around and spotting Ma): Oh, it's you, Master Ma! Pardon, sir, I never see'd you sitting there. (Goes over to Ma, dropping one knee in the traditional gesture of obeisance)

Master Ma: Settle your disputes in a reasonable way. Must you always resort to fisticuffs?

Erdez: Yes sir. I'll go direct to the inner courtyard. Li San, I'm paying for this table! (Exit to inner courtyard)

Chang (coming over to Ma, sighing to air his grievances): Sir, you're a sensible gentleman. Please tell us who you think was right?

Master Ma (standing up): I'm busy. Goodbye! (Exit)　　　　　　（英若诚 译）

FIFTH ELDER MA (without bothering to get up): Erdezi, you're quite something.

ERDEZI (looking around, sports Fifth Elder Ma): Ho! Fifth Elder Ma, I didn't know you were here. How careless of me not to have noticed you. (Goes over and drops to one knee in the traditional gesture of respect)

FIFTH ELDER MA: If there is a problem, you should settle it in an amiable way. What's the point of going around threatening people?

ERDEZI: Of course, sir. You're quite right. I'll go and join them in the inner courtyard. Third-born Li, I'll pay for the tea at this table. (Goes to inner courtyard)

FOURTH ELDER CHANG (walking over to Fifth Elder Ma to continue his argument): You, sir, you're an intelligent man. Who do you think's in the right?

FIFTH ELDER MA (rising): I've got other things to attend to. Goodbye. (Exits)　　　　　　（霍华德 译）

在这一场景中，吃洋教的小恶霸马五爷说了三次话，每次只是短短的一句，就把这个二毛子威风凛凛的形象刻画出来了。马五爷因为替洋人效力而享有特殊的社会地位，"连官面上都不惹他"。看到二德子张扬跋扈地要打常四爷，嘴里还吆喝着："怎么着？我碰不了洋人，还碰不了你吗？"马五爷不高兴了，于是训了二德子几句。马五爷的每一句台词都极为简短，同时又都含有丰富的动作性，生动地表现出该人物不可一世的嚣张气焰。此外，通过这一场景，封建主义和帝国主义这两座大山对人民的压迫也得以突现。满族人怕营里当差的流氓，而流氓却又怕吃洋教的。当时外国人在中国的势力也就画龙点睛般地表现出来了。

因此，能否用简短精练的语言充分表现人物语言蕴涵的丰富的动作便是衡量此处译文优劣的重要标准。具体而言，即译文应尽可能用简洁的语言体现马五爷的严厉、高傲和特殊的社会地位。当在营里当差的小流氓二德子在常四爷面前威胁着要动手打人时，马五爷简短的一句"二德子，你威风啊！"便把二德子给镇住了。台词中饱含居高临下、尖酸讽刺的语气。英译 Erdez, you're quite an important person, aren't you? 中添加的 aren't you 看似反问，实则反讽，强化了译文语言的动作性。镇住二德子的嚣张气焰之后，马五爷便开始训话了："有什么事好好说，干吗动不动就讲打？"霍译用了 if...的句型，显得略微客气了些，使整个句子有些冗长繁琐。而英译运用两个简单句传达原意，使整个译文简洁明快，且两个祈使句（即 Settle... 和 Must you...）使整个译文的节奏简短有力，充分体现了训话时的严厉语气。最后，常四爷见这位爷如此有威严，便上前想请马五爷帮忙评理。可马五爷根本就不愿搭理这个既不为清朝政府又不为洋人卖力的社会底层小人物，于是甩了句"我还有事，再见!"便扬长而去。霍译为 I've got other things to attend to, 英译为 I'm busy. Goodbye!如果我们试着朗读一下这两句译文，不难发现这里译文越短，越能体现马五爷的架子大，也越能突出马五爷的不耐烦和轻蔑。因此，简短精练的语言使得英若诚的译文保留了原文的节奏与速度，生动再现了马五爷的社会地位和人物性格。

【例二】

宋恩子：后面住着的都是什么人？

王利发：多半是大学生，还有几位熟人。我有登记簿子，随时报告给"巡警阁子"。我拿来，二位看看？

吴祥子：我们不看簿子，看人！

王利发：您甭看，准保都是靠得住的人！

宋恩子：你为什么爱租学生们呢？学生不是什么老实家伙呀！

王利发：这年月，作官的今天上任，明天撤职，作买卖的今天开市，明天关门，都不可靠！只有学生有钱，能够按月交房租，没钱的就上不了大学啊！您看，是这么一笔账不是？

Song Enz: What sort of people do you have as lodgers?

Wang Lifa: Mostly university students, and a couple of old acquaintances. I've got a register. Their names are always promptly reported to the local police-station. Shall I fetch it for you?

Wu Xiangz: We don't look at books. We look at people!

Wang Lifa: No need for that. I can vouch for them all.

Song Enz: Why are you so partial to students? They're not generally quiet characters.

Wang Lifa: Officials one day and out of office the next. It's the same with tradesmen. In business today and broke tomorrow. Can't rely on anyone! Only students have money to pay the rent each month, because you need money to get into university in the first place. That's how I figure it. What do you think?　　　　　（英若诚 译）

SONG ENZI: Who do you have lodging back there?

WANG LIFA: Mostly university students, and a few friends as well. I keep a register and report to Police Headquarters from time to time. Shall I get it for you?

WU XIANGZI: We don't watch registers, we watch people.

WANG LIFA: You don't need to watch anyone here. I guarantee they're all solid citizens.

SONG ENZI: Just why do you like renting to students, eh? Students aren't such a reliable lot.

WANG LIFA: Nowadays officials are appointed one day and dismissed the next. Merchants open shop today and tomorrow they're broke. You can't depend on them. It's only the students who have money to pay rent each month; if they didn't have money they wouldn't be in university. Think about it. Makes sense, doesn't?　　（霍华德 译）

比较两个译本，差异较大的地方有两处。一是王利发的第二句台词"您甭看，准保都是靠得住的人！"英译借用指示代词 that 指代上文中的 look at people，从而用一个简洁明快的省略句 No need for that。对已经不耐烦的当差巡警吴祥子做出及时的劝说和解释，原文三个字，英译四个词。霍译虽然在语义上清楚规范，但是在人物台词你来我往的衔接上没有英若诚的译文那么恰当和严密。接下来在处理"宋恩子"的台词上，英译同样运用人称代词"They"来指代前一句中的"students"，人物语言形成很好的连贯性，易于观众的即时理解。而霍译重复使用了"students"，在语言的连贯性上反而不如前者。二是王利发的第三句台词，这句台词共包括三个语义群。第一个意群，英译巧妙地以 Officials 作为主位，与其前面"宋恩子"台词中的 They（指学生）形成语气上的理想对照。并顺理成章地再次使用一系列省略句式：Officials one day and out of office the next，In business today and broke tomorrow. 以及 Can't rely on anyone! 语言轻快自然、简洁明了，有效地传达出王利发对于世事的感慨和嘲讽。另外值得关注的是，英译的这些策略也准确地反映了此时此地人物之间的相互关系。因为从上下文来看，经过社会变革，大清国已经变成了民国，经历了改朝换代的巡警——宋恩子渐渐"明白"了事理，不再那么对人专横跋扈，能糊弄到"津贴"就成，所以对能给他好处的王掌柜也就客气了许多，从而使王利发在他面前有可能以一种不那么顾忌的、较为放松的心态，拥有"发牢骚"的话语权，这是其省略句式运用的根本原因。这种微妙的人物关系在英若诚简明生动、节奏明快的译本中得到了理想的传达。而霍译对于宋恩子"你为什么爱租学生们呢？"中的疑问语气用"eh?"做了强调，反而破坏了这种氛围。而且接下来王利发的台词拘泥于原文，用"Nowadays"作主位，不仅在人物台词的衔接上逊色于英译，而且增加了句子的负荷。最后一个意群，霍译用强调句型 It's only the students who have money to pay rent each month 与英译简单句 Only students have money to pay the rent each month 相比，简洁性和

附录 戏剧翻译研究实例

可读性明显不如后者。

4. 语言的节奏感

语言的节奏、语调、语气等因素在舞台表演时显得非常重要。尽管各种文学作品都有可能被朗读，但戏剧文字注定要为朗读服务。好的戏剧语言读起来应当富有节奏感、朗朗上口，也没有不必要的停顿。老舍对戏剧语言提出了更高的要求，强调戏剧语言应具有音乐性。他（1964：48-49）指出，"话剧中的对话是要拿到舞台上，通过演员的口，送到听众的耳中去。由口到耳，必涉及语言的音乐性。……我们（应）将文字的意、形、音三者联合运用，一齐考虑……把语言的潜力都挖掘出来，听候使用。这样，文字才能既有意思，又有响声，还有光彩"。

富于节奏感的语言既能有助于演员表演，又能取悦观众的耳朵，引起观众的共鸣。然而，由于翻译涉及两种音、形、意完全不同的符号体系之间的转换，因此往往很难兼顾三者。戏剧翻译首先应在忠实传达内容的前提下，力求语言有节奏感，然后在此基础上再追求语言的音乐美。在《茶馆》的两个英译本中，两位译者在这方面都做出了积极的努力和尝试。

【例一】

李三：对，后边叫，前边催，把我劈成两半儿好不好！（愤愤地往前走）

Li San: I like that. Ordering me here and calling me there! You might as
      well cut me in half! (Goes off grumpily to the rear) （英若诚 译）

THIRD - BORN LI: Right. Called for out back, ordered around out front.
      Why don't you cut me in two and have done with it? (Exits angrily)

（霍华德 译）

此处是茶馆伙计李三抱怨工作辛苦的一句台词。尽管中文"后边叫，前边催"没有严格意义上的押韵或对仗，但使用三字平行结构使得文字读起来节奏明快、整齐悦耳。英若诚与霍华德在处理这句话时也不约而同地使用了等字平行结构。英若诚使用了两个现在分词短语的平行结构，保留了原文明快工整的节奏与速度。此外，ordering 与 calling 的最后一个音节有相同的元音和辅音，形成押韵。而 here 与 there 又构成了"视觉韵"（即发音不同但字形相同）。霍华德在这方面也做了大胆尝试。他使用了过去分词短语的平行结构，called 与 ordered 最后一个发音相同，同样形成押韵效果。相比之下，英译中使用的现在分词给演员留下了更多的发挥空间。一方面霍译读起来有些拗口，不及英译使用的现在分词结构上口；另一方面，现在分词结构读来音调上扬一些，演员可以在以元音结尾的 here 和 there 两处拉长发音时间，以表现李三极度不满的抱怨语气。

【例二】

庞四奶奶：唱唱那套词儿，还倒有个意思！

老杨：是！

　　美国针、美国线、美国牙膏、美国消炎片。

　　还有口红、雪花膏、玻璃丝袜细毛线。

　　箱子小、货物全，就是不卖原子弹！

Mme Pang: Let's hear that jingle of yours. It just kills me!

Yang:　Yes ma'am. [Recite]

　　Yankee needle, Yankee thread;

　　Tooth paste white and lipstick red.

　　Patent potions, facial lotions;

　　Nylons sheer, you'll find here.

　　In my small box, all good are fine

　　But atom bombs just ain't my line.　　　　　（英若诚 译）

FOURTH AUNT PANG: Sing that little hawkers' jingle of yours. Damned

　　if I don't get a kick out of it.

OLD YANG: With pleasure. Yankee needles, Yankee notions, Yankee

　　toothpaste, Yankee potions. Lipsticks red, and cold cream white;

　　nylon stockings, sheer delight. You name it chum, I'll sell you

　　one— unless you want an atom bomb.　　　　（霍华德 译）

　　这是英若诚翻译时灵活处理语言现象的一个典型译例。尽管原文句尾没有押韵，但带有尾韵的译文不仅节奏感强，而且听起来幽默悦耳、易于朗读。如果不采用巧妙的翻译技巧，按字面意义直译，就会缺少韵味。英译调整了原文词语的顺序，使译文出现了尾韵，产生了强力的节奏感。而霍译虽译出了源语的意义，但读起来缺少了节奏感，也就缺乏了戏剧表演的可念性。

5. 语言的个性化

　　语言是戏剧人物性情的符号和标志。现实生活中，谈吐不仅能够反映一个人的说话习惯，更重要的是能够反映一个人的社会地位、文化程度、性格特征等。戏剧作品中个性化的人物语言是推动剧情发展、揭示人物性格、表现作家思想倾向和创作意图的主要手段之一。

　　所谓人物语言个性化，是指人物语言应符合人物所独有的身份、经历、职业、爱好、文化修养及其在特定环境和特定人际关系中所表现出来的思想感情等性格特征。小说在刻画人物时，作者可以一边叙述一边加上人物的对话，双管齐下。

但剧本主要都是对话，没有作者插嘴的地方。这就要求剧作者必须在人物头一次开口时就凸现出他的性格来，做到开口就响。《茶馆》里设计了几十个人物，个个都可以说是闻其声，知其人。在翻译剧本时，译者也应充分考虑人物的个性，努力使译文能像原文那样做到什么人说什么话。

【例一】

松二爷：（打量了二德子一番）我说这位爷，您是营里当差的吧？来，坐下喝一碗，我们也都是外场人。

二德子：你管我当差不当差呢！

Song:　(after sizing Erdez) Excise me. sir, you serve in the Imperial Wrestlers, don't you? Come, sit down. Let's have a cup of tea together. We're all men of the world.

Erdez:　Where I serve ain't none of your bloody business!（英若诚 译）

SECOND ELDER SONG: (sizing up Erdezi) Well, sir, I'd guess that you're from Wrestling Academy, eh? Come on—sit down and have some tea. We are all men of the world.

ERDEZI: What I do is none of your business.　　　　（霍华德 译）

在善朴营当差的二德子是一个恃强凌弱、外强中干的人物。这个清朝政府的小爪牙害怕的是为洋人做事的马五爷，但在松二爷这样的老百姓面前却显得威风凛凛。英若诚使用了增译的翻译策略，在译文中加入 bloody 一词，凸显二德子张扬跋扈、无事寻衅、蛮不讲理、欺压善良的性格特征，将其丑恶嘴脸暴露无遗，从而突出了人物形象，使人物活灵活现，跃然纸上。此处英若诚的增词准确大胆，正是因为他能够运用个性化的语言来表现人物。

【例二】

沈处长：（检阅似的，看丁宝、小心眼，看完一个说一声）好（蒿）！

……

沈处长：好（蒿）！……

……

沈处长：好（蒿）！

丁宝处长，我可以请示一下吗？

沈处长：好（蒿）！

……

沈处长：好（蒿）！传！

……

沈处长：好（蒿）！好（蒿）！

Shen: (as at a military inspection, he examines Ding Bao and Xiao
    Xinyar. After looking at them) Okay!

…

Shen: Okay!

…

Shen: Okay!

Ding Bao: Director, may I make a suggestion?

Shen: Okay!

…

Shen: Okay! Summon him!

…

Shen: Okay! Okay!   （英若诚 译）

DIRECTOR SHEN: (looking over Ding Bao and Little Xinyan as if at a
    military inspection. As he looks each one over he repeats, with a
    foreign accent): Yessiree!

…

DIRECTOR SHEN: Yessiree!

…

DIRECTOR SHEN: Yessiree!

DING BAO: Could I make a little suggestion?

DIRECTOR SHEN: Yessiree!

…

DIRECTOR SHEN: Yessiree! Bring him in.

…

DIRECTOR SHEN: Well, that's a pity. Yessiree!   （霍华德 译）

  沈处长说了六句台词，用了七个"好"字。他的话语不仅简洁，而且独具个性。首先，他的口音听起来像洋人，这充分表明了他非常崇拜洋货。英译 Okay 和霍译 Yessiree 都从不同的方式达到了这种洋腔的效果。汉语"传！"清晰地表明了沈处长作为军人的社会地位。霍译 Bring him in，忠实地传达了原文的含义，但英译 Summon him，不仅传达了原文的意义，而且更能显示出沈处长的军人傲气，揭示出他独特的个性。

  老舍先生的话剧《茶馆》是我国现代戏剧发展史上的一座里程碑。一个大茶馆，就是一个社会的缩影。该剧虽然只有三幕，但是，里面所写人物的生活反映了中国近现代 50 年的社会变迁。其之所以能够成为一部经典之作，常演不衰，主要原因有两个：第一，剧本主题、故事情节及其表现手法非同凡响；第二，人物语言个性丰富，具有浓郁的北京地方生活色彩和时代特征，充满着舞台表现力。老舍先生说过"没有生活，就没有活的语言"。该剧人物的语言都是经过高度提炼的。英若诚先生在谈到《茶馆》的翻译时说过"当我严肃地反复阅读了几遍我原来认为自己已经很熟悉的第一幕以后，我吃惊地发现，老舍先生不但在这里制造了一台活生生的人，而且创造了一个完整的、具体的、历史的语言环境，其中每一个人的语言都符合当时的历史条件和习惯，可以说'无一败笔'"（转引自许石林，2009）。由此可见，与社会历史文化背景密不可分的语言，是翻译这一部戏剧时面临的最大难题。

戏剧作为一种特殊的文学艺术作品，其主要目的是为了舞台演出，同时其剧本也可以供人阅读欣赏。戏剧的双重特点决定了其翻译在翻译领域里与众不同的身份，因而就需要用有别于其他作品形式的翻译策略和方法来对待。同戏剧原作一样，译作语言必须具备诸如观众的"可接受性"、演员的"可演性"、"上口性"等一些基本特点，最终要让译语观众获得与欣赏原作的观众相同的感受。

《茶馆》的两个英译本堪称我国戏剧翻译的典范。不过，从国内外关于戏剧翻译的观点来看，霍华德的译本虽然精到细致，却书卷气有余，而显神气不足，更适合供人案头阅读。相比之下，英若诚先生以其独一无二的特殊身份，对原作整体的各个方面都把握得非常准确透彻，加之其翻译原则和策略若合一契，从而使他的译作既适合于阅读，更适合于舞台演出，为我们的戏剧翻译实践提供了非常宝贵的经验。

[1] Aaltonen, S. Rewriting the Exotic: The Manipulation of Otherness in Translated Drama [A]. *Proceedings of XIII FIT World Congress* [C]. Pichen, C. (ed.) London: Institute of Translation and Interpreting, 1993.

[2] Aaltonen, S. *Time-Sharing on Stage. Drama Translation in Theatre and Society* [M]. Clevedon: Multilingual Matters, 2000.

[3] Alter, J. *A Sociosemiotic Theory of Theatre* [M]. Philadelphia: University of Pennsylvania Press, 1990.

[4] Anderman, G. Drama Translation [A]. Baker, M. & Malmkjar, K. (eds.) *Routledge Encyclopedia of Translation Studies* [C]. London and New York: Routledge, 1998.

[5] Arrowsmith, W. *The Craft & Context of Translation: A Symposium* [M]. Austin: University of Texas Press for Humanities Research Center, 1961.

[6] Assimakopoulos, S. Drama Translation and Relevance [J]. *Meta*, 2002(3).

[7] Aston, E. *Theatre as Sign-system: A Semiotics of Text and Performance* [M]. London; New York: Routledge, 1991.

[8] Baker, M. *Routledge Encyclopedia of Translation Studies* [M]. Shanghai: Shanghai Foreign Language Education Press, 2004.

[9] Barry, J. G. *Dramatic Structure: the Shaping of Experience* [M]. Berkeley: University of California Press, 1970.

[10] Barthes, R. *Elements of Semiology* [M]. New York: Hill and Wang, 1967.

[11] Bassnett, S. *Translation Studies* [M]. London: Methuen & Co. Ltd, 1980.

[12] Bassnett, S. The Translator in the Theatre [J]. *Theatre* X, 1981(40).

[13] Bassnett, S. Ways through the Labyrinth: Strategies and Methods for Translating Theatre Texts [A]. Hermans, T. (ed.) *The Manipulation of Literature* [C]. London: Croom Helm, 1985.

[14] Bassnett, S. Translating for the Theatre—Textual Complexities [J]. *Essays in Poetics*, 1990, 15(1).

[15] Bassnett, S. Translating for the Theatre: The Case Against Performability [J]. *TTR* IV, 1991(1).

[16] Bassnett, S. Still Trapped in the Labyrinth: Further Reflections on Translation and Theatre [A]. Bassnett, S. & Lefevere, A. (eds.) *Constructing Cultures. Essays on Literary Translation* [C]. Clevedon: Multilingual Matters Ltd., 1998.

[17] Bassnett, S. Theatre and Opera [A]. France, P (ed.) *The Oxford Guide to Literature in English Translation* [C]. Oxford: Oxford University Press, 2000.

[18] Batty, M. Acts with Words: Beckett, Translation, Mise en Scene and Authorship [A]. Upton, C.-A. (ed.) *Moving Target: Drama Translation and Cultural Relocation* [C]. Manchester: St. Jerome, 2000.

[19] Birch, D. *The Language of Drama: Critical Theory and Practice* [M]. Basingtoke, Hampshire: Macmillan, 1991.

[20] Boase-Beier, J. & Holman, M. (eds.). *Practices of Literary Translation: Constraints and Creativity* [C]. Manchester: St. Jerome, 1999.

[21] Bogatyrĕv, Peter. Semiotics in the Folk Theater [A]. Matejka, L. & Titunik, R. (eds.) *Semiotics of Art: Prague School Contributions* [C]. Cambridge: MIT Press, 1976.

[22] Boulton, M. *The Anatomy of Drama* [M]. London: Routledge & Keean Paul, 1960.

[23] Brater, E. *The Drama in the Text* [M]. Oxford: Oxford University Press, 1994.

[24] Brook, P. *The Empty Space* [M]. New York: Simon & Schuster Inc., 1996.

[25] Burton, D. *Dialogue and Discourse: A Sociolinguistic Approach to Modern Drama and Conversation* [M]. London; Boston: Routledge & Kegan Paul, 1980.

[26] Carlson, M. A. *Theories of the Theatre: A Historical and Critical Survey from the Greeks to Present* [M]. Ithaca: Cornell University Press, 1984.

[27] Carlson, M. A. *Theatre Semiotics: Sign of Life* [M]. Bloomington: Indiana University Press, 1990.

[28] Carlson, M. A. *Speaking in Tongues: Language at Play in the Theatre* [M]. Ann Arbor: University of Michigan Press, 2006.

[29] Catford, J. C. *A Linguistic Theory of Translation: An Essay on Applied Linguistics* [M]. London: Oxford University Press, 1965.

[30] Cohen, R. *Theatre: Brief Version* [M]. California: Mayfield Publishing Company,

1997.

[31] Crystal, D. *A Dictionary of Linguistics and Phonetics* [M]. Cambridge: Wiley-Blackwell, 1997.

[32] Culpeper, J. *Exploring the Language of Drama: from Text to Context* [C]. London: Routledge, 1998.

[33] Deák, F. Structuralism in Theater: The Prague School Contribution [J]. *Drama Review*, 1976, 20(4).

[34] Deák, F. Tell Me: A Play by Guy Cointent [J]. *Drama Review*, 1979, 23(2).

[35] Eco, U. *A Theory of Semiotics* [M]. Bloomington: Indiana University Press, 1976.

[36] Elam, K. *The Semiotics of Theatre and Drama* [M]. London: Routledge, 2002.

[37] El-Shiyab, S. Verbal and Non-verbal Constituents in Theatrical Texts and Implications for Translators [A]. Poyatos, F. (ed.) *Non-verbal Communication and Translation* [C]. Amsterdam: John Benjamins Publishing Company, 1997.

[38] Espasa, E. Performability in Translation: Speakability? Playability? Or Just Saleability? [A]. Upton, C.-A. (ed.) *Moving Target: Drama Translation and Cultural Relocation* [C]. Manchester: St. Jerome, 2000.

[39] Esslin, M. *An Anatomy of Drama* [M]. London: Maurice Temple Smith Ltd., 1976.

[40] Esslin, M. *The Field of Drama: How the Signs of Drama Create Meaning on Stage and Screen* [M]. London: Methuen, 1987.

[41] Even-Zohar, I. Polysystem Studies [J]. *Poetics Today*, 1990(11).

[42] Fischer-Lichte, E. *The Transformative Power of Performance: A New Aesthetics* [M]. London: Routledge, 2008.

[43] Gaddis, M. *Translation Spectrum: Essays in Theory and Practice* [C]. Albany: State University of New York Press, 1981.

[44] Garvin, P. L. *A Prague School Reader on Esthetics, Literary Structure and Style* [C]. Washington, D. C.: Georgetown University Press, 1964.

[45] Gladhart, A. Narrative Foregrounding in the Plays of Osvaldo Dragun [J]. *Latin American Theatre Review*, 1993(2).

[46] Gostand, R. Verbal and Non-verbal Communication: Drama as Translation [A]. Zuber- Skerritt, O. (ed.) *The Language of Theatre: Problems in the Translation and Transposition of Drama* [C]. Oxford: Pergamon Press, 1980.

[47] Gravier, M. La Traduction des Texts Dramatiques [A]. Seleskovitch, D. (ed.) *Etudes de Linguistique Appliquée: Exégèse et Traduction* [C]. Paris: Didier, 1973.

[48] Griffiths, M. Presence and Presentation: Dilemmas in Translating for the Theatre [A]. Hermans, T. (ed.) *Papers on the Theory and Historical Study of Literary Translation* [C]. Anvers: ALW-Cahier, 1985.

[49] Hale, T. & Upton, C.-A. Introduction [A]. Upton, C.-A. (ed.) *Moving Target: Drama Translation and Cultural Relocation* [C]. Manchester: St. Jerome, 2000.

[50] Hamberg, L. Some Practical Considerations Concerning Dramatic Translation [J]. *Babel*, 1969(2).

[51] Harris, B. Bi-Text: A New Concept in Translation Theory [J]. *Language Monthly*, 1988(54).

[52] Harrison, M. *The Language of Theatre* [M]. Manchester: Carcanet, 1998.

[53] Hatim, B. & Mason, I. *Discourse and the Translator* [M]. London: Longman, 1990.

[54] Helbo, A. *Theory of Performing Arts* [M]. Amsterdam: John Benjamins, 1987.

[55] Herman, V. *Dramatic Discourse: Dialogue as Interaction in Plays* [M]. London: Routledge, 1995.

[56] Hervey, S. & Higgins, I. *Thinking Translation* [M]. London: Routledge, 1992.

[57] Hess-Luttich, Ernest W. B. *Multimedia Communication* [M]. Tübingen: Gunter Narr Verlag, 1982.

[58] Honzl, J. Dynamics of the Sign in the Theatre [A]. Matejka, L. & Titunik, R. (eds.) *Semiotics of Art: Prague School Contributions* [C], Cambridge: MIT Press, 1976.

[59] Hornby, R. *Script into Performance: A Structuralist Approach* [M]. New York: Applause, 1995.

[60] House, J. A Model for Assessing Translation Quality [J]. *Meta*, 1977, 2(22).

[61] Jakobson, R. On Linguistic Aspects of Translation [A]. Venuti, L. (ed.) *The Translation Studies Reader* [C]. London and New York: Routledge, 2000.

[62] Johnston, D. *Stages for Translation* [M]. Bath: Absolute Press, 1996.

[63] Katan, D. *Translating Culture: An Introduction for Translators, Interpreters and Mediators* [M]. Shanghai: Shanghai Foreign Language Education Press, 2004.

[64] Kennedy, A. K. *Six Dramatists in Search of a Language: Studies in Dramatic Language* [M]. Cambridge: Cambridge University Press, 1975.

[65] Kennedy, A. K. *Dramatic Dialogue: the Duologue of Personal Encounter* [M]. Cambridge: Cambridge University Press, 1983.

[66] Knapp, M. L. *Nonverbal Communication in Human Interaction* [M]. New York: Holt, Rinehart & Winston, 1978.

[67] Koller, W. *Einführung in die Übersetzungswissenschaft* [M]. Heidelberg: Quelle and Meyer, 1992.

[68] Kowzan, T. The Sign in the Theater: An Introduction to the Semiology of the Art of the Spectacle [J]. *Diogenes*, 1968(61).

[69] Kowzan, T. *Littérature et Spectacle* [M]. La Haye: Mouton, 1975.

[70] Kowzan, T. The Semiology of the Theater: Twenty-three Centuries or Twenty-two Years [J]. *Diogenes*, 1990(38).

[71] Kruger, A. & Wallmach, K. Research Methodology for the Description of a Source Text and Its Translation—A South Africa Perspective [J]. *South African Journal of African Languages*, 1997(4).

[72] Kruger, A. *Lexical Cohesion and Register Variation in Translation* [M]. Pretoria: University of South Africa, 2000.

[73] Ladouceur, L. Norms and Functions of Theatrical Translation [J]. *Meta*, 1995(1).

[74] Lai Chui Chun, J. Drama Translation [A]. Chan Sin-wai & Pollard, David E. (eds.) *An Encyclopedia of Translation: Chinese-English, English-Chinese* [C]. Hong Kong: Chinese University Press, 1995.

[75] Landers, C. E. *Literary Translation: A Practical Guide* [M]. Clevedon: Multilingual Matters Ltd., 2001.

[76] Lidov, D. *Elements of Semiotics* [M]. New York: St. Martin's Press, 1999.

[77] Marco, J. Teaching Drama Translation [J]. *Perspective: Studies in Translatology*, 2002(1).

[78] Matejka, L. & Titunik, R. *Semiotics of Art: Prague School Contributions* [C]. Cambridge: MIT Press, 1976.

[79] McAuley, G. *Space in Performance: Making Meaning in the Theatre* [M]. Ann Arbor: University of Michigan Press, 1999.

[80] Melrose, S. *A Semiotics of the Dramatic Text* [M]. Basingstoke, Hampshire: Macmillan Press, 1994.

[81] Merino, R. A. Drama Translation Strategies: English-Spanish (1950-1990) [J]. *Babel*, 2000(4).

[82] Moravkova, A. The Specific Problems in the Translation of Dramas [A]. Pichen, C. (ed.) *Proceedings of XIII FIT World Congress* [C]. London: Institute of Translation and Interpreting, 1993.

参考文献

[83] Mukarovský, J. Standard Language and Poetic Language [A]. Garvin, P. L. (ed.). *A Prague School Reader on Esthetics, Literary Structure and Style* [C]. Washington: Georgetown University Press, 1964.

[84] Mukarovský, J. The Art as a Semiological Fact [A]. Matejka, L. & Titunik, R. (eds.) *Semiotics of Art: Prague School Contributions*[C]. Cambridge: MIT Press, 1976.

[85] Mukarovský, J. *The Word and Verbal Art: Selected Essays by Jan Mukarovsky* [C]. New Haven: Tale University Press, 1977.

[86] Mukarovský, J. *Structure, Sign and Function* [M]. New Haven: Yale University Press, 1978.

[87] Newmark, P. *Approaches to Translation* [M]. London: Prentice Hall, 1981, 1988.

[88] Newmark, P. *A Textbook of Translation* [M]. Shanghai: Shanghai Foreign Language Education Press, 2001.

[89] Nida, E. A. *Language in Culture and Society* [M]. Dell Hymes: Allied Publishers pvt. Ltd., 1964.

[90] Nida, E. A. *Language, Culture and Translating* [M]. Shanghai: Shanghai Foreign Language Education Press, 1993.

[91] Nida, E. A. *Language and Culture: Context in Translation* [M]. Shanghai: Shanghai Foreign Language Education Press, 2001.

[92] Nikolarea, E. A Communicative Model for Theatre Translation [A]. Fast, P. & Osadnik, W. (eds.) *From Kievan Prayers to Avantgarde: Papers in Comparative Literature* [C]. Warsaw: Wydawnicteo Energeia, 1999.

[93] Nord, C. Scopos, Loyalty and Translational Conventions [J]. *Target*, 1991, 3(1).

[94] Nord, C. Translation as a Process of Linguistic and Cultural Adaptation [A]. Dollerup, C. & Loddegaard, A. L.(eds.) *Teaching Translation and Interpreting. Insights, Aims, Visions* [C]. Amsterdam: John Benjamins, 1994.

[95] Nord, C. *Translating as a Purposeful Activity: Functionalist Approaches Explained* [M]. Shanghai: Shanghai Foreign Language Education Press, 2001.

[96] Pavis, P. *Languages of the Stage: Essays in the Semiology of the Theatre* [C]. New York: Performing Arts Journal Pub., 1982.

[97] Pavis, P. Problems of Translation for the Stage: Intercultural and Post-Modern Theatre [A]. Scolnicov, H. & Holland, P. (eds.) *The Play Out of Context: Transferring Plays from Culture to Culture* [C]. Cambridge: Cambridge University Press, 1989.

[98] Pavis, P. *Theatre at the Crossroads of Cultures* [M]. London: Routledge, 1992.

[99] Pavis, P. *Dictionary of the Theatre: Terms, Concepts and Analysis* [Z]. Toronto; Buffalo: University of Toronto Press, 1998.

[100] Perteghella, M. A Descriptive-Anthropological Model of Theatre Translation [A]. Coelsch-Foisner, S. & Klein, H. (eds.) *Drama Translation and Theatre Practice* [C]. Berlin: Peter Lang, 2004.

[101] Pfister, M. *The Theory and Analysis of Drama* [M]. Cambridge: Cambridge University Press, 1988.

[102] Poyatos, F. *Nonverbal Communication and Translation* [M]. Amsterdam; Philadelphia: J. Benjamins, 1997.

[103] Pulvers, R. Moving Others: The Translation of Drama [A]. Zuber-Skerritt, O. (ed.) *Page to Page: Theatre as Translation* [C]. Amsterdam: Rodopi, 1984.

[104] Rabadan, R. The Unit of Translation Revised [A]. Mildred, L. (ed.) *Translation: Theory and Practice / Tension and Interdependence* [C]. American Translators Association Scholarly Monograph Series, Vol. V, 1991.

[105] Rozhin, K. Translating the Untranslatable: Edward Redlinski's *Cud Na Greenpoincie* in English [A]. Upton, C.-A. (ed.) *Moving Target: Drama Translation and Cultural Relocation* [C]. Manchester: St. Jerome, 2000.

[106] Salzburg, A. *Drama Translation and Theatre Practice* [M]. Frankfurt am Main; New York: P. Lang, 2004.

[107] Sanger, K. *The Language of Drama* [M]. London; New York: Routledge, 2001.

[108] Schweda N. Linguistic and Extralinguistic Aspects of Simultaneous Interpretation [J]. *Applied Linguistics*, 1987(2).

[109] Scolnicov, H. & Holland, P. *The Play Out of Context: Transferring Plays from Culture to Culture* [C]. Cambridge: Cambridge University Press, 1989.

[110] Short, M. *Exploring the Language of Poems, Plays and Prose* [M]. Longman: Pearson Education, 1996.

[111] Shuttleworth, M. & Cowie, M. *Dictionary of Translation Studies* [M]. Manchester: St Jerome Publishing, 1997.

[112] Snell-Hornby, M. *Translation Studies: An Integrated Approach* [M]. Amsterdam & Philadelphia: John Benjamins Publishing Company, 1995.

[113] Snell-Hornby, M. "Is This a Dagger Which I See before Me?": The Non-verbal Language of Drama [A]. Poyatos, F. (ed.) *Nonverbal Communication and Translation* [C]. Amsterdam: John Benjamins Publishing Company, 1997.

[114] Steiner, G. *After Babel: Aspects of Language & Translation* [M]. Oxford: Oxford University Press, 1998.

[115] Styan, J. L. *The Elements of Drama* [M]. Cambridge: Cambridge University Press, 1960.

[116] Styan, J. L. *The Dramatic Experience* [M]. Cambridge: Cambridge University Press, 1971.

[117] Suh, J. C. Compounding Issues on the Translation of Drama / Theatre Texts [J]. *Meta*, 2002, 47(1).

[118] Totzeva, S. Realizing Theatrical Potential: The Dramatic Text in Performance Translation [A]. Boase-Beier, J. & Holman, M. (eds.). *Practices of Literary Translation: Constrains and Creativity* [C]. Manchester: St. Jerome, 1999.

[119] Toury, G. *A Rationale for Descriptive Translation Studies* [M]. London & Sydney: Croom Helm Ltd., 1985.

[120] Toury, G. *Descriptive Translation Studies and Beyond* [M]. Amsterdam: John Benjamins Publishing Company, 1995.

[121] Trager, G. L. Paralanguage: A First Approximation [J]. *Studies in Linguistics*, 1958(12).

[122] Ubersfeld, A. *Lire le théâtre* [M]. Paris: Belin, 1996.

[123] Upton, C.-A. *Moving Target: Drama Translation and Cultural Relocation* [C]. Manchester: St. Jerome, 2000.

[124] Veltruský, J. Man and Object in the Theater [A]. Garvin, P. L. (ed.). *A Prague School Reader on Esthetics, Literary Structure and Style* [C]. Washington, D. C.: Georgetown University Press, 1964.

[125] Veltruský, J. Dramatic Text as a Component of Theater [A]. Matejka, L. & Titunik, R. (eds.) *Semiotics of Art: Prague School Contributions* [C]. Cambridge: MIT Press, 1976.

[126] Veltruský, J. The Prague School Theory of Theater [J]. *Poetics Today*, 1981, 2(3).

[127] Venuti, L. *The Translator's Invisibility: A History of Translation* [M]. London and New York: Routledge, 1995.

[128] Vitez, A. Le devoir de traduire [J]. *Théâtre/Public*, 1982(44).

[129] Wellwarth, G. E. Special Considerations in Drama Translation [A]. Gaddis, M. (ed.) *Translation Spectrum: Essays in Theory and Practice* [C]. Albany: State University of New York Press, 1981.

[130] Younger, A. *Drama: Text and Performance* [M]. Edinburgh: Edinburgh University Press, 2007.

[131] Zich, O. *The Esthetics of Dramatic Art* [M]. Würzburg: JAL , 1977.

[132] Zuber-Skerritt, O. Towards a Typology of Literary Translation: Drama Translation Science [J]. *Meta*, 1988, 33(4).

[133] 巴尔胡达罗夫. 语言与翻译[M]. 蔡毅、虞杰、段京华编译. 北京: 中国对外翻译出版公司, 1985.

[134] 包惠南. 文化语境与语言翻译[M]. 北京: 中国对外翻译出版公司, 2001.

[135] 贝克. 编剧技巧[M]. 北京: 中国戏剧出版社, 1985.

[136] 卞之琳. 莎士比亚悲剧四种[M]. 北京: 人民文学出版社, 1988.

[137] 曹禺. 柔蜜欧与幽丽叶[M]. 北京: 人民文学出版社, 1979.

[138] 曹禺. 论戏剧[M]. 成都: 四川文艺出版社, 1985.

[139] 曹禺. 曹禺论创作[M]. 上海: 上海文艺出版社, 1986.

[140] 陈良廷. 推销员之死[M]. 北京: 中国戏剧出版社, 1992.

[141] 丁扬忠. 布莱希特论戏剧[M]. 北京: 中国戏剧出版社, 1990.

[142] 董健, 马俊山. 戏剧艺术十五讲[M]. 北京: 北京大学出版社, 2006.

[143] 范仲英. 实用翻译教程[M]. 北京: 外语教学与研究出版社, 1994.

[144] 方华文. 20 世纪中国翻译史[M]. 西安: 西北大学出版社, 2008.

[145] 方梦之. 英汉翻译实践与技巧[M]. 天津: 天津科技翻译出版公司, 1994.

[146] 费道罗夫. 翻译理论概要[M]. 北京: 中华书局, 1955.

[147] 冯建文. 译文归化与保存异域情趣[J]. 外语教学, 1993(1).

[148] 高尔基. 文学论文选[M]. 孟昌等译. 北京: 人民文学出版社, 1958.

[149] 葛校琴. 句群——翻译的一个单位[J]. 中国翻译, 1993(1).

[150] 郭建中. 文化与翻译[M]. 北京: 中国对外翻译出版公司, 2000.

[151] 郭建中. 汉译英的翻译单位问题[J]. 外国语, 2001(6).

[152] 郭沫若. 我的作诗的经过[A]. 郭沫若文集(11)[C]. 北京: 人民文学出版社, 1959.

[153] 郭沫若. 谈文学翻译工作[A]. 郭沫若论创作[C]. 上海: 上海文艺出版社, 1983.

[154] 黑格尔. 美学(第一卷)[M]. 北京: 商务印书馆, 1958.

[155] 胡妙胜. 戏剧演出符号学引论[M]. 北京: 中国戏剧出版社, 1989.

[156] 胡妙胜. 戏剧与符号[M]. 上海: 上海文艺出版社, 2008.

[157] 霍华德. 茶馆[M]. 北京: 外文出版社, 2001.

[158] 贾玉新. 跨文化交际学[M]. 上海: 上海外语教育出版社, 1997.

[159] 姜秋霞, 张柏然. 对建立中国翻译学的一些思考[J]. 中国翻译, 1997(2).

[160] 姜望琪. 当代语用学[M]. 北京: 北京大学出版社, 2003.

[161] 焦菊隐. 焦菊隐戏剧论文集[M]. 上海: 上海文艺出版社, 1979.

[162] 焦菊隐. 焦菊隐文集(三)[M]. 北京: 文化艺术出版社, 2005.

[163] 柯文辉. 英若诚[M]. 北京: 北京十月文艺出版社, 1992.

[164] 劳逊. 戏剧与电影的剧作理论与技巧[M]. 北京: 中国电影出版社, 1978.

[165] 老舍. 出口成章[M]. 北京: 作家出版社, 1964.

[166] 老舍. 关于文学翻译工作的几点意见[A]. 我热爱新北京[C]. 北京: 北京出版社, 1979.

[167] 老舍. 老舍全集第十六卷 文论一集[M]. 北京: 人民文学出版社, 1999.

[168] 老舍. 英若诚名剧译丛一《茶馆》[M]. 北京: 中国对外翻译出版公司, 1999.

[169] 老舍. 写家漫语[M]. 北京: 大众文艺出版社, 2001.

[170] 老舍. 我是怎样写小说[M]. 上海: 文汇出版社, 2009.

[171] 梁实秋. 恶有恶报[M]. 海拉尔: 内蒙古文化出版社, 1995.

[172] 刘宓庆. 当代翻译理论[M]. 北京: 中国对外翻译出版公司, 1999.

[173] 刘宓庆. 文化翻译论纲[M]. 武汉: 湖北教育出版社, 1999.

[174] 刘士聪, 余东. 试论以主/述位作翻译单位[J]. 外国语, 2000(3).

[175] 刘肖岩. 论戏剧对白翻译[M]. 北京: 中国人民公安大学出版社, 2004.

[176] 刘艳丽, 杨自俭. 也谈"归化"与"异化"[J]. 中国翻译, 2002(6).

[177] 刘英凯. 归化——翻译的歧路[J]. 现代外语, 1987(2).

[178] 鲁迅. 鲁迅书信集(下卷)[M]. 北京: 人民文学出版社, 1976.

[179] 吕俊. 谈语段作为翻译单位[J]. 山东外语教学, 1992(1-2).

[180] 罗国林. 翻译单位及其在实践中的运用[J]. 中国翻译, 1992(12).

[181] 罗选民. 论翻译的转换单位[J]. 外语教学与研究, 1992(4).

[182] 马祖毅. 中国翻译简史[M]. 北京: 中国对外翻译出版公司, 1998.

[183] 孟伟根. 国外戏剧翻译研究述评[J]. 外国语, 2008(6).

[184] 孟伟根. 论戏剧翻译研究中的主要问题[J]. 外语教学, 2009(3).

[185] 孟伟根. 布拉格学派对戏剧翻译理论的贡献[J]. 外国语文, 2010(3).

[186] 欧阳予倩. 怎样才是戏剧[J]. 戏剧论丛, 1957(4).

[187] 奇青. 欲望号街车[M]. 北京: 中国戏剧出版社, 1992.

[188] 钱冠连. 汉语文化语用学——人文网络言语学[M]. 北京: 清华大学出版社, 2002.

[189] 石淑芳. Translation on Discourse Level[J]. 上海科技翻译, 1993(4).

[190] 司显柱. 论语篇为翻译的基本单位[J]. 中国翻译, 1999(2).

[191] 谭霈生. 论戏剧性[M]. 北京: 北京大学出版社, 2009.

[192] 田本相, 刘一军. 戏剧大师曹禺[J]. 新文化史料, 1997(4).

[193] 汪义群. 当代美国戏剧[M]. 上海: 上海外语教育出版社, 1992.

[194] 王秉钦. 话语语言学与篇段翻译[J]. 中国翻译, 1987(3).

[195] 王德春. 论翻译单位[J]. 中国翻译, 1984(4).

[196] 王云桥. 谈段落作为语篇翻译的操作单位[J]. 中国翻译, 1998(5).

[197] 王佐良. 照澜集[C]. 北京: 外国文学出版社, 1986.

[198] 王佐良. 翻译: 思考与试笔[M]. 北京: 外语教学与研究出版社, 1989.

[199] 吴洁敏, 朱宏达. 朱生豪传[M]. 上海: 上海外语教育出版社, 1990.

[200] 吴朱红. 远去的家园[M]. 北京: 中国传媒大学出版社, 2005.

[201] 奚兆炎. 在高于句子的层次上翻译[J]. 中国翻译, 1996(2).

[202] 许崇信. 文化交流与翻译[J]. 外国语, 1991(1).

[203] 许石林. 话剧《茶馆》第一座戏剧高峰[J]. 深圳商报, 2009 年 7 月 26 日.

[204] 亚里士多德. 诗学[M]. 北京: 人民文学出版社, 2002.

[205] 杨武能. 筚路蓝缕, 功不可没: 郭沫若与德国文学在中国的译介和接受[J]. 郭沫若学刊, 2000(1).

[206] 杨宪益. 卖花女[M]. 北京: 中国对外翻译出版公司, 1982.

[207] 英若诚. 芭巴拉上校[M]. 北京: 中国对外翻译出版公司, 1999.

[208] 英若诚. 茶馆[M]. 北京: 中国对外翻译出版公司, 1999.

[209] 英若诚. 狗儿爷涅槃[M]. 北京: 中国对外翻译出版公司, 1999.

[210] 英若诚. 哗变[M]. 北京: 中国对外翻译出版公司, 1999.

[211] 英若诚. 上帝的宠儿[M]. 北京: 中国对外翻译出版公司, 1999.

[212] 英若诚. 推销员之死[M]. 北京: 中国对外翻译出版公司, 1999.

[213] 英若诚. 英若诚名剧五种 [M]. 沈阳: 辽宁教育出版社, 2001.

[214] 英若诚. 家[M]. 北京: 中国对外翻译出版公司, 2008.

[215] 于贝尔斯费尔特. 戏剧符号学的几个问题[J]. 外国戏剧, 1988(1).

[216] 余光中. 不可儿戏 [M]. 台北: 大地出版社, 1983.

[217] 余光中. 温夫人的扇子 [M]. 台北: 大地出版社, 1992.

[218] 余光中. 理想丈夫 [M]. 台北: 大地出版社, 1995.

[219] 余光中. 余光中谈翻译[C]. 北京: 中国对外翻译出版公司, 2002.

[220] 袁锦翔. 略谈篇章翻译与英汉篇章结构对比[J]. 中国翻译, 1994(6).

[221] 张今. 文学翻译原理[M]. 开封: 河南大学出版社, 1987.

[222] 张俊杰. 英若诚: 从艺从政皆本色[J]. 炎黄春秋, 2004(4).

[223] 张美芳. 翻译策略二分法透视[J]. 天津外国语学院学报, 2004(3).

[224] 张南峰. 从边缘走向中心——从多元系统论的角度看中国翻译研究的过去与未来[J]. 外国语, 2001(4).

[225] 张培基. 英汉翻译教程[M]. 上海: 上海外语教育出版社, 1980.

[226] 张玉柱. 话轮与对话统一体浅析[J]. 外语学刊, 1996(3).

[227] 赵甲明. 郭沫若箴言录[M]. 北京: 学苑出版社, 1993.

[228] 志达. 英名蜚声 为人若诚——记著名表演艺术家英若诚[J]. 中国政协, 2003(5).

[229] 朱生豪. 莎士比亚戏剧全集[M]. 北京: 人民文学出版社, 1958.

后 记

　　本书是我主持的浙江省哲学社会科学规划重点课题"戏剧翻译研究"的最终成果。我选此题作为自己的研究项目是缘于一次出国学习的机会。数年前，我在英国学习期间，有幸读到了英国翻译理论家 Susan Bassnett 有关戏剧翻译研究的系列论文，从此对戏剧翻译研究产生了兴趣。说实话，对于戏剧翻译的研究，我的的确确是一个非常偶然的闯入者，可转眼之间，居然已经有了近八年的经历。这些年来，我对这一领域潜心求索，竟然也不断心有所得，于是就在一些学术刊物上发表了一点研究成果。尽管这些文章都还是一些非常肤浅或不成熟之作，但也确实都经过我非常用心的思考和研究。近八年来，也逐渐累积起了一批相当的文献和资料。而且，对于戏剧和戏剧翻译许多问题的思考，也渐渐形成了一个较为整体性的理论框架，于是我就萌发了想要写一本这方面的书的念头。非常感谢浙江大学出版社的大力支持，感谢李彩霞编辑的热心帮助和一丝不苟的辛勤劳动，使得我能够把这些年的潜心研究整理出来，出版这么一本还很浅陋的小书，实现我"著书立说"的夙愿。

　　在本书即将付梓之际，我似乎有好多话要表白，然而一时又不知从何说起。不过有一点，我要特别加以说明：在我涉猎、研究这一领域的这段时间中，无论是我的领导、导师、学长，还是我的朋友、同事，他们当中有许多人都曾经真诚地帮助我、指导我，给了我太多太多的恩泽，令我终生难忘。此外，具有纪念意义的是，这本书的酝酿、起稿、写作和最终定稿恰好伴随着我小外孙的孕育、出生和成长。感谢小图图在写作之余给我带来的欢乐。

　　该书可以说是目前国内有关戏剧翻译研究的拓荒之作，能够参考的文献资料相对较少。

　　由于本人学识所限，加之我国戏剧翻译理论研究尚处于发展的过程之中，不足之处在所难免，诚恳地希望专家同行批评指正。

孟伟根

2011 年 6 月 8 日

图书在版编目(CIP)数据

戏剧翻译研究 / 孟伟根著. —杭州：浙江大学出
版社，2012.2
ISBN 978-7-308-09582-2

I. ①戏… II. ①孟… III. ①戏剧文学—英语—文学
翻译—研究 IV. ①H315.9 ②I046

中国版本图书馆 CIP 数据核字(2012)第 011597 号

戏剧翻译研究

孟伟根 著

责任编辑	李彩霞	
封面设计	小 幺	
出版发行	浙江大学出版社	
	(杭州天目山路 148 号 邮政编码 310007)	
	(网址：http://www.zjupress.com)	
排 版	杭州中大图文设计有限公司	
印 刷	杭州日报报业集团盛元印务有限公司	
开 本	710mm×1000mm 1/16	
印 张	12.5	
字 数	262 千	
版 印 次	2012 年 2 月第 1 版 2012 年 2 月第 1 次印刷	
书 号	ISBN 978-7-308-09582-2	
定 价	35.00 元	
